정령의 수호자

정령의 수호자

우에하시 나호코 지음 김옥희 옮김

스토리존

서장

황자를 구출하다

바르사가 조영교(鳥影橋)를 건너고 있을 때 황족의 가마 행렬이 바로 위 상류의 산영교(山影橋)에 당도했다. 그 순간 바르사의 운명은 바뀌고 말았다.

조영교는 평민들이 다니는 조잡한 현수교로, 군데군데 판자가 썩어 판자 틈새로 청궁천 강물이 보인다. 평소에도 썩 기분 좋은 풍경은 아니지만, 특히 오늘은 한동안 계속된 가을장마로 불어난 황톳빛 강물이 탁한 물거품을 일으키며 치솟곤 해 유난스레 오싹한 광경을 연출했다.

오랜 떠돌이생활로 너덜너덜해진 옷을 걸치고 헐렁한 자루를 단창에 걸어 멘 바르사는 눈썹 하나 까딱 않고 출렁이는 조영교를 건너기 시작했다. 올해 나이 서른, 몸집이 큰 편은 아니지만 탄탄한 근육에 몸매가 유연하다. 윤기 없이 검고 긴 머리는 목덜미 부근에 묶였고, 화장기 하나 없는 얼굴은 햇볕에 그을어 벌써 잔주름이 보인다.

바르사를 본 사람은 누구나 가장 먼저 그 눈에 끌릴 것이다. 검은 눈동자에는 언제나 놀라울 정도로 강렬한 정기가 서려 있다. 다부진 턱과 함께 그 눈을 보면 누구든 바르사가 호락호락한 여자가 아니라는 사실을 알아챌 것이다. 또한 무술에 조예가 있는 사람이라면 그녀가 만만치 않은 상대라는 것도 곧 간파할 것이다.

바르사는 바람에 힘없이 흔들리는 조영교를 뚜벅뚜벅 건너며 상류 쪽을 흘끗 봤다. 우뚝 솟은 산의 표면을 새빨간 단풍이 뒤덮고 있었다. 그 단풍 밑으로 소가 끄는 가마 하나가 까마득히 멀리 눈에 들어왔다. 쇠붙이 장식이 번쩍이는 가마 주위를 둘러싼 시종이 족히 스물은 되는 듯했다. 아득하게 넘어가는 석양 속에서 비단 포장과 쇠붙이 장식을 반짝이며 가마가 전진하고 있었다. 앞에 달린 빨간 깃발이 안에 탄 사람의 신분을 알려주었다.

'제2황자의 행렬이로구나. 산에 있는 별궁에서 도읍으로 돌아가는 중인가 보군.'

바르사는 멈춰 서서 행렬을 바라보았다. 이 정도 거리면 바닥에 엎드려 머리를 조아리지 않아도 죄가 되지는 않을 것이다. 게다가 마침 해가 서쪽으로 기울어 등 뒤에서 비추고 있으니, 역광에서는 바르사의 모습도 그저 점 하나로밖에 보이지 않을 것이다. 산그늘의 단풍 밑을 지나는 행렬은 그림처럼 아름다웠다.

바르사는 이 나라 태생이 아닌 데다, 잊으려야 잊을 수 없는 연유로 왕이나 황제 따위를 조금도 경외하지 않았다. 단지 그림 같이 아름다운 그 순간의 정경에 넋을 잃었을 따름이다.

다음 순간, 뜻하지 않은 일이 일어났다. 가마가 튼튼하게 지은 황가 전용의 산영교를 절반쯤 건넜을 때, 갑자기 가마를 끌던 소가 날뛰기 시작한 것이다.

소는 재갈을 잡은 시종의 손을 떨쳐내더니 등을 활처럼 곧추세우고서 앞뒤로 발을 차고, 거칠게 뿔을 흔들며 사나운 기세로 달리기 시작했다. 시종들이 미처 손쓸 새도 없이 가마가 옆으로 쓰러졌고, 안에서 자그마한 형체가 공중으로 붕 떠올랐다.

사람 형체가 손발을 허우적거리며 계곡으로 떨어진다는 생각을 한 순간, 바르사는 이미 짐을 내려놓고 웃옷을 벗어던졌다. 그리고 품에서 밧줄 달린 쇠붙이를 꺼내 단창 창고

달에 단단히 연결한 다음 강기슭으로 던졌다. 단창은 일직선으로 강기슭으로 날아가 바위 사이에 깊숙이 꽂혔다. 시종 서너 명이 황자를 뒤따라 강으로 뛰어드는 것을 보면서, 바르사는 밧줄을 잡고 탁류로 뛰어들었다.

돌바닥에 내팽개쳐진 듯 충격이 몰려왔다. 순간 숨이 막혀 정신이 아득해졌다. 바르사는 탁류의 거센 흐름에 휩쓸리지 않도록 밧줄을 당겨 일단 가까운 바위로 올라갔다. 젖어서 달라붙은 머리카락을 쓸어올리고 찬찬히 살펴보니, 자그마하고 붉은 물체가 떠내려오는 것이 보였다. 둥둥 뜬 붉은 물체에서 손이 튀어나왔으나 이내 물에 잠기고 말았다.

'기절해라. 부탁이니 제발 기절해다오.'

바르사는 이렇게 빌면서 위치를 가늠한 후 다시 격류 속으로 뛰어들었다. 물에 떠밀려 닿는 지점에서 황자의 몸을 붙잡을 수 있도록, 바르사는 힘차게 물살을 거슬러 팔을 저으며 나아갔다. 강물은 살을 에는 듯 차가웠고 귓속에서 출렁출렁 물소리가 났다. 비로소 탁한 강물속으로 간신히 황자의 붉은 옷자락이 보였다. 가까스로 손을 뻗었으나 황자의 옷자락은 손가락 사이로 미끄러지며 빠져나갔다.

'이런!'

안타까워하는 순간, 기묘한 일이 일어났다. 눈 깜빡할 정도로 짧은 순간, 몸이 가벼워지는 느낌이 들었다. 그토록 거칠던 물결이 잔잔해지고 소리마저 사라지더니, 어디까지고 투명한 푸른 공간 속에 모든 것이 정지했다. 황자의 모습만 또렷이 보일 뿐이었다. 무슨 일이 일어난 것인지 영문도 모른 채, 바르사는 다시 붉은 옷을 향해 손을 뻗었다.

드디어 잡았다고 생각한 순간, 손이 떨어져 나갈 것 같은 충격이 왔다. 조금 전의 기묘한 순간은 꿈에 불과한 것인지, 거센 물살이 두 사람의 몸을 나뭇잎처럼 갖고 놀았다.

다시 한 번 바르사는 혼신의 힘을 다해 황자의 몸을 끌어당겨, 황자의 허리띠에 밧줄 쇠장식을 끼워넣었다. 얼어붙을 듯 차가운 물속에서 곱은 손으로 그렇게 할 수 있었던 것만으로도 기적에 가까웠다. 그리고 바르사는 앞장서서 밧줄을 잡고 강기슭까지 헤엄쳤다. 지친 몸이 으스러질 지경이었지만, 곧바로 힘껏 줄을 당겨 축 늘어진 채 움직이지 않는 황자를 끌어당겼다.

황자의 얼굴은 창백했다. 아직 열한두 살 정도 같았다. 다행히도 바르사가 바라던 것처럼 떨어지면서 충격을 받아 기절한 듯했다. 물을 많이 먹지 않았는지 배는 부풀지 않았다. 바르사는 소생술을 써 기를 불어넣었다. 이윽고 기침소리와 함께 황자의 호흡이 되돌아왔다.

'옳거니. 다행히 목숨은 건졌구나.'

저절로 한숨이 터져 나왔다. 이 순간까지만 해도 바르사는 짐작조차 하지 못했지만, 이는 모든 일의 시작에 불과했다.

제1장

황자의
몸에잉태된
존재

1

도피의 시작

　마지막 한 방울 남은 술을 비우고, 바르사는 안도의 숨을 내쉬었다.

　'하지만 놀라운 일이야.'

　여기는 도읍, 제2황비의 궁전이다. 제2황자의 목숨을 구했다 해도 바르사는 평민만도 못한 이방인이다. 고작해야 알량한 보상금을 받는 것으로 끝날 거라 생각했다. 사건이 일어난 강가의 자갈밭에서 바르사는 나중에 보상금을 줄 터이니 묵는 곳을 알려달라는 말을 들었고, 그러고서 곧장 황자의 행렬과 헤어졌다.

　그런데 여인숙에서 쉬던 바르사에게 황자의 하인이 찾아오더니 뜻밖의 말을 전했다. 그 자리에서 보상금을 주는 것이 아니라, 제2황자의 어머니인 제2황비의 궁전에서 접대한 뒤에 주겠다는 것이었다.

바르사는 이런 일에 호들갑스럽게 기뻐할 만큼 철부지가 아니었다. 황가나 황족이라는 자들이 아랫것에게 상냥할 때는 반드시 속셈이 있게 마련이었다. 성가신 일에 말려들었다는 예감이 들었지만, 초대를 거절하기도 마땅치 않았다. 분명 무례하다는 이유를 들어 성가시게 굴 게 뻔했다. 이에 바르사는 어쩔 수 없이 하인을 따라 궁으로 들어갔다. 놀랍게도 제2황비의 환대에는 그야말로 진심이 담겨 있었다.

이 신요고 황국에서 '신의 자손'이라 일컫는 황제는 황비를 세 명 두는 것이 전통이다. 세 황비 가운데 처음으로 황자를 낳은 황비가 제1황비가 되고, 둘째 황자를 낳은 황비가 제2황비다. 지금 이 나라에는 제2황자까지만 있다. 제3황비는 아직 황자를 낳지 못했다는 이야기를 들은 적이 있지만, 어차피 구름 위에 사는 사람들의 이야기인지라 바르사도 그 이상 아는 바가 없었다.

제2황비는 황자를 무척 사랑하는 듯했다. 환대받은 곳은 궁전의 맨 '아랫방'이었지만 커다란 화로에 불이 타오르고, 바르사는 이곳에서 여태까지 한 번도 본 적 없는 진귀한 음식을 대접받았다.

이 나라에서는 미천한 자가 황족의 눈을 보기만 해도 눈이 먼다고들 한다. 황족은 신의 자손이며, 황족의 눈에는 신력(神力)이 깃들어 있기 때문이다. 이 힘은 물이 낮은 곳으로 흐르듯 무의식중에 흐르므로, 받아낼 힘이 없는 미천한 자가 접촉하면 상처를 입는다는 것이다. 그렇기 때문에 바르사를 초대한 황비는 직접 모습을 드러내지 않았지만, 제2황자의 시종장이 진심 어린 감사의 말을 전해 왔다.

바르사는 맛있는 음식을 먹고 색이 고운 유리잔으로 술을 즐겼다. 행여나 독살 위험이 있으리란 생각은 하지 않았다. 뭔가 사정이 있어 자기 입을 막아야 했다면 굳이 사람들 보는 데서 궁으로 초대했을 리가 없다. 오히려 여인숙으로 자객을 보내 도둑으로 위장하는 편이 훨씬 간단하기 때문이다.

기름에 바싹 튀겨 육즙이 흘러나오는 닭고기, 우유로 만든 달콤한 국 등을 실컷 즐긴 바르사가 시종장에게 말했다.

"잘 먹었습니다. 미천한 저에게 분에 넘치는 식사였습니다."

고개 숙여 인사하자, 기품 있게 백발을 빗어 넘긴 시종장이 고개를 끄덕였다.

"황자마마의 생명을 구한 보상으로는 턱도 없지요. 황비마마께서 청하시길, 오늘 밤은 불편한 여인숙 대신 이곳에서 푹 쉬어가시라고 하셨소이다."

바르사가 살짝 미간을 찌푸렸다.

"아닙니다. 그렇게 되면 오히려 제가 송구스럽습니다. 좋은 음식을 대접받은 것만으로도 충분히 감사드린다고 전해 주십시오."

"아니, 그러지 마시오."

시종장이 다가와서는 긴장할 것 없다는 듯 어깨를 두드렸다. 다음 순간 돌연 귓가에 빠르게 속삭이는 무성음이 들렸다.

"그대를 믿고 꼭 부탁할 일이 있소이다. 부탁이니 묵고 가도록 하시오."

이내 시종장의 목소리가 원래대로 돌아왔다.

"이 궁의 목욕탕은 그야말로 극락이라오. 평생 추억이 되도록 충분히 즐기시오."

바르사는 고개를 숙이며 제안을 받아들일 수밖에 없었다.

시종장의 말대로 목욕탕은 훌륭했다. 살짝 구워 구부린 대나무 관을 통해 인근의 온천물을 궁 안으로 끌어들인 듯했다. 바르사는 반지르르한 대리석을 아낌없이 사용해 호화롭기 그지없는 욕탕에서 나와, 정원 한구석에 울타리를 세워 만든 노천탕으로 나갔다. 뜨거운 온천물로 달아 오른 살갗에 차가운 바깥 공기가 부딪혀 왔지만, 얼른 물에 몸을 담그자서서히 온몸으로 온기가 퍼졌다. 그야말로 천상에 오른 기분이었다. 밤공기에 하얀 김이 피어올라, 뜰 여기저기에 밝힌 횃불이 몽롱한 빛을 발했다. 알록달록 단풍 든 정원수도 미풍에 흔들렸다. 느린 몸짓으로 하늘을 올려다보니 허공에는 별이 가득 쏟아졌다.

'이렇게 된 바에야 지켜보는 수밖에.'

이윽고 탕에서 나온 바르사는 대바구니에 준비된 새 속옷을 입고, 그 위에 낡은 옷을 걸쳤다. 시중들던 시녀가 마땅찮다는 듯 얼굴을 찌푸렸다.

"저, 새 옷도 여기에…."

바르사가 씩 웃었다.

"아, 고마워요. 잘 때는 익숙한 옷이 편해서요. 특히 이렇게 분에 넘치는 곳에서는 제대로 잘 수가 없을 것 같거든요."

시녀가 쓴웃음을 지었다.

"좀 해지긴 했어도 이것 하나만 입는 건 아니에요. 두 벌 갖고 빨아가며 입으니 지저분하지는 않아요."

시녀의 안내를 받으며 어둑어둑한 긴 복도를 지나 침실로 들어갔다. 금실 은실 비단을 바른 장지문으로 둘러싸인 방이었다. 열어보지는 않았지만, 장지문 네 개 너머로 각기 비슷한 방이 있을 것이다. 바닥보다 약간 높은 돗자리방에 이미 이부자리가 준비돼 있었다.

바르사는 이부자리 옆으로 놓인 단창과 짐을 확인했다. 그런 다음 허리띠만 살짝 풀고 이불 속으로 들어가 몸을 폈다. 푹신한 자리가 기분 좋았다.

"이거야말로 구름에 올라탄 기분이로군. 매일 이런 곳에서 자니 '구름 위 사람들'로 불리는 건가. 일생에 단 한 번 하는 극락 체험인 셈, 언제 끝날지 알 수 없지만."

배짱이 보통 아닌 바르사다. 어떤 일이 벌어질지 예측할 수 없었지만 낮의 피로에 목욕의 노곤함이 더해, 바르사는 곧 잠이 들었다. 보통 사람은 서서히 깊은 잠에 빠져들고 잠도 얕았다 깊었다 하는 법이다. 또 잠을 깨더라도 곧바로 정신을 차리지도 못한다. 하지만 바르사는 골짜기로 떨어지듯 잠에 깊이 빠져들었다가 순식간에 깨어난다. 어릴 적부터 수행으로 단련했기 때문이다.

인기척에 눈을 뜬 것은 한밤중이었다. 문밖 복도가 아니라 안쪽 침실 방향에서 발소리가 다가왔다. 조심하는 기색이었지만 발소리 죽이는 법을 모르는 어설픈 걸음걸이였다. 바르사는 몸을 일으켰다.

"바르사."

장지문 너머에서 속삭이듯, 놀랍게도 여자의 목소리가 들려왔다.

"일어났습니다. 들어오시지요."

스윽 문이 열리고 은촛대를 든 사람이 자그마한 사람과 함께 들어왔다. 희미한 불빛에 떠오른 소년의 얼굴을 보고, 바르사는 눈이 휘둥그레졌다.

'아니, 설마.'

잘못 보았을 리가 없다. 해 질 무렵 강에서 건져낸 소년의 얼굴이었다.

"제2황자마마?"

정면으로 눈이 마주친 순간, 배짱 두둑한 바르사도 반사적으로 눈이 멀지 않을까 생각했다. 하지만 그런 일은 일어나지 않았다. 마주친 것은 벼락 같은 힘을 감춘 눈이 아니라, 잔뜩 지쳐서 당장이라도 잠들어버릴 것처럼 게슴츠레한 소년의 눈동자였다.

"걱정했는데 괜찮은 것 같구나. 역시 들은 대로 강한 여인이다. 우리 눈을 봐도 눈이 멀 일은 없을 것 같다."

이 어리고 연약한 여인이 제2황비라고 생각할 수밖에 없었다. 얼른 걸음을 물러 정좌를 하고 머리를 조아리자, 황비가 속삭이듯 말했다.

"황사를 ╁해주어 고맙다. 나도 산에 있는 별궁에 갈 때마다 청궁천이 두려웠다. 그렇게 높은 현수교에서 뛰어내리다니. 시종 넷도 뛰어내렸다고 하는데, 한 명이 하류에서 바위에 걸려 목숨을 건졌을 뿐 나머지는 아직도 행방을 모른다."

'가엾게도.'

바르사는 눈을 감았다. 그 상황에서 황자를 구하러 뛰어내리지 않았다가는 심한 문책을 당할 것이 분명했다. 이렇게 선택의 여지 없이 내몰리는 죽음이 견딜 수 없을 정도로 싫었다.

"그대는 우리가 무슨 연유로 이 오밤중에, 게다가 친히 단둘이 왔는지 궁금하겠지. …바르사, 얼굴을 들어 보여다오."

바르사는 시키는 대로 고개를 들어 황비를 쳐다봤다. 그러고는 깜짝 놀랐다. 아직 앳된 얼굴이 환자처럼 창백하고 야위어 있었다. 곧 황비의 눈이 반짝였다.

"아아, 아랫것들 말대로 훌륭한 용모로다. 시종들 떠드는 소리가 시녀들 귀에 들어가, 결국 내게까지 와닿았다. 황자를 구한 사람은 여자의 몸임에도 불구하고 사람 목숨 구하는 일을 업으로 삼는 자라 하더구나. 그쪽 세계에서는 '단창술사 바르사'라는 이름을 모르는 자가 없다고도 하더군. 생김새는 머나먼 북방의 칸발 왕국 사람과 비슷하지만 이곳저곳 떠돌아 어느 나라 말이든 자유로이 구사하고, 단창을 사용하며, 이제껏 구한 사람들 수가 헤아리기 어렵다고 들었다. …
그렇지?"

바르사가 눈을 감았다.

"아뢰옵기 황송하오나, 과장된 소문이옵니다. 저는 평민들
말로 한낱 호위무사일 뿐이옵니다. 돈을 받고 사람 지키는
일을 하고 있습지요."

황비가 고개를 끄덕였다.

"요컨대 돈을 주면 사람을 구해준다는 뜻이로구나."

"예? 아, 그러니까…."

말문이 막혔다.

"간단히 말씀드리면 그렇습니다만, 하지만 반드시 구할
수 있는 건 아니옵니다."

황비의 표정이 굳어졌다.

"그건 이상하구나. 파는 물건과 가격의 가치가 같아야 한
다는 것 정도는 내 아무리 평민의 삶과 멀다 해도 잘 아는 바
다. 사람을 구하는 것이 그대의 업이라면 반드시 구해야만
돈을 받을 터인데."

저도 모르게 바르사의 얼굴에 웃음이 번졌다. 황비는 의외
로 심지가 굳은 듯했다.

"말씀하신 대로입니다. 그러니까 지키지 못할 때는 돈을

받지 못합니다."

황비가 미간을 찌푸렸다.

"왜냐? 돈은 일이 끝난 후에 받는 것이냐?"

"대개는 계약금으로 절반을, 일이 성공한 후에 나머지 절반을 받습니다. 하지만 지금 드린 말씀의 의미는 다릅니다. 일이 실패했다는 것은 곧 저의 죽음을 의미함을 말씀드리고자 한 것이옵니다."

황비가 잠시 침묵했다.

"어째서 목숨까지 걸어가며 그런 일로 돈을 버는 것이냐?"

"황송합니다만, 미천한 제 이야기를 하다가는 날이 새고말 것이옵니다."

황비는 잠시 망설이더니, 문에 기대어 잠든 아들을 쳐다봤다.

바르사는 황비의 용건을 짐작했다. 이 황자의 호위무사가되어달라고 청하려는 게다. 이는 곧 궁중에 수상한 움직임이있다는 뜻이리라. 황비에게 바르사는 본 적도, 들은 적도 없는전혀 새로운 인물이다. 아들의 신변을 염려한 황비가 궁중과아무 인연 없는 이에게 아들의 경호를 맡기려는 것이다.

바르사는 그렇게 판단했다. 세상과 동떨어져 궁궐 안에만 머무는 황비에게, 급류에 뛰어들어 황자를 구하는 대담무쌍함은 신기(神技)처럼 여겨졌을 것이다. 그런 사람은 황자를 구할 수 있을 거라고 철석같이 믿어버린 것이 틀림없다. 그런 생각은 무모한 환상에 불과하다는 것을 깨닫게 해야 한다. 일개 호위무사에 불과한 자신이 어떻게 궁정 내부의 후계 다툼에 개입하겠는가?

그러나 황비는 바르사의 예상을 뛰어넘는 말을 꺼냈다.

"오늘 밤, 나는 이 아이와 이승에서 작별할 각오를 하고 여기 왔느니라."

황비의 입에서 나온 말이 너무도 뜻밖이라 바르사는 번쩍 고개를 들었다. 황비가 찬찬히 바르사를 응시하며 이야기를 시작했다.

"이 아이의 목숨이 위태롭다. 어제 다리에서 소가 난폭해진 것도 우연이 아닐 것이다. 보름 전에는 황자가 목욕을 하는데 온천수 분출구의 바위가 돌연 무너지며 갑자기 뜨거운 물이 쏟아졌지. 그때는 지극히 우연히 황자가 욕조의 물때에 미끄러져 빗겨나면서 다행히 목덜미와 귀를 가볍게 덴 정도로 끝났지만, 그렇지 않았다면 온몸에 심한 화상을 입어 목숨을 부지하지 못했을 것이다."

"무례함을 용서하시옵소서. 혹여 사고가 아니온지요?"

역정을 낼 줄 알았는데, 황비는 고단한 듯 한숨을 쉴 따름이었다.

"모두들 사고라고 말하지. 하지만 이 아이의 목숨이 위협 당하는 이유를 모르기 때문에 하는 소리다."

촛대에서 치직 소리가 났다.

"산에 있는 별궁에서 머물던 두 달쯤 전부터 이 아이는 밤마다 가위눌리곤 했다. 묘한 꿈을 꾼다더구나. 매일 밤 한결같이 똑같은 꿈을. 하지만 깨어나면 꿈을 기억하지 못한다. 단지 강력한 느낌만 남아 있다는 것이다."

말하기 괴로운 듯 잠시 머뭇거리는 황비를 바르사가 재촉했다.

"어떤…?"

"그러니까, 돌아가고 싶다고 하는구나."

"돌아가고 싶다니요? 어디로 돌아간다는 말씀이시옵니까?"

"어디론가. 어딘지는 정확히 모르지만…. 가슴을 쥐어뜯기는 심정으로 절박하게 돌아가고 싶다는 것이다. 그러다 밤에 지키지 않으면 안 될 만큼 배회하기 시작했지. 이런 이야기가 폐하의 귀에 들어가, 급기야 성독박사(星讀博士)가 별궁으로 파견되었다."

성독박사란 이승과 저승의 이치를 관장하는 '천도(天道)'에 정통한 이를 말한다. 어쨌든 바르사도 '별의 궁'에 사는 박사라는 것만 아는 정도였다.

"가카이라 하는 그 성독박사가 황자의 이야기를 듣더니 불침번을 서기 시작했지. 그런데 그날 밤 무시무시한 일이 일어났다."

황비의 입술이 파르르 떨렸다.

"모두 잠이 들고, 밤이 깊어 나도 꾸벅꾸벅 졸고 있었다. 그러다 문득 잠에서 깼는데 몸이 전혀 움직이지 않더구나. 필사적으로 고개를 돌려 간신히 황자를 봤는데 깜짝 놀라고 말았다. 황자의 몸에서 푸르스름한 빛이 나오고 있었기 때문이다. 맥을 짚어보니 뛰는 속도가 아주 느리게 잡히더군. 마치 황자의 몸이 번데기이고, 몸속에 다른 생명체가 들어 있는 것처럼 느껴졌지. 그때 목소리가 들렸다. 성독박사가 몸을 떨면서 뭔가 주문을 외고 있었어. 성독박사가 황자의 몸 위로 번득이는 칼을 들어 올리는 것이 보여, 나는 혼신의 힘을 다해 정신없이 소리쳤다. 그 순간 갑자기 빛이 사라지더구나. 마치 꿈에서 깨어난 것 같았다. 갑자기 소리와 밤공기의 한기가 되돌아와, 잠깐 동안 아무것도 느끼지 못했다는 것을 깨달았지. 황자는 아무 일 없는 듯이 자고 있어서, 나는 꿈을 꿨다고 생각했다. 하지만 분명 꿈은 아니었다. 성독박사가 뜨거운 물이라도 뒤집어쓴 것처럼 땀에 흠뻑 젖어 나를 노려보고 있었으니까."

"황비마마를 말씀인가요?"

황비가 이를 악물었다.

"그 사내가 터무니없는, 아주 터무니없는 트집을 잡았다. 아마도 덜덜 떠는 모습을 들킨 것이 창피해서겠지만, 그 사내는, 그 사내는…."

황비는 다시 몸을 부르르 떨고는 이윽고 내뱉듯이 말했다.

"황자를 가리키며, 여기서 자는 자가 정말로 폐하의 피를 이어받은 황자가 맞느냐고 묻는 것이었다!"

"왜죠?"

이 질문에 황비가 바르사를 노려보았다.

"왜냐고? 나도 이유를 알고 싶다. 성독박사는 아무리 캐물어도 결국 대답하지 않더구나. 황자가 정말 폐하의 피를 이어받았다면 몸속에 저런 '것'이 잉태될 리 없다는 말만 되풀이할 뿐이었다. 저런 '것'이라니, 그게 무슨 뜻이냐고 물어도 고개만 젓더구나. 그러고는 나를 쳐다보며 이런 말을 했다. 여기 잠들어 있는 자는 머지않아 죽을 거라고."

황비에게서 참다못한 흐느낌이 새어 나왔다.

"황자를 구할 방책도 마련하지 않고 죽음을 예견하다니, 어떻게 그럴 수가 있느냐고 화를 냈지. 그러자 성독박사는 진정한 황자라면 죽지 않을 것이라고, 황자라면 저런 '것'을 잉태할 리가 없다고 되풀이했다. 도리어 자기가 황자의 죽음을 예언하는 것이라며 큰 소리치더구나."

어머니의 언성이 높아지자 그때까지 꾸벅꾸벅 졸던 황자가 번쩍 눈을 떴다. 그는 무슨 일이 일어났는지 이해하지 못한 채, 흐느껴 우는 어머니의 등을 조심스레 쓰다듬었다. 그러고는 몸을 돌려 바르사를 매섭게 쏘아보았다. 황비를 빼닮은 눈동자가 신기하기도 하고, 한편으로는 왠지 가엾기도 했다.

"그대가 어마마마에게 무례한 짓을 한 것이렷다!"

"쉿."

황비가 작고 고운 손으로 황자의 입을 막았다.

"그렇지 않습니다. 마침 눈을 뜨셨네요, 챠그무. 나는 이 사람에게 황자의 목숨을 지켜달라고 부탁하는 겁니다."

산전수전 다 겪은 바르사지만, 엄청난 일에 말려들고 있다는 것을 직감하자 식은땀이 흘렀다.

"아니, 잠깐만 기다려주시옵소서, 황비마마."

"그대야말로 기다려라. 끝까지 이야기를 들어다오, 부탁이니."

챠그무라고 불린 황자가 놀라 어머니를 올려다봤다. 이제까지 어머니가 평민에게 부탁을 하는 모습이라곤 본 적이 없었던 것이다.

"황자도 잘 들으세요. 어린 황자가 이해하기에는 쉽지 않겠지만, 그래도 오늘 밤 이 시간이 아니면 들을 수 없다 여기고 명심하세요. 알았나요?"

챠그무는 어머니의 기세에 눌린 듯 고개를 끄덕였다.

"나는 밤낮으로 성독박사가 한 말을 생각했다. 그러다 마침내 깨달았지. 그는 상세하게 말하지 않았어. 황자 몸에 들어 있는 것이 무엇인지 그 사람도 잘 모르는 듯했다. 하지만 결국 이 말을 하고 싶었던 게 아닐까. 챠그무 황자가 뭔가 무시무시한 '것'을 잉태했고, 그냥 두면 그 무시무시한 '것'이 머지않아 황자를 죽일 것이다, 그런 뜻인 것 같았다. 그리고 분명한 것은, 신의 자손인 폐하의 피를 이어받은 자가 몸속에 그런 '것'을 잉태했을 리가 없다는 것이다. 잉태했다면 이 아이는 폐하의 아들이 아니다. 성독박사는 그렇게 말하고 싶었던 것 같다."

"내가 아바마마의 아들이 아니야?"

눈이 휘둥그레진 황자가 황비를 응시했다. 황비가 조용하면서도 간곡한 목소리로 답했다.

"천지신명께 맹세컨대, 황자는 폐하와 내가 낳은 아들입니다."

그러고는 바르사를 쳐다봤다.

"그것만은 틀림없는 사실이다. 그렇다면 성독박사조차 모르는 힘이 이 아이를 움직이는 셈이다. 그래서 나는 은밀히 도읍에서 평판 높은 주술사에게 서한을 보냈다. 황자와 관련 없는 수수께끼처럼 이 내용을 글로 써서 말이다."

"주술사의 이름이 어떻게 되는지요?"

"토로가이라는 자다."

"그렇군요. 용케도 잘 붙잡으셨네요. 바람처럼 떠돌아다녀서 좀처럼 붙잡을 수 없는 자인데."

황자가 다시 당황스러운 표정을 지었다. 황비에게 이런 식으로 말하는 평민을 본 적이 없었을 테지. 바르사가 미소를 보내자 황자가 얼굴을 찌푸렸다. 귀염성이 없군.

"능력은 확실한가?"

"예. 제가 아는 한 최고입니다."

황비가 다소 안정을 찾은 듯 입가에 가벼운 미소를 머금었다.

"여하튼 그 주술사는 답장을 보내왔다. 말씀하시는 '것'이 무어라고 단정하기는 어렵지만, 만약 먼 옛날에 멸망했다고 전하는 바로 그것이라면, 그것을 잉태한 자가 죽는 경우는 잉태한 것을 살릴 수 없을 때라고 알려져 있다. 잉태한 자가 하지까지 살아남아 배 속의 '것'을 살릴 수 있다면 그자도 살아남을 것이다. 편지에는 이렇게 적혀 있었다."

"그게 전부이옵니까?"

황비가 고개를 끄덕였다.

"그렇다. 확실히 이것만으로는 풀 수 없는 수수께끼가 가득하지. 곧바로 더욱 상세한 것을 알고 싶어 다시 서한을 보냈지만, 이미 토로가이가 도읍을 떠나 어디론가 사라졌더구나. 그래도 단 한 줄기 희망이 생긴 것만으로도 몹시 기뻤다."

황비의 눈에 다시 엄한 빛이 서렸다.

"하지만 안심할 틈도 없이 황자의 생명을 위협하는 사고가 일어나기 시작했다. 그래서 깨달았지. 성독박사의 말에 담긴 엄청난 의미를."

황자가 주먹을 꽉 쥐었다.

"황자인 이 아이가 뭔가 무시무시한 '것'을 잉태했다는 소문이 퍼진다면, 신의 자손이라는 폐하의 위신에 치명타가 될 것이다. 그러니까 폐하는 이 사실이 알려지기 전에 아이를 사고로 위장해 없애려 하시는 게다."

"아, 아바마마가? 아바마마가!"

황비가 떨리는 목소리로 외치는 황자의 입을 막으며 품에 꼭 끌어안았다.

"폐하를 원망해서는 안 됩니다. 폐하께는 달리 방도가 없는 것입니다. 아시겠어요? 황자를 구하기 위해 마물 퇴치 주술 같은 것을 걸면, 반드시 누군가의 입에서 그 말이 새어 나가 퍼지겠지요. 그러면 그때는 이미 황자만의 문제가 아니게 됩니다. 이 나라의 존속을 위해 가장 중요한 폐하의 위신에 문제가 생길 겁니다. 폐하는 황자를 구하기 위해 손가락 하나 까딱하실 수 없다는 것이지요. 황자가 폐하의 아들이기에 폐하는 황자를 죽여야 하는 것입니다."

황비의 말끝이 떨리다가 뚝 끊어졌다. 잠시 침묵이 흘렀다. 가까스로 울음을 삼키는 소리가 들리더니, 이윽고 흐느낌을 멈춘 젊은 황비가 바르사를 응시했다.

"생각하고 또 생각했다. 그리고 마음을 정했다. 어제 이 아이가 물에 빠져 얼굴이 시퍼래진 것을 봤을 때… 나는 이 아이가 살기를 원한다. 비록 황족으로 일생을 보내지 못한다 하더라도 살아만 있다면 또 다른 즐거움으로 가득 찬 삶을 살 수 있을 것이다. 사랑하는 법을 배우고, 아이 얻는 기쁨을 알고… 그런 일생을 어디선가 보내고 있다는 생각만으로도, 나는 비록 이 아이를 만나지 못하더라도 참을 수 있겠다고 생각한 것이다. 죽은 아이의 얼굴을 보며 슬퍼하는 것보다는 그 편이 백배 천배 낫다고. 그리고 그렇게 할 수 있는 기회가 있다면, 지금, 바로 이때밖에 없다고.

바르사, 그대는 강하다. 여느 백성은 평생 구경도 못 할 만큼 보수를 치르겠다. 그러니까 이 아이를 구해서… 지켜서, 내 대신 이 아이에게 행복한 일생을 선사해주기 바란다."

황비는 부드러운 몸짓으로 챠그무 황자의 몸을 일으키더니 품에서 주머니 두 개를 꺼냈다. 황비가 화려한 비단 주머니의 끈을 풀자 한 주머니에서는 금화가, 또 다른 주머니에서는 진주가 흔들리는 촛불에 찬란히 빛을 발했다.

황비는 어떠냐는 눈빛으로 바르사를 보았다. 하지만 보물을 보고도 눈 깜짝하지 않는 바르사를 보고 당황했다.

"황비마마, 이미 말씀드렸사옵니다. 목숨이 없으면 아무리 값진 금은보화도 소용이 없지 않겠습니까. 무례를 무릅쓰고 솔직하게 아뢰옵나이다. 황비께오선 지금 너무나도 비겁한 행동을 보이셨습니다."

믿을 수 없다는 표정이던 황비의 얼굴이 이내 파랗게 질렸다. 황비는 곧 분노로 전신을 떨기 시작했다.

"비겁하다는 것은 무슨 뜻이냐?"

"저는 황자의 목숨을 구했사옵니다. 그런데 그 보상이 목숨을 잃는 것이라면 비겁하다고 할 만하옵지요."

"아무도 그대의 목숨을 빼앗는다는 말은 하지 않았다!"

바르사가 황비의 눈을 똑바로 쳐다봤다.

"진정 그러하시옵니까? 저는 신분 낮은 자, 오라고 하시면 어디라도 가지 않을 수 없습니다. 황비마마가 말씀하고자 하시면 듣지 않을 수 없습니다. 지금까지 전부 들으니, 황비마마의 소망을 들어드리기 위해 죽을 것이냐, 아니면 거절하고 여기서 죽느냐, 저에게는 그 두 길 밖에 보이지 않습니다. 어느 쪽이든 확실히 저의 죽음을 의미하는 것이지요."

황자가 자신을 노려보고 있다는 것을 알았지만, 바르사는 의연하게 무시하고 황비만을 응시했다. 목숨이 오락가락하는 마당에 무례가 대수일까.

"맞는 말이로구나. 그래, 나는 비겁한 사람이다."

황비가 불쑥 답했다.

"하지만 나에게는 달리 선택지가 없다. 비겁하거나 아니거나, 어쨌든 황자를 지키기 위해서라면 무엇이든 할 것이다. 바르사."

이를 악물고 말하는 기색이 역력했다.

"그대의 말대로 이 비밀을 알게 된 이상 그대를 살려둘 수는 없다. 여기서 죽을 것인지, 황자를 지켜 이 보물을 갖고 살아남으리라는 희망에 걸 것인지… 어느 쪽을 택하겠나, 단창술사 바르사여!"

바르사가 미소 지었다. 차가운 냉소였다.

"제 뒤에 셋, 복도에 둘, 황비마마 뒤에 셋. 의외로 마음을 터놓을 수하가 없으십니다, 황비마마. 누구든 하나라도 움직이면 그 순간 제 단창이 황자를 찌를 겁니다. 움직이지 마십시오."

바르사의 손에 단창이 들려 있었다. 황비와 황자의 시선이 벗어난 틈을 타 단창을 가까이 끌어당겨둔 것이다. 침실 주위로 살기가 피어올랐다.

황비가 바르사의 눈을 마주하며 입술을 깨물었다.

"보여주신 보물과 황자를 받기로 하지요, 황비마마."

"…!"

황비가 황자를 끌어안고 바르사를 노려봤다.

"자, 어서요. 날이 밝은 후에는 달아날 수가 없습니다. 무사히 이곳을 빠져나가게 하시려거든 황자의 얼굴을 감추도록 검은 두건을 갖고 오게 하시옵소서. 그리고 제게 안전한 탈출로를 가르쳐주시는 겁니다. 그런 다음 우리가 탈출로를 다 벗어날 즈음 황자의 침실에 불을 지르십시오. 황자가 반복되던 꿈을 또 꾸어 스스로 불을 냈다고 하시면 됩니다. 불길이 빨리

번지는 통에 황자를 구하지 못한 걸로 하시고, 그렇게 황자는 죽은 것으로 해야 합니다. 그렇지 않으면 제대로 도망칠 수 없을 것이옵니다. 혹여 불탄 자리에서 사체가 발견되지 않아 의심을 받는다 하더라도, 그때까지의 시간이 저희 생사를 가를 겁니다. 일의 성패는 황비마마께 달려 있다는 사실을 잊지 마시옵소서."

황비가 넋을 잃은 듯 바르사를 바라봤다. 바르사의 얼굴에는 냉담한 기색이 사라져 있었다.

"그대는⋯."

"그저 울분을 표현하고 싶었을 따름입니다. 여기서 죽는 길을 택할 리 없지 않겠습니까. 저는 호위무사입니다. 이제부터 황자는 제가 맡습니다. 자, 서두르시옵소서."

어느새 황비의 눈에서 눈물이 넘쳐흘렀다.

궁궐 사람 전부가 황비 편은 아닌지라, 가능한 한 들키지 않고 모든 준비를 마치기까지는 시간이 걸렸다. 따라서 바르사가 엄청난 운명의 변화에 넋이 빠진 황자를 안고 황비가 일러준 대로 계곡으로 통하는 비밀통로에 이르렀을 때는 이미 여명의 푸른 기운이 하늘을 물들이고 있었다. 동이 틀 무렵, 살을 에는 듯 차가운 공기가 두 사람을 에워쌌다. 터져 나오는 입김이 하얗게 얼어붙었다.

멀리서 사람들 목소리가 들렸다. 무슨 말인지는 알아들을 수 없지만 웅성거리는 소리가 점점 가까워졌다. 어슴푸레 형체만 보이던 궁궐 한구석에서 희미한 불빛이 피어나더니, 이윽고 등불을 밝힌 듯 붉은빛이 일렁이기 시작했다.

바르사는 황자의 자그마한 몸을 끌어당겼다. 저항하던 황자도 이내 얌전해졌다.

"봐라. 지금 저 불 속에서 황자는 죽었다. 새날이 밝으면, 그대는 더 이상 황자가 아니다. 평민 챠그무다. 명심해라."

꽉 깨문 황자의 잇새로 흐느낌이 새어 나왔다.

"사람의 운명이란 모르는 것. 살아남으면 언젠가 다시 어마마마를 만날 날이 올지도 모른다. 죽으면 모든 게 끝장이다. 알겠는가, 챠그무?"

챠그무는 꽉 깨문 이를 득득 갈며 바르사를 올려다봤다. 그러고는 두 손으로 흐르는 눈물을 쓱 닦으며 고개를 끄덕였다.

'황자다운 기백이 있구나.'

바르사가 미소 지었다. 그러고는 챠그무의 등을 밀어, 유황 냄새가 코를 찌르는 온천 배수구 속으로 발을 들여놓았다.

2
별의 궁과 사냥꾼

막 떠오른 아침 햇살 속에 제2궁의 처참한 모습이 드러났다. 고약한 냄새가 진동하는 가운데 아직 부지직거리며 연기를 내뿜는 화재 현장을 지그시 바라보는 사람이 있었다. 정신없이 뛰어다니는 사람들과 전혀 다른 공간에 덩그마니 홀로 선 듯한 자태였다. 몸에는 짙은 감색 홑옷을 걸친 채, 윤곽이 또렷하고 반듯한 얼굴에 붓으로 그린 듯 선명한 눈썹이 돋보였다. 그 눈썹 아래 다갈색 눈동자가 무서울 정도로 강렬한 빛을 발했다. 바로 '별의 궁 최고 영재'로 불리는 성독 박사 슈가였다.

'그것이 불을 일으켰을 리 없어. 내 추측이 옳다면 그것은 분명 물의 성질을 가졌을 터.'

슈가가 초조한 듯 속으로 중얼거렸다.

'그러니까 그때 나한테 맡겨달라고 청했거늘. 가카이 따위가 감당할 일이 아니었어. 점점 꼬여가는군.'

슈가는 쯧쯧 혀를 차고는 휙 등을 돌려 걷기 시작했다. 간밤에 별 관측 당번을 서느라 한숨도 못 잔 상태였다. 눈가에 피로가 묵직하게 고였지만 도저히 그대로 숙사에 들어갈 마음은 들지 않았다. 아주 잠깐 망설인 끝에 슈가는 결국 별의 궁으로 돌아가 성도사(聖導師)를 알현하기로 결심했다.

성도사는 성독박사 중 최고 위치에 있는 자를 일컫는 존칭이다. 이 나라 최고의 현자로 인정받아 황제의 의향까지도 좌지우지할 만큼 막강한 존재였다. 성독박사의 권력이 어째서 이토록 강력한 것일까? 그 이유를 알려면 먼저 이 나라의 역사를 알아야 한다.『신요고 황국 정사』에 기록된 건국 역사를 간단히 보는 것이 좋겠다.

신요고 황국은 남쪽과 동서 삼면을 바다가 둘러싼 나요로 반도를 영토로 한다. 이 광대한 땅은 험준한 청무 산맥이 가로막은 북쪽까지 펼쳐져 있다. 신요고 황국이 건국되기 전, 이 땅에는 '야쿠'라 불리는 사람들이 살았다. 유난히 턱이 크고 피부가 검은 이들로, 수십 명씩 작은 부락을 이루어 기후 좋은 반도의 평야지대에 흩어져 살았다. 이들은 밭을 일구고 짐승을 사냥하며 살았다고 전한다. 야쿠족이 반도에서 평화롭게 살 당시, 바다 건너편에는 왕국이 몇 개나 번성해 서로 영토를 뺏고 뺏기며 격렬하게 공방을 벌이고 있었다.

약 250년 전, 이 왕국들 가운데 가장 위세를 떨치던 요고 황국에 특이한 사내아이가 태어났다. '카이난 나나이'라 불린 이 남자는 엄청나게 큰 머리에 몸은 작아 참으로 볼품없었지만 대단한 재능을 갖고 있었다. 가만히 앉아 별만 쳐다보고도 머나먼 곳에서 일어나는 일을 알았으며, 미래를 예측하기도 했다. 요컨대 나나이는 천도(天道)를 읽는 데 능통했던 것이다.

천도란 요고 황국의 근간이 된 고(古)요르사 왕국 시대부터 널리 퍼진 종교이자 학문이다. 천신이 이승을 움직이는 이치를 천도라고 하는데, 하루를 여덟 개의 시각으로 나눠 매 시각 하늘의 변화를 살핌으로써 이 세상이 어떻게 움직여갈지를 예측할 수 있다고 한다. 나나이는 이 천도를 믿으며 천신을 모시는 신관이었다. 그리고 현재 별을 해독하는 자들도 이 천도를 계승한 자들이다.

그런데 당시에 요고 황국에는 황자 넷이 있어, 과연 누가 중병에 걸려 죽어가는 황제의 뒤를 이을지를 놓고 피로 피를 씻는 싸움을 거듭하고 있었다. 하지만 네 황자 중 제3황자인 요고 토르갈은 피를 나눈 형제끼리 벌이는 볼썽사나운 싸움에 염증을 느끼고 스스로 황위 계승을 포기한다고 선언했다. 그리고 스물다섯 살이던 토르갈은 도읍에서 멀리 떨어진 북쪽 해변에 틀어박혀, 아내와 아이들과 함께 조용한 생활을 시작했다.

어느 날 밤, 그 저택에 카이난 나나이가 나타났다. 그러더니 토르갈의 운명과 나요로 반도의 운명을 완전히 바꿀 묘한 예언을 전한 것이다.

"북쪽 바다를 건너 비옥한 반도로 건너가는 것이 좋겠다. 그곳에 고요한 낙원이 있다. 그곳은 천신의 목소리가 가장 잘 들리는 곳이다. 반도 북쪽에는 안개에 뒤덮인 험준한 산맥이 있으니 북방 외적들의 침략을 막아줄 것이다. 반도의 삼면을 둘러싼 바다는 이 대륙에 있는 나라들의 침략을 막아줄 것이다. 안개 자욱한 산에서 흘러내린 강이 부채꼴 평지를 낳았으니 그곳에 도읍을 정하는 것이 좋겠다. 이 땅을 천신의 위엄과 영광으로 채워라. 왜냐하면 그대는 천신의 뜻을 이 세상에 실현하기 위해 신의 가호를 받아 태어난 천자(天子)이기 때문이다."

토르갈이 나나이의 예언을 받았다는 소문은 순식간에 온

나라로 퍼졌다. 곧 수많은 사람들이 천자인 토르갈을 따라 낙원으로 건너가려고 모여들었다. 토르갈은 마음을 정했다. 그리고 이들을 모아 선단(船團)을 거느리고 고국을 떠났다.

나나이는 배 위에서 별을 관측해 망망대해 위에서 옳은 길을 찾아냈다. 선단을 비옥한 나요로 반도로 안내한 것이다. 토르갈은 나나이의 인도에 따라 강을 거슬러 올라가, 마침내 청무 산맥에서 흘러나온 강이 두 줄기로 갈라지는 곳에 이르렀다. 그곳에는 나나이의 예언대로 두 줄기 강물이 부채꼴 형태의 평지를 둘러싸고 있었다. 아주 비옥한 들판이었다. 온화한 성품의 토르갈은 이곳에 살던 야쿠족을 무력으로 쫓아내려 들지 않았다. 그러나 야쿠족은 난생 처음 보는 이들의 눈부시게 화려한 행렬에 놀라 제풀에 마을을 버리고 산으로 도망쳐버렸다.

토르갈은 나나이의 가르침에 따라 웅장하고 아름다운 도읍을 세우고 논밭을 개간하기 시작했다. 그런데 이상하게도 첫해에는 벼가 단 한 톨도 여물지 않았다. 의아해진 나나이가 별을 해독하니 흉작의 원인은 천신의 위광을 증오하는 이 지역의 마물 탓으로 밝혀졌다. 이 지역 마물이 강의 근원인 청무 산맥의 깊은 산속에 살며 샘솟는 물에 저주를 건 것이다.

나나이는 천신에게 천자를 지켜달라고 빌었다. 이레 동안 낮과 밤을 가리지 않고 음식을 끊은 채 오로지 기도만 올렸다. 그러던 여드레째 밤, 나나이의 귓가에 천신의 목소리가 울렸다.

"토르갈에게 나의 증표를 새긴 성스러운 검을 주어, 용맹한 무사 여덟 명과 함께 청무 산맥으로 보내라. 청궁천이 솟는 샘을 찾아가야 한다. 그곳에 가면 마물에게 혼을 잡아먹힌 자가 있을지니, 마물 썬 그자를 처치해 강에 피를 흘려보내도록 하라. 마물의 피가 마물이 건 저주를 씻어낼 것이다. 그때 비로소 이 땅이 맑아지고 천신의 은혜로 충만한 땅이 될 것이니라."

나나이는 이 신탁을 토르갈에게 전하고, 토르갈의 검에 천신의 상징인 북극성 표식을 새겼다. 이것이 지금도 황가에 전해내려오는 신검 '성심(星心)의 검'이다. 토르갈은 거느리던 무사 가운데 가장 심성 곧고 용감한 무사 여덟 명을 선발했다. 그리고 이들과 함께 성심의 검만을 허리에 차고 청무 산맥 깊숙이 들어갔다.

산을 올라가자 슬피 우는 야쿠족 세 사람과 마주쳤다. 토르갈이 왜 그리 슬퍼하느냐 묻자, 이들은 마물이 아들의 혼을 잡아먹었다고 답했다. 그러고는 아들이 마물의 모습으로 변해 산속으로 사라졌다는 것이다.

야쿠족은 오랜 옛날부터 마물이 100년에 한 번씩 깨어나 이런 식으로 어린아이의 혼을 잡아먹어왔다고 설명했다. 눈물을 멈추지 못하던 이들은 토르갈에게 그 무시무시한 마물을 퇴치해달라고 애원하며 머리를 조아렸다. 토르갈은 야쿠족에게 자신이 천신의 가호를 받는다는 사실을 알리고, 반드시 마물을 퇴치하겠노라고 다짐했다.

계속 강을 거슬러 오르자, 이내 안개로 자욱한 숲 깊숙이 물이 콸콸 솟는 샘이 나타났다. 샘 옆에는 놀랍게도 어린아이 하나가 앉아 있었다. 아이는 토르갈 일행을 보더니 샘을 가리키며 말했다.

"나를 받들어 모시도록 하여라. 이 지역의 물은 내가 관리한다. 만일 나를 받든다면 이 샘에 주술을 걸어 그대들의 논에 풍성한 결실을 내리겠노라."

그러나 토르갈은 마물의 달콤한 말에 현혹되지 않았다. 그가 성심의 검을 스르륵 빼들자, 아이는 순식간에 물요괴로 변해 덤벼들었다. 토르갈과 여덟 무사는 사흘 낮과 밤을 요괴와 싸웠고, 결국 물요괴의 머리를 베는 데 성공했다. 그리고 들은 대로 물요괴의 몸에서 뿜어져 나온 푸른색 피를 샘에 흘려보냈다. 그 순간 하늘을 가르며 샘으로 벼락이 내리꽂혔다. 푸른빛이 샘을 뒤덮자 샘이 쉬익 소리를 내며 하늘로 솟구치더니, 얼마 후 하늘에서 깨끗한 비가 내려 땅을 적셨다.

이렇게 해서 토르갈은 이 땅에 풍작을 불러와 천신의 가호를 받는 천자임을 확실히 증명했다. 그로부터 스스로 황제라 칭하고, '천신의 비호를 받는 나라'라는 의미로 요고 황국의 새로운 출발을 선언하며 신요고 황국을 세운 것이다.

별을 해독함으로써 천신의 목소리를 들은 나나이는 '성도사'로 불렸다. 그는 '천신'을 모시고 별을 해독하는 성독박사들을 휘하에 두고 가르치기 시작했다. 전국에서 신분을 가리지 않고 영특한 소년들을 모아 수행을 거치게 하여 수습생에서 술사로 키운 것이다. 그리고 그 가운데 가장 능력이 뛰어난 한 사람, 선대 성도사들의 비법을 모두 전수받은 자만이 오를 수 있는 최고 지위 '성도사' 제도를 만든 것도 바로 나나이다. 성독박사가 되면 귀족이 되는 것이었다. 따라서 평민 소년들에게 '별의 궁'에 들어가는 것은 평생의 꿈이었다.

나나이가 죽고 200년 가까이 세월이 흘렀어도 나라의 모든 것을 관장하는 실질적인 지도자는 별의 궁에 사는 성도사였다. 사람들은 천자인 황제가 정치를 이끌고 있다고 믿었지만 실제로 이 나라를 움직이는 것은 성도사였다.

두려움으로 얼굴이 새파랗게 질린 사람들이 화재 현장을 바쁘게 오갔다. 슈가는 경황없는 이들의 흐름을 거슬러 제2궁의 문을 나가, 별의 궁이 있는 동평을 향해 걸음을 재촉했다.

신요고 황국의 도읍 광선경(光扇京)은 부채꼴 형태로 펼쳐진 너른 땅이다. 부채에 비유하자면 손잡이에 해당하는 부분, 즉 북쪽 끝 산기슭 부근에 황제가 사는 궁전을 중심으로 요고궁이 자리를 잡고 있다. 부채꼴의 윗부분이라 해서 요고궁은 '선상(扇上)'으로 불리며, 귀족들이 모여 사는 부채꼴의 가운데 부분, 즉 '선중(扇中)'과는 높게 회벽을 둘러 구분되어 있다. 이 벽 중앙에 대남어문(大南御門)이 있으며, 이 문은 도읍을 관통하는 제1대로를 향해 열려 있다. 선상은 동서남북 네 개의 평(坪)으로 나뉜다. 북평에는 금색과 청색 테두리의 기와가 아름다운 황제의 궁전이 있고, 동평에는 성독박사들이 사는 별의 궁이 있다. 서평에는 제1황자와 그 어머니 일족이 사는 제1궁과, 제2황자와 그 어머니 일족이 사는 제2궁이 있다. 남평에는 제3황비가 사는 제3궁이 있다.

슈가는 자갈을 밟으며 금색과 초록색 덩굴무늬가 그려진 성 내곽 담장을 따라 성어문(星御門)을 빠져나갔다. 별빛을 상징하는 야광조개가 박힌 문을 지나는 순간, 슈가는 비로소 몸속 깊숙이 고요가 찾아드는 느낌을 받았다. 벌써 8년째 지내는 곳이건만 문을 나설 때마다 이런 느낌이 드는 것도 묘한 일이다. 그는 내심 성독박사가 아닌 사람이 이 풍경을 목격한다면 아마도 뭐라 형용할 수 없는 쓸쓸함을 느끼리라고 생각하곤 했다.

다른 궁은 모두 푸른빛이 싱그러운 숲이 둘러싸고 있는데, 이 별의 궁만은 황량한 모래땅이 휘감고 있다. 나무 한 그루, 풀 한 포기 없는 잿빛 모래땅이.

왜 모래땅일까? 성독박사라면 누구나 이유를 알고 있다. 별을 관측할 때 가장 중요한 것은 고요와 적막이다. 잡음이 끼어들어서는 곤란하다. 잡음이란 것이 반드시 소리만 의미하는 것은 아니다. 생명체의 기척이나 자기 내면의 욕망 따위도 전부 잡음이다. 천궁을 둘러싼 별의 움직임으로부터 신의 조용한 속삭임을 듣고자 귀를 기울일 때, 잡음은 커다란 방해가 된다. 그렇기 때문에 초대 성도사 나나이는 별의 궁 주위를 광대한 모래땅으로 에워싸버렸다. 또 하나 규칙이 있었다. 이 궁에는 남자만 살도록 하고, 가족이 있는 사람은 선중에 가족을 남겨두고 거기서 다녀야 한다는 것이었다. 배필이나 연인, 가족도 잡음이 되기 십상이기 때문이다.

저벅저벅 모래를 밟으며 슈가는 별의 궁으로 향했다. 별의 궁은 참으로 기묘한 곳이다. '별 과거' 시험에 합격해 처음 이 궁을 보았을 때가 떠올랐다. 하얀 돌벽에 검은 기와를 얹은 별의 궁은 하늘에서 보면 육각형이다. 중심에는 높은 탑이 솟아 있다. 별을 관측하는 첨성탑이다. 당번인 자는 밤새 이 탑에 틀어박혀 밤하늘을 지켜봐야 한다. 낮에도 마찬가지로 하늘을 관측한다.

별의 궁이 가장 한가한 아침, 궁을 관리하는 노인이 천천히 빗자루를 움직여 현관 옆 모래를 고르고 있었다. 그는 슈가를 발견하고서 잠자코 머리를 숙였다. 밝은 햇빛 아래 있다가 궁으로 들어서자 순간 눈앞이 침침했다. 궁 안은 어두웠으며 정적이 깔려 있었다. 100명에 가까운 이들이 이 안에서 생활하는데도 누군가 돌아다니는 소리나 소곤거리는 소리마저 이 정적에 빨려 들어 전혀 울려 퍼지지 않는다.

슈가는 토방에 이르러 신발을 벗고 싸늘한 돌바닥 복도로 올라갔다. 그러자 육각의 모서리마다 놓인 향로의 보랏빛 연기가 몸에 스며드는 것이 느껴졌다. 성도사가 기거하는 '안쪽 방'을 향해 앞으로 나아가니 미닫이문에는 흰 휘장이 쳐 있었다. 슈가는 안심했다. 보라색 천이 드리워 있으면 성도사가 명상 중이라는 의미였고, 한 번 명상에 들어가면 짧아도 하루, 길면 여러 날 성도사를 만날 수 없게 된다.

문밖에서 인기척을 내려는 순간 안쪽에서 문이 열렸다. 깜짝 놀란 슈가만큼이나 안에서 나오려던 키 작은 중년 남자도 흠칫 놀랐다. 운이 좋지 않았다. 슈가가 지금 가장 마주치고 싶지 않던 선배 가카이였다. 슈가가 인사를 하고 뒤로 걸음을 물리자 가카이가 얼른 복도로 나왔다. 그대로 지나쳐 기나 했는데, 문득 가카이가 걸음을 멈추고 슈가를 올려다봤다.

"무슨 용건으로 성도사님을 뵈려 하느냐? 제2궁 건이라면 내가 방금 상세히 전해드렸다."

가카이의 눈에 경계의 빛이 서려 있었다.

"아닙니다. 어젯밤 관측한 별에 대해 성도사님께 여쭤보고 싶은 것이 있어서요."

차마 당신의 실수에 대해 성도사님께 상의 드리러 가는 참이라고 말할 수는 없었다. 슈가가 차분하게 대답하자 가카이는 콧방귀를 뀌었다.

"그래? 그런데 네 옷에서 연기 냄새가 나는구나."

슈가는 무표정하게 대답했다.

"별을 관측하고 나오는 길에 제2궁 화재 현장을 보고 왔거든요."

가카이가 다시 입을 열려는 찰나에 안쪽에서 목소리가 들렸다.

"거기 누구냐, 슈가냐?"

슈가는 등을 곧추세웠다.

"예, 성도사님. 슈가이옵니다."

"들어오너라. 마침 잘됐구나. 할 말이 있다."

가카이가 쓸쓸한 표정으로 슈가를 노려보고는 빠른 걸음으로 사라졌다.

'안쪽 방'은 넓은 돌바닥실과 한 단 높은 돗자리방으로 이루어져 있다. 돗자리방 왼편 안쪽이 성도사의 침실로, 두툼한 비단이 온 방을 두르고 있다. 반면 밖으로 탁 트인 오른편으로는 중정과 탑이 내다보인다. 마침 덧문이 전부 열린 채 하늘하늘한 휘장만 내려뜨려, 새하얀 아침 햇살이 부드럽게 들이치고 있었다.

성도사는 볕이 잘 드는 돗자리방에 정좌하고서 한 손을 화로에 쬐고 있었다. 성도사 히비 토난은 어깨가 떡 벌어지고 체구가 큰 사나이로, 성독박사라기보다는 무사처럼 보였다. 일흔넷 고령이라 눈썹은 하얗게 세었지만, 부리부리한 눈과 마주칠 때마다 슈가는 몸속에 긴장감이 가득 차는 느낌이었다. 오랜 세월 최고 권력자로 지내온 남자의 위엄이 성도사의 몸에 가득 배어 있었다. 무엇보다 무서운 것은 나이가 들어도 녹슬지 않는 그의 예리함이었다.

슈가가 정중히 절을 올리고 정좌하자 성도사가 고개를 가볍게 끄덕였다.

"지난밤은 바빴겠구나. 용건은 제2궁 건이냐?"

"예."

"그렇다면 나와 같도다. 문 앞에서 실랑이를 하는 것 같던데, 가카이가 기쁜 듯이 보고하러 왔더구나. 황자가 화재로 사망했으니 더 이상 문제될 것이 없다고 말이다."

슈가가 고개를 들었다.

"감히 아뢰옵니다. 저는 그리 생각하지 않습니다."

성도사가 고개를 끄덕였다.

"나도 그러하다. 먼저 자네가 수긍하지 않는 이유를 말해 보라."

슈가는 줄곧 생각해온 것을 모두 말하기로 결심하고 차근차근 이야기를 시작했다.

"성도사님께서 가카이 님과 저를 불러 황자의 몸에 뭔가 깃들어 있다고 하셨을 때, 저는 두 가지를 떠올렸습니다. 하나는 『건국정사』에 나오는, 성조(聖祖) 토르갈 황제가 퇴치하셨다고 하는 물요괴입니다. 또 하나는 올해 하지 무렵 천궁에 나타난 가뭄의 징조입니다. 올해는 아직 가뭄의 징조가 보이지 않지만, 하늘의 움직임을 보면 내년에는 끔찍한 가뭄이 들 것이다, 모두가 이미 몇 차례나 얘기해온 것이지요. 저는 이 두 가지의 관계가 아무래도 신경 쓰여, 서고를 뒤져 오래된 기록을 샅샅이 살폈습니다. 그러자 기묘한 사실을 알게 되었습니다. 이 반도가 약 100년에 한 번씩 이런 대가뭄을 겪어왔다는 것입니다. 게다가 정확히 100년 전에 대가뭄이 든 해에는 참으로 기이한 사건이 보고되어 있었습니다. 상세히는 알 수 없지만 마물이 나타나 어린아이를 잡아먹거나, 아이의 배를 갈랐다는 식의 잔인한 이야기이지요. 100년에 한 번 찾아오는 대가뭄과 어린아이를 해치는 마물, 이는 『건국정사』에 있는 물요괴 이야기와 똑같지 않습니까? 『건국정사』에도 마물이 100년마다 나타나 어린아이의 혼을 잡아먹는다는 야쿠족의 말이 적혀 있습니다. 올해가 다시 100년째 되는 해입니다. 여러모로 조건이 맞아떨어지는 것이 우연이라고는 생각되지 않습니다. 토르갈 황제께서 물요괴를 퇴치해 이 땅을 정화시켰다는 사실을 의심하지는 않습니다. 그런 의심은 곧 대역죄를 짓는 것이지요. 하지만 불경죄가 두려워 제가 알아낸 사실을 말씀드리지 않는다면 진정한 성독박사가 아니라고 판단했습니다."

성도사가 흥미롭다는 듯 눈을 반짝였다. 슈가가 말을 이었다.

"제 생각이 옳다면, 황자의 몸에 들어간 마물의 성질은 물입니다. 그런 마물이 조종해 화재를 일으켰다는 것은 이치에 맞지 않습니다. 황자가 화재로 돌아가셨다고 도저히 생각할 수 없는 이유입니다."

성도사는 아무 말도 하지 않았다. 얇은 휘장을 통해 비치는 아침 햇살이 돗자리방에 만든 무늬를 지그시 응시할 뿐이었다. 이윽고 성도사가 얼굴을 들어 슈가를 보았다.

"흠, 역시 내가 사람을 잘못 택한 것 같구나. 자네가 이 건을 맡겨달라 했을 때 그렇게 했어야 했다. 가카이는 제자 가운데 가장 나이가 많다. 능력을 입증할 기회를 주려 했는데, 안일한 판단으로 일을 복잡하게 만들고 말았구나."

성도사가 슈가를 쳐다봤다. 슈가는 주눅 들지 않고 눈길을 받아냈다.

"그래, 좋다. 자네는 이제 스무 살, 아직 젊다. 하지만 역시 내 오른팔이 되어 움직일 사람은 자네밖에 없는 듯하구나. 이 일에 얽히면 돌이킬 수 없는 길로 발을 들이는 셈이다. 그래도 해보겠느냐?"

슈가는 망설임 없이 고개를 끄덕였다.

"제게는 이 일이 매우 심오한 의미를 내포하는 것으로 여겨집니다."

"음. 하지만 한 가지 더 말해두기로 하지. 이 일은 결코 깨끗한 일이 아니다. 만일 관여한다면 자네는 어쩔 수 없이 성스러운 별의 궁 안에서 어둡고 역한 면을 보게 될 것이다. 전혀 생각지 못하던 추악함을 마주하게 될 거라는 말이다."

불현듯 가슴속에 차가운 무언가가 닿는 느낌이 들며 소름이 돋았다. 하지만 슈가는 '별의 궁'의 어두운 면을 아는 것이 곧 성도사에 이르는 길이라고 직감했다. 지금 이 순간, 인생의 기로에 서 있다는 사실을 깨달은 것이다.

"빛과 어둠, 이 두 가지가 어우러져 세상을 이룬다고 배웠습니다. 별을 관측하다 보면 보면 언젠가 마주칠 일이라고 생각합니다. 아무리 어둡고 굽은 길이라 해도, 그것이 천도에 이르는 길이라면 저는 그 길을 걷겠습니다."

성도사의 눈에 재미있다는 눈빛은 이제는 사라지고 없었다. 오히려 일찍이 본 적 없을 정도로 진지한 빛이 서렸다.

"그 마음을 고이 간직하라. 그것이 자네가 가는 길을 비추는 유일한 빛이 될 것이다. 성도사에 이르는 길은 끔찍할 정도로 어둡고 악취 풍기는 길이다. 굴러떨어지면 남는 것은 어둠뿐이다."

성도사가 벌떡 일어나 휘장을 들어 올리고 중정을 둘러봤다. 사람의 그림자라곤 보이지 않았다. 성도사가 자리로 돌아와 앉으며 목소리를 낮추었다.

"물요괴를 퇴치해 이 땅을 정화시켰다는 것은 곧 황제의 혈통이 신의 자손이라는 증거다. 그런데 퇴치했던 물요괴가 하필 황자의 몸에 깃들였다는 사실이 알려지는 날에는! 바로 그래서 폐하가 제2황자를 두 차례나 암살하려 한 것이다. 어린 황자를 죽이려는 시도를 잔혹하다 할 때가 아니다."

슈가가 아무 말도 하지 못하고 멍하니 성도사를 바라봤다.

"두 차례 암살 시도는 모두 교묘하게 사고로 위장했다. 첫 번째는 황자의 몸에 온천 열탕이 쏟아지는 사고였다. 그런데 황자가 미끄러져 목숨을 건졌다. 두 번째는 어제 일이다. 산속 별궁에서 산영교를 건너 돌아올 때, 가마를 끄는 소의 목에 침을 꽂아 날뛰게 했다. 황자는 그 높은 현수교에서 급류로 떨어졌지만, 역시 운 좋게도 마침 그 자리에 있던 여자 호위무사의 도움으로 목숨을 구했다."

슈가의 입에서 엉겁결에 말이 새어 나왔다.

"물, 둘 다 물과 관련이 있군요."

"그렇다. 암살 계획은 모두 내가 세웠다. 황자의 목숨이 위험에 처하면 몸속에 든 '것'이 본성을 드러낼 거라고 생각했기 때문이다. 그것의 본성이 물과 관련 있으니."

"그렇다면 간밤의 화재는! 그건 성도사님이 불로 황자를 없애기 위해….”

성도사가 쓸쓸하게 웃었다.

“언젠가는 화재를 시도하려 했다. 하지만 어젯밤이 아니었다. 두 번째 사고의 기억이 희미해질 무렵을 노리던 중이었고, 또한 나는 황자를 없애기 전에 황자에게 씌었다는 물요괴의 정체를 확인하고 싶었다. 따라서 간밤의 불은 내 뜻이 아니다.”

“그렇다면….”

“나는 제2궁 황비를 의심하고 있다. 상당히 영민한 분이지. 아들의 목숨이 위태로운 것을 간파하고 도망치게 한 것이 아닐까. 황비는 가카이가 바보 같은 말을 흘리자 곧바로 행동을 개시했다. 도읍에 와 있던 주술사 토로가이에게 서한을 보내 아들이 무엇에 씌었는지 물었다고 하더구나. 나는 곧바로 토로가이를 은밀히 붙잡아 죽이라고 명령했지만, 눈치가 빠른 놈인지 이미 감쪽같이 사라진 후였다. 지금도 사냥꾼 몇이 뒤쫓고 있으나 아직 붙잡았다는 보고는 없다.”

“사냥꾼이라고요?”

“이 궁의 어둠 속에 머무는 자들이다. 폐하와 나의 명에 따라 암살을 맡아 하지. 나와 폐하 이외에 사냥꾼을 아는 자는 없다. 자네는 사냥꾼의 존재를 아는 세 번째 사람이 되는 셈이다. 이제부터 자네도 이자들을 부리게 될 것이다."

슈가의 등에 식은땀이 흘렀다. '별의 궁'의 역겹고 어두운 면…. 이 정도로 무시무시한 일이 아무렇지 않게 벌어지고 있을 줄이야. 슈가는 이제까지 봐온 세상이 갑자기 칠흑 같은 어둠으로 변해버린 것처럼 정체를 알 수 없는 공포를 느꼈다.

"두려우냐?"

성도사의 음성이 강철처럼 차갑게 느껴졌다.

"아닙니다."

"그럼 됐다. 그런데 제2궁 황비가 황자를 도망치게 했을 거라 생각하는 이유가 또 하나 있다. 제2궁을 은밀히 염탐하는 사냥꾼 하나가 서한을 보내왔다. 그자가 말하기를, 간밤에 황비가 강에서 황자를 구해준 여자 호위무사를 궁으로 초대했다 하더군. 보상금만 주면 될 일을 일부러 초대해 접대하고, 게다가 궁에 재우기까지 했다니. 게다가 이 호위무사는 화재로 어수선한 틈에 모습을 감추었다고 한다."

"그렇군요. 황비가 그자에게 황자를 맡겼다고 보시는군요. 어떤 자입니까, 그 호위무사라는 자는?"

"떠돌이 무사다. 사냥꾼의 말에 따르면 생김새는 청무 산맥 너머의 칸발 왕국 사람을 닮았다더구나. 하지만 사투리가 전혀 없는 요고어를 쓴다 한다. 단창을 사용하는 자로, '단창술사 바르사'라 불린다고 한다. 호위무사로서 꽤나 이름이 알려져 그쪽 세계에서는 유명하다고 하니, 만만치 않은 여자인 듯하다."

슈가가 미간을 찌푸렸다. 여자의 몸으로 단창을 쓰는 호위무사라? 참으로 묘한 일이다.

"이미 사냥꾼 넷이 뒤를 쫓기 시작했다. 조만간 좀 더 자세한 이야기를 들을 것이다. 만일 황자를 데리고 있다면 발견하는 즉시 호위무사를 죽이고 황자를 데려오라 일렀다."

성도사가 말을 끊고 슈가를 쳐다봤다.

"별 관측을 마치고 아직 잠을 못 잤겠구나. 한숨 자고 나서 종이 세 번 칠 무렵 성장하고 다시 이리로 오너라. 오늘 밤 폐하를 알현하도록 하자."

심장의 고동이 빨라졌다. 공손히 절을 하고 일어나 '안쪽 방'에서 물러나며, 슈가는 더 이상 되돌아갈 수 없는 길로 발을 들여놓고야 만 것을 실감했다. 이 길은 곧 성도사의 지위로 통하는 길이다. 하지만 지금은 항상 우러러보던 그 지위가 전처럼 찬란하게 빛나 보이지만은 않았다.

3

심부름꾼 토야

제2궁의 배수구는 청궁천(靑弓川)이 아니라 광선경의 동쪽을 흐르는 조명천(鳥鳴川)으로 빠져나갔다. 숨이 막힐 듯한 악취 속을 빠져나와 강가에 이르자, 대기라는 것이 이토록 향기롭다는 사실을 새삼 느끼게 됐다. 챠그무가 짚신 바닥에 묻은 미끈미끈한 것들을 기분 나쁜 얼굴로 바위에 문질렀다. 숲속에는 아직 밤의 어둠이 남아 있었지만 강가에는 하얀 아침 안개가 서서히 피어올랐다. 여명이 밝아오자 어렴풋이 챠그무의 얼굴이 보이기 시작했다.

"자, 이제 갈까, 챠그무?"

바르사가 건넨 말에 챠그무는 불쾌한 듯 얼굴을 찡그리며 쳐다봤다. 바르사는 개의치 않고 그 가녀린 팔을 덥석 잡아

걷기 시작했다. 이 황자를 살리려면 우선 평범한 아이로 취급받는 것에 익숙해지게 해야 한다. '절대 쉬운 일이 아닐 거야'라고 생각하며 바르사는 속으로 한숨을 쉬었다. 세상에 태어난 순간부터 신의 자손으로 대접받으며 자란 아이다. 갑자기 바꾸라고 한들 금세 감정까지 바꿀 수는 없을 것이다.

"어디로 가는 것이냐?"

볼멘 목소리가 들렸다.

"뭐? 아, 우선 잠깐 쉬어야지. 그런 다음에 할 일이 많아. 일단 내가 아는 사람 집으로 갈 생각이다."

챠그무가 대꾸 없이 입을 다물었다. 한참 동안 하류를 향해 걷던 중, 바르사는 챠그무가 이따금 비틀거리는 것을 눈치챘다.

"졸려서 반쯤 잠이 든 상태로구나."

바르사는 쓴웃음을 지었다. 걷는 데 익숙하지 않은 황자다. 피곤해서 금방이라도 죽을 것 같겠지.

"자, 어부바해주지."

등을 대고 기다렸지만, 의외로 챠그무는 전혀 업히려 하지 않았다.

"왜 그러느냐? 빨리 어부바해라."

"어… 어부바가 무슨 뜻이냐?"

"아, 그렇구나."

어머니나 유모에게 안긴 것 외에는, 가마 같은 것을 타고 살아온 터라 업히는 걸 모르는 것이다. 문득 바르사는 이 소년이 가여웠다. 이제까지 울지 않은 것만으로도 상당히 다부진 아이라는 생각이 들었다. 아무 짓도 하지 않았는데 아버지가 죽이려 들고, 어머니와 헤어지고, 게다가 따뜻하게 자신을 감싸고 있던 환경에서 벗어나 아는 사람 하나 없는 세상으로 내팽개쳐진 것이다.

"챠그무."

바르사가 소년의 눈높이로 몸을 숙였다.

"어부바는 등에 업힌다는 말이야. 평민 아이들은 어릴 때 엄마가 일하는 동안 엄마 등에 업혀 있는단다. 모르는 것이 있으면 지금처럼 묻도록 해라. 모르는 게 당연하니까 염려하지 말고. 천천히 익숙해지면 되는 거야."

챠그무가 이를 악물었다. 눈물을 보이지 않으려고 필사적으로 기를 쓰는 것이다. 바르사가 챠그무를 홱 잡더니 뱅그르르 돌려 마치 아기를 다루듯 가뿐히 등에 업었다.

"이렇게 하면 좀 따뜻하지? 이제 한숨 자도록 해라."

바르사는 단창과 봇짐을 챠그무의 엉덩이 밑에 받치고 걷기 시작했다. 처음에는 어쩔 줄 몰라 뻣뻣하던 챠그무의 몸이 이내 부드럽게 늘어졌다. 바르사의 등에 몸을 완전히 맡긴 것이다. 목덜미로 소년의 뺨이 닿는 것이 느껴졌다. 잠이 든 것이다.

'아아, 빌어먹을.'

바르사가 한숨을 쉬었다. 엄청난 일에 말려들고 말았다.

차차 밝아오는 산길을 걸으면서, 바르사는 골똘히 살아남기 위한 방책을 강구했다. 어떻게든 남의 눈에 띄기 전에 선하(扇下)로 들어가야 한다. 급해진 마음에 발걸음을 재촉하며, 슬슬 아침 일을 시작하기 위해 밭으로 나서는 농민들의 시야를 빠져나가 평민의 마을인 선하로 들어갔다.

발걸음마다 흙먼지가 풀풀 이는 길이 미로처럼 마을을 잇는다. 뚜렷한 계획하에 만들어진 선중이나 선상과 달리, 인구가 늘어날 때마다 서서히 확대된 민간인 마을 선하는 꼬불꼬불한 골목길이나 수로로 연결되어 어수선하면서도 활기가 넘쳤다.

바르사는 가게들이 늘어선 백헌로 뒤로 들어섰다. 상점들의 뒤편에는 돌담으로 둑을 쌓은 수로가 있다. 작은 배로 날라 온 물건들을 뒤쪽에서 가게 안으로 들여가는 식이다. 수로에 놓인 다리 밑에는 손바닥만 한 자투리땅마다 찢어지게 가난한 사람들의 오두막이 늘어서 있다. 오두막이라고 해봐야 다리를 천장으로 삼고 교각 받침목에다 거적을 걸쳐 바람을 막는 정도여서, 여름에는 모기에 시달리고 겨울이면 뼛속까지 추위가 파고드는 지경이었다. 바르사는 빠른 눈길로 사람이 없는 걸 확인한 후 초라한 오두막 앞에 멈춰 섰다.

"어이, 토야 있냐?"

문을 대신하는 지저분한 거적 너머로 바스락거리며 움직이는 인기척이 들렸다. 잠시 뒤 거적이 걷히더니 앙상한 얼굴에 갈색 머리가 푸석푸석한 소년이 얼굴을 내밀었다. 열댓살쯤 되어 보이는 소년의 퀭한 눈에 졸음기가 역력했다. 소년은 바르사를 발견하더니 입을 떡 벌렸다.

"아니, 바르사 님! 어쩐 일이세요? 이렇게 이른 아침에."

"들어가도 될까? 사정이 좀 있어서 누가 볼까 신경이 쓰이는구나."

"물론이죠."

토야라고 불린 소년은 황급히 뒤로 물러서 바르사를 들어오게 했다. 벽 역할을 하는 거적에 여기저기 뚫린 구멍으로 아침 햇살이 들어오긴 했지만 오두막은 영 침침했다. 몹시 지저분한 실내는 땀 냄새가 찌들어 숨이 막혔다. 바닥에 거적 두 장을 깔고 그 위에 짚을 쌓아 올린 침상이 있었는데, 그 침상에서 또 한 사람이 벌떡 일어났다. 머리에 지푸라기가 잔뜩 붙은 채였지만 꽤나 아리따운 소녀였다.

"사야, 깨워서 미안하구나. 옆에 좀 내려놓을게."

바르사가 속삭이듯 말하자 소녀가 방긋 웃으며 고개를 끄덕였다. 사람들 목소리에 잠이 깼는지 챠그무가 몸을 꼼지락거렸다. 바르사는 얼른 황자를 침상에 내려놨다.

"여기가 어디냐?"

챠그무가 얼굴을 찡그리며 두리번거렸다. 토야는 챠그무를 보더니, 이내 뭐라 형용할 수 없는 표정으로 바르사를 올려다봤다.

"바르사 님, 사정이 있다 하시더니 혹시 귀족 자제를 유괴라도 하신 건가요?"

바르사가 머리를 긁적였다.

"그런 건 아니지만 이유는 말할 수 없구나. 너희는 모르는 편이 낫기도 하고. 굉장히 성가신 일이거든. 네 도움이 필요하다. 물론 사례를 할 거야."

"쳇, 우리 사이에 무슨 그런 말씀을. 바르사 님의 부탁이라면 제가 물불 가리지 않는다는 걸 잘 아시면서."

바르사가 웃었다.

"고맙구나. 네 추측대로 이 아이는 지체 높은 집안의 아이다. 사정이 있어서 목숨을 위협당하고 있다. 나는 이 아이의 호위무사를 부탁받은 셈이고."

"아, 예."

바르사가 미소를 거두고 지그시 토야를 응시했다.

"잘 들어라. 우리와 만났다는 사실이 절대로 남에게 알려져서는 안 된다. 우리가 떠난 뒤에도 마찬가지다. 알려지면 우리뿐만 아니라 너희들 목숨도 남아나지 않을 거야."

토야는 졸음이 싹 달아난 듯이 눈을 깜빡였다.

"이런 폐를 끼치고 싶지 않지만, 나도 목숨이 걸린 일이라서 말이야. 그 대신 오늘 밤까지 여기 숨겨주면 금화 두 닢을 주마."

토야의 커다란 눈이 더욱 휘둥그레졌다. 금화 한 닢이면 두 해를 먹고살 돈이다. 두 닢 같으면 넋이 나갈 정도의 거금이었다. 황비에게서 보상금을 두둑이 받은 데다 이전 의뢰인한테 받은 돈도 아직 상당히 남아 있어 바르사의 주머니는 두둑했다. 폐를 끼치게 될 토야에게 사례를 더 할 수도 있지만, 너무 큰돈은 도리어 문제를 일으키는 법이다.

"다만 금화는 내년 하지가 되거든 쓰거라. 대신 동화로도 100닢 줄 테니까. 알았지? 반드시 약속해야 한다. 안 지켰다가는 큰일이 날 테니."

손바닥에 금화 두 닢과 동화가 잔뜩 든 주머니를 올리자 토야는 멍하니 쳐다볼 뿐이었다.

"꿈이 아닐까…."

울 것만 같은 얼굴로 바르사를 한 번 보고, 그다음 안쪽에서 역시 얼이 빠진 사야를 바라보았다. 바르사는 그 손에 동화 네 닢을 더 올려놨다.

"부탁이 하나 더 있다. 이걸로 몇 가지 사다 주면 좋겠다. 자, 똑똑히 기억해라."

토야가 침을 꿀꺽 삼키며 고개를 끄덕였다.

"우선 내 키에 맞는 남자 옷, 여행 다니기 편하게 가벼운 차림이면 된다. 그리고 이 아이가 입을 것도. 같은 가게에서 둘 다 사지 말고. 만에 하나라도 꼬리를 잡히면 곤란하니까. 그리고 커다란 기름종이 두 장하고 곰 가죽 한 장. 열흘은 견딜 정도의 말린 밥과 말린 고기…."

바르사는 청무 산맥을 넘을 작정이었다. 토야는 이런 일로 먹고사는 심부름꾼이다. 돈을 받고 부탁받은 일을 해주는 것이다. 이 정도 목록을 기억하는 것은 식은 죽 먹기다. 게다가 토야가 다른 사람을 대신해서 물건을 산다 해도 원래 이것이 직업인 만큼 아무도 수상하게 여기지 않을 터였다. 바르사가 그를 찾아간 이유다. 토야가 진지한 얼굴로 듣더니 고개를 크게 한 번 끄덕였다.

"저한테 맡기세요, 바르사 님. 남들 눈에 띄지 않도록 최대한 조심할 테니까. 사야, 오늘은 너도 도와줘야겠다."

말수가 적은 사야가 토야한테서 동화를 받더니 기쁜 듯이 고개를 끄덕였다.

"바르사 님, 배고프시죠? 그 아이도 배고파 죽겠다는 얼굴이네요. 우선 얼른 노기야에 가서 아침거리를 사 올게요. 뱃사공 아저씨한테 아침밥을 부탁받았다고 말할 테니 안심하세요."

토야가 바람처럼 뛰쳐나가 눈 깜짝할 사이에 김이 모락모락 나는 도시락 네 개를 사 들고 돌아왔다. 노기야는 혼자 사는 뱃사공이나 인부들이 도시락을 사는 가게로, 매일 아침 일찍 장사를 시작했다.

챠그무는 지저분한 바닥에 앉기 싫다며 얼마 동안 고집을 부리더니, 바르사가 수건을 한 장 깔아주자 마지못해 자리에 앉았다. 토야와 사야는 얼굴을 마주 보고 쓴웃음을 지었을 뿐 화를 내지는 않았다.

"자, 먹자."

삼나무를 얇게 켜 만든 도시락 뚜껑을 열자 맛있는 냄새가 올라왔다. 쌀과 보리를 반씩 섞어 갓 지은 밥에다, 인근에서 잡히는 생선살에 매콤하고 달콤한 양념과 향신료를 발라 구운 음식이었다. 잘 절인 채소장아찌도 맛있어 보였다. 내키지 않는 듯 젓가락으로 음식을 쿡쿡 찌르던 챠그무는 생선과 밥을 조금 떠 입에 넣었다. 곧 챠그무의 눈이 휘둥그레졌다.

"맛있지? 이 근처에서 도시락이라면 노기야가 최고지."

챠그무가 토야를 흘끗 보며 보일 듯 말 듯 고개를 끄덕였다. 따끈한 도시락은 무척 맛있었다. 네 사람은 정신없이 젓가락을 움직여 입으로 밥을 밀어 넣었다. 아침 식사가 끝나자 토야와 사야는 부탁받은 물건을 사러 씩씩하게 집을 나섰다.

바르사는 집주인인 두 아이의 짚더미 잠자리를 정돈하고 그 안으로 기어들었다. 챠그무는 잠시 망설이더니, 이윽고 바닥에 깔았던 수건을 들고 바르사 옆으로 와서 머리 밑에 수건을 깔고 누웠다. 바르사가 한쪽 눈을 질끈 감으며 웃어 보였다.

"이미 가을도 깊어진 데다 날도 추워서 벌레는 없을 테니까 안심해도 좋아. 짚 속으로 쑥 들어오지 않으면 감기 걸린다."

바르사는 문득 생각난 듯 일어나 짐에서 얇은 천 두 장을 더 꺼내 챠그무에게 건넸다. 사람들이 다리를 지나갈 때마다 발소리가 천막집으로 고스란히 전달되며 머리 위로 부슬부슬 흙이 떨어져 내렸다.

"이걸로 얼굴을 덮도록 해라. 숨 쉴 수 있게 얼굴을 옆으로 돌리고 자야 한다."

챠그무가 시키는 대로 하는 것을 지켜보고, 바르사는 짚 속으로 들어갔다. 모두가 아침 일을 시작할 시각, 사람의 왕래가 빈번해져 오두막 안으로 사람의 발소리와 말이나 소 발굽 소리, 덜커덕거리는 수레 소리가 울려 퍼졌다. 혼이 빠질 정도로 시끄러웠지만 그래도 눈을 감으니 피로가 잠을 재촉했다. 서서히 소란한 소리가 멀어지며 바르사와 챠그무는 잠이 들었다.

바르사가 눈을 뜰 때까지 토야와 사야는 돌아오지 않았다. 빛이 들이치는 정도로 보아 점심때가 가까운 듯했다. 챠그무는 아직 곤히 자고 있었다.

'추적자가 따라붙을까? 그렇겠지. 불난 곳에 황자의 사체가 없다는 사실이 지금쯤 알려졌을 테니까. 암살을 기도한 녀석들이 진상 파악에 그리 오래 걸릴 리가 없지.'

오늘 밤 안에 청궁천을 건너 산으로 들어가야 한다. 한참 계획을 세우는 중에 갑자기 챠그무가 신음했다. 반듯하게 누운 챠그무가 입을 벌려 숨을 크게 들이마셨다. 바르사는 온몸의 털이 쭈뼛 곤두서는 느낌을 받았다. 챠그무의 가슴과 목, 그리고 머리에서, 마치 인광과도 같은 푸른빛이 새어 나오기 시작한 것이다. 처음엔 흐릿하던 빛이 천천히 고동치듯 또렷하게 빛났다. 챠그무는 마치 물고기처럼 입을 뻐끔거리며 눈을 감은 채 몸을 일으키는가 싶더니 문을 향해 걷기 시작했다.

바르사가 정신을 차리고 벌떡 일어섰다. 그런 다음 간신히 챠그무의 몸을 붙잡아 밖으로 나가는 것을 막았다. 챠그무는 눈을 감은 채 바르사를 올려다보듯 움직였다. 챠그무의 몸에서 뭐라고 형용할 수 없는 냄새가 풍기는 듯했다. 어디선가 맡은 적 있는 냄새였지만 무슨 냄새인지 떠오르지 않았다.

"챠그무! 챠그무!"

바르사는 필사적으로 챠그무의 몸을 흔들어 깨우려 했다. 신음하던 챠그무가 잠시 경련하듯 몸을 떨더니 눈을 떴다.

"챠그무?"

챠그무는 눈을 껌벅거리며 영문을 모르겠다는 듯한 표정으로 바르사를 바라봤다.

"괘, 괜찮니?"

챠그무가 고개를 끄덕였다. 여기가 어디인지도 모르는 것처럼 멍청한 표정으로 주위를 둘러보더니, 이윽고 확실히 잠이 깬 듯 대답했다.

"응."

바르사는 아직 온몸에 식은땀이 흘렀다. 심장이 목구멍으로 튀어나올 듯이 고동쳤다. 웅웅거리는 바깥 소음이 다시 들리기 시작하고서야 비로소 잠시 바깥 소리가 들리지 않았다는 것을 깨달았다.

'어떻게 이런 일이⋯.'

바르사는 이마의 땀을 닦았다. 황비에게 들었을 때만 해도 그런가 보다, 그저 희한한 일이라고 생각했을 뿐 무섭지는 않았다. 그런데 얘기를 듣는 것과 눈으로 보는 것은 확연히 달랐다. 바르사는 와들와들 떨고 있었다.

호위무사로서 수없이 칼날 밑을 빠져나가며 어깨부터 배까지 칼에 베인 적도 있다. '이게 마지막인가' 하고 생각한 적도 한두 번이 아니다. 하지만 그런 죽음의 공포와는 달랐다. 정체를 알 수 없는 두려움이었다.

바르사는 이제까지 세운 도피 계획을 버렸다. 단순히 도망만 쳐서는 살아남을 수 없으리라는 사실을 막연하게나마 직감한 것이다. 이 아이에게 정말로 뭔가가 씌었다. 그 점이 황제에게 목숨을 위협당한다는 사실보다 훨씬 더 중요하게 여겨졌다.

'도움이 필요하다. 이건 나 혼자 힘으로 해낼 수 있는 일이 아니다.'

칼로 베거나 쓰러뜨리는 무술이라면 어떻게든 해보겠지만, 상대가 요괴라면 달리 도리가 없다.

"챠그무, 방금 무슨 꿈이라도 꾼 거냐?"

챠그무가 눈을 가늘게 뜨며 생각에 잠겼다.

"기억이 나지 않는다. 하지만 항상 꾸는 꿈이었던 것 같다. 돌아가고 싶으니까."

"돌아가고 싶다고? 어마마마가 계신 곳으로?"

"…아니다."

챠그무가 머뭇거리며 바르사를 바라보았다.

"깨어 있을 때는 어마마마가 계신 곳으로 돌아가고 싶다. 하지만 꿈을 꿀 때는 어디론가, 어딘가 푸르고 차가운 장소로 돌아가고 싶구나."

'그렇다, 물 냄새였다.'

불현듯 깨달았다. 푸른빛을 발하는 챠그무를 안았을 때 나던 그 냄새.

'하지만 단순한 물이 아니다. 어디였더라, 어디인가 알 듯한 냄새였는데.'

답답하지만 도무지 떠오르지 않았다.

밖에서 발소리가 들렸다. 본능적으로 단창을 들었으나 이내 경계를 풀었다.

"다녀왔습니다. 늦어서 죄송해요. 말씀하신 것들 전부 사왔어요. 점심도 사 왔으니 드세요."

거적을 들치며 토야가 쾌활한 목소리로 말했다. 뒤따라 사야도 들어왔다. 짐을 바닥에 털썩 내려놓더니 어떤 게 옷이고 어떤 게 곰 가죽인지 보여주려는 듯 하나하나 늘어놨다.

"틀림없는지 점검해보세요."

여기까지 말한 토야가 바르사를 보더니, 의아하다는 표정을 지었다.

"어쩐 일이세요? 얼굴이 파래요, 바르사 님."

"아니, 아무것도 아니다. 추적자가 오는 줄 알고."

"아아, 그렇군요. 그러고 보니 마을이 난리법석이었어요. 선상의 제2궁이 새벽에 불타버렸다고 하더라고요."

"관리나 병사가 누군가를 찾는 것 같지는 않더냐?"

"아니요, 그런 것 같지는 않던데요. 혹시 몰라서 사야를 둑 위에 세워두고 누가 뒤를 쫓거나 염탐을 하지는 않는지 확인하게 했는데, 아무도 없었어요. 사야, 그렇지?"

사야가 진지한 얼굴로 고개를 끄덕였다.

"그래? 고맙구나. 너희들이 영리하니 도움이 많이 된다."

토야와 사야는 칭찬에 기쁜 기색을 감추지 않았다.

"그런데 너희들, 주술사 토로가이 알지?"

"예, 물론 알지요."

"지금 어디 있는지 소문이라도 들은 것 없니?"

토야가 사야를 쳐다봤다. 사야는 고개를 저었다.

"음. 그러고 보니 얼마 전에 선하 어딘가에 있다고 들었는데, 지금은 전혀 소문이 없네."

"그래? 그렇다면 하는 수 없지. 잊어버려라."

워낙에 바람처럼 변덕스러운 주술사다. 토로가이를 찾아내는 건 무리일 것이다.

'그렇다면 역시 그 녀석한테 의지하는 수밖에 없나?'

머릿속에 한 사내의 얼굴이 떠올랐다. 그리고 한숨이 뒤따랐다. 가능한 한 끌어들이고 싶지 않지만 어쩔 도리가 없다.

"자, 그럼 점심을 먹을까?"

토야와 사야가 사 온 것은 도리메시였다. 매운맛이 강한 자이 열매 가루와 나라이라는 과실의 달콤한 과육을 묻혀 노릇노릇 구워낸 닭고기 요리였다. 밥에 섞어 먹으면 아주 맛있었다. 토야와 사야는 대나무 통에 든, 아직 김이 나는 뜨거운 차와 과일도 꺼냈다.

"저희가 물건 사는 데는 전문가니까요. 어디가 싸고 좋은지 훤히 꿰고 있어서 보통 사람들이 사는 것보다 훨씬 싸게 샀을 거예요. 그래서 남은 돈으로 맛있는 것도 잔뜩 사 온 거죠."

우쭐거리는 토야의 얼굴을 챠그무가 뚫어지게 바라봤다. 그 눈길을 느낀 토야가 물었다.

"내 얼굴에 뭐라도 묻었냐?"

그러자 챠그무는 고개를 흔들더니 참으로 이상하다는 듯이 물었다.

"그대는 왜 그토록 빨리 말하는 것이냐?"

순간 토야는 입을 다물고 사야와 바르사를 번갈아 쳐다봤다.

"내 말이 빨라?"

"아, 아니야. 챠그무, 이 지역 사람들은 모두 이 정도 속도로 얘기한단다. 사는 곳에 따라서 말하는 법도 여러 가지인 셈이지. 상인들은 거침없이 빨리 말하고, 농부들은 소곤거리듯 억양 없이 말하는 식이야. 바다 쪽 뱃사람들은 고함치듯이 말한단다."

바르사의 설명을 듣던 챠그무의 얼굴에 놀라는 기색이 퍼졌다.

"바르사 님은 여기저기 돌아다니시니까, 이렇게 아는 게 많은 분도 없을 거야. 게다가 무척 강하고. 알고 있니? 나하고 사야는 바르사 님 덕분에 살아 있는 거야."

토야가 눈을 반짝이며 챠그무를 쳐다봤다.

"그런 얘기는 그만둬라, 토야. 바르사라는 이름을 큰 소리로 말하는 것도 좀 참아다오."

"아, 참. 그럼 작은 소리로 얘기하죠. 있잖아, 나는 아버지랑 어머니의 얼굴을 기억도 못 할 정도로 아주 어릴 적에 이 근처에 버려졌지. 이 근처 상인들이 꽤 잘살다 보니 팔고 남은 것들을 줘서 그걸로 살기도 하고, 때로는 날치기도 하면서 살았어. 사야도 비슷한 처지고. 친동생은 아니지만 사야를 내 여동생이라고 생각하며 같이 살고 있어."

챠그무는 쉴 새 없이 튀어나오는 이야기를 넋이 빠져서 듣고 있었다.

"그런데 보면 알겠지만, 사야가 눈에 띄게 예쁘잖아. 2년 전 여름에 마을의 부랑배들이 사야를 찝쩍거렸지 뭐야, 서쪽 네거리 부근에서. 당연히 내가 덤벼들었지만, 상대가 다섯 명이나 되었단 말이야. 무지막지하게 두들겨 맞았어. 그놈들, 쓰러진 나를 또 걷어찼지. 사람들은 쳐다보기만 할 뿐 아무도 도와주려고 하지 않았어. 우린 가난한 심부름꾼이니까. 게다가 상대는 마을 서쪽을 주름잡는 가이라는 두목의 부하들이었고. 무서운 일이야. 약한 자를 때리고 차는 것이 기분 좋은지, 녀석들이 잔뜩 흥분해서 사정없이 발길질을 해댔지. 그런데 어쩐 일인지 갑자기 발길질이 멈추더라고. 이상해서 눈을 떴더니, 바르사 님이 서 있었어. 5 대 1이었다는 걸 생각해봐. 게다가 상대는 싸움을 밥 먹듯 하는 부랑배 놈들이고. 난 눈을 의심했지. 죄송스러운 말이지만, 바르사 님이 평범한 아줌마로 보였거든. 그런데, 그런데! 나는 단창이 그렇게 움직이는 걸 처음 봤어. 마치 번개 같았지. 뭐가 어떻게 됐는지도 모르는 사이에, 다섯 놈이 땅바닥에 고꾸라져 있었어. 신음도 제대로 못 하더라고. 완전히 뻗은 거야. 정말 굉장했어! 무엇보다 기뻤던 게 뭔지 알아? 바르사 님이 우리 같은 애들을 구해줬다는 점이야. 심지어 답례도 받으려고 하지 않았어."

"허풍도 참."

바르사가 쓴웃음을 지었다.

"전에 말했잖니. 그때는 이 마을에서 일을 시작한 지 얼마 안 돼서, 실력 있다는 평판을 얻고 싶었던 거라고. 내가 대단히 착한 사람이라서 너희를 구해준 게 아니라니까."

"말도 안 돼. 단지 그런 이유라면 우리한테 비싼 약까지 줄 리가 없지. 나는 고생이라면 안 해본 게 없이 자라서 세상을 잘 알거든. 모두들 자기한테 득 되는 게 없으면 꼼짝도 하지 않지. 하지만 간혹 보상을 바라지 않고 잘해주는 사람도 있어. 그런 사람은 말이야, 역시 마음이 착한 거야."

"맞아."

사야의 나지막한 중얼거림에 챠그무가 놀라서 쳐다봤다. 너무 말이 없어 말을 못 한다고 생각했던 것이다. 사야가 챠그무에게 미소 지었다.

"바르사 님은 겉보기에는 무서워. 하지만 상냥한 사람이야. 이 사람이라면 확실하게 지켜줄 거야."

바르사는 신음 소리를 냈다.

"고맙기도 하구나. 정말로 그렇게 된다면 좋겠지만."

4
사냥꾼을 풀다

'황제의 그림자' 임무가 떨어질 때마다 몬은 몸속 깊숙이 기분 좋은 긴장감이 흐르는 것을 느낀다. 몬이라는 이름은 숫자 '1'을 의미하며, 그가 사냥꾼의 대장임을 뜻한다. 하지만 그가 사냥꾼이라는 것과 그의 이름에 담긴 의미는 황제와 성도사, 그리고 작년에 돌아가신 아버지와 부하 사냥꾼들만 알 뿐이다.

사냥꾼은 200년 전에 성조 토르갈 황제를 따라 물요괴를 퇴치한 무사 여덟 명의 자손들이다. 단, 이 가계의 자손 모두가 사냥꾼으로 사는 것은 아니다. 항상 한 집안의 막내아들만이 사냥꾼의 기술을 전수받아 황제의 명을 받들어왔다. 막내아들이 아버지가 되면 다시 막내아들에게 기술을 전수하고, 이런 방식으로 200년이 넘도록 이어져온 것이다.

표면적으로는 사냥꾼은 근위병으로 일생을 보낸다. 근위병에게는 '황제의 방패'로 불리는 평범한 경호와, '황제의 그림자'로 불리는 다른 임무, 즉 남의 눈에 띄지 않는 경호, 이렇게 두 가지 임무가 있다. '황제의 그림자'라는 기이한 임무는 사냥꾼의 존재를 숨기기 위해 200년 전에 성도사가 고안해낸 것이다.

사냥꾼의 임무는 대개 오랜 시간 은밀하게 작업해야 하는 것들이다. 평범한 관리나 무사가 오랫동안 휴가를 내면 의심을 받게 마련이지만, 황제를 호위하는 '황제의 그림자' 임무를 수행 중이라고 하면 의심을 받지 않기 때문이다. 따라서 '황제의 그림자' 임무 개시 명령은 몬과 그 부하들에게 사냥꾼으로서의 은밀한 일이 시작된다는 것을 의미했다.

몬은 막 철이 들 무렵부터 아버지로부터 사냥꾼 기술을 교육받았다. 단 한 차례 공격으로 사람을 죽이는 기술, 사라진 사람을 찾아내는 기술, 다른 사람으로 변신하는 기술 등. 맨손 무술은 물론이고 번개처럼 빨리 장검을 다루는 독특한 검술과 바람총까지, 그야말로 온갖 무술을 배운 셈이다.

아버지는 대개 한밤중에 비밀리에 기술을 가르쳤다. 몬은 힘든 수행에 지친 나머지, 어째서 자기만 이런 힘든 수행을 해야 하느냐고 아버지를 원망한 적도 있다. 한밤중에 험한 산을 달리고도 아침에는 다른 형제들과 똑같이 일어나야 했다. 늦잠을 자 아침부터 어머니에게 야단맞아도 이유를 속 시원히 밝힐 수 없었다. 하지만 열다섯 살에 성년식을 치른 뒤에야 비로소 실감할 수 있었다. 황족조차 좀처럼 알현을 허용하지 않는 황제의 부름을 받고 친히 이런 말을 들은 것이다. 비록 비단 천 너머이긴 했지만.

"그대는 사냥꾼으로 태어났다. 사람으로서 그 이상의 삶은 없느니라. 왜냐하면 널리 알려진 바는 아니지만, 사냥꾼이야말로 이 나라를 지켜온 진정한 영웅이기 때문이다."

이 말을 듣는 순간 온몸이 떨렸다.

몬은 열여덟 살 되던 해부터 황제의 명을 받아 본격적으로 임무에 투입됐다. 처음 작업은 당시 좌의정을 암살하는 일이었다. 좌의정의 침실에 잠입해 머리의 헐 하나를 가운뎃손가락으로 쳐서 살해했다. 이 기술로 남는 멍 자국은 머리카락에 가려 보이지 않기 때문에 자는 동안 불의의 병으로 죽은 것처럼 보인다. 처음 손바닥 위로 노인의 묵직한 머리가 뚝 떨어지는 것을 느꼈을 때, 몬은 온전히 사냥꾼이 된 것을 실감했다. 무시무시한 권세를 자랑하던 좌의정조차 단순한 사냥감에 불과하다고 여기게 된 것이다. 몬은 숨이 끊긴 좌의정을 내려다보며 소리 없이 웃었다.

그러나 이렇게 대담한 몬도 제2황자 챠그무를 사고로 위장해 죽이라는 황제의 명을 받고는 놀라지 않을 수 없었다. 결코 일을 소홀히 처리하지는 않았음에도 불구하고 황자는 운이 좋게도 두 차례나 암살 기도에서 살아남았다. 몬은 평생 처음 실패를 경험하고 배알 뒤틀리는 참담함을 맛봤다. 그러나 실패 결과를 보고했을 때 성도사는 놀라운 사정을 그에게 털어났다.

"실패를 부끄러워할 필요는 없다. 사실을 말하자면 나는 암살이 실패할 것을 예측하고 계획을 세웠다. 황자의 목숨을 위험에 노출시킴으로써, 그 몸에 깃든 존재의 정체를 밝히고자 한 것이다.

몬, 잘 들어라. 황자의 몸에 성조 토르갈 황제께서 퇴치하신 물요괴와 똑같은 '것'이 들어간 것 같다. 그렇다면 자네는 선조와 똑같은 사명을 부여받는 셈이다. 이 얼마나 명예로운 일이냐. 부친에게 들었겠지만, 100년 전에도 물요괴가 이 땅에 나타났다. 하지만 사냥꾼들이 수색을 시작하려던 순간, 물요괴에 씐 아이가 요사스러운 기운을 더 이상 견뎌내지 못하고 몸이 반으로 갈라지며 죽고 말았다. 그 뒤로 100년 동안 물요괴가 나타났다는 이야기는 없었다. 그린데 그로부터 100년째인 올해, 하필 챠그무 황자에게 물요괴가 씐 듯한 징조가 나타난 것이다. 이것은 물요괴의 복수일지도 모른다. 그렇다면 이번에야말로 우리가 물요괴를 처단해야 한다. 다행히 챠그무 황자는 황제의 피를 이어받으신 분이다. 100년 전 아이와 달리 물요괴의 사악한 기운에 완전히 제압당하지는 않은 듯하다. 황자가 물요괴에게 당하기 전에, 그리고 사람들이 이 사실을 알아차리기 전에 은밀히 우리 손에 넣어야 한다. 황자를 데리고 도망친 호위무사는 죽여 없애라. 하지만 황자는 상처 없이 데려오도록 하라. 알겠느냐?"

"예."

"물요괴가 황자를 조종하고 있는 듯하다. 그 점을 염두에 두고 상대해야 한다. 수하들에게도 그렇게 전하라."

몬은 이것이 일생일대의 대업이 되리라는 것을 깨달았다. 이 일을 위해 세상에 태어난 것이라는 생각마저 들었다. 몬은 자신과 마찬가지로 사냥꾼으로 단련된 부하 일곱을 거느리고 있었다. 그중 둘은 비밀을 안 주술사 토로가이를 암살하기 위해 이미 세상으로 나갔다. 다섯 가운데 둘을 연락책으로 남기고, 몬은 나머지 셋과 함께 황자를 뒤쫓기로 했다.

바르사와 황자가 토야의 오두막으로 들어온 날 아침, 몬일행은 바르사를 찾기 위해 행상으로 변장하고 선하를 향해

가고 있었다. 우선 분담해 시작한 일은 바르사에 대해 철저하게 조사하는 것이었다. 바르사에게 호위무사 일을 의뢰했던 집에 찾아가 "우리도 호위무사를 고용하고 싶은데" 하고 말을 꺼내 바르사의 평판이나 성품, 친분 있는 사람 등을 캐물었다. 점심때가 지날 무렵, 몬이 정한 숙소에 사냥꾼들이 모였다.

"바르사라는 여자는 평판이 상당히 좋은 듯합니다."

부하 가운데 숫자 '2'를 뜻하는 '진'이 보고를 시작했다. 듣고 온 이야기를 취합하니 바르사는 단창의 달인에다 머리가 좋고, 실력이 만만치 않은 호위무사란 게 밝혀졌다. 게다가 그녀는 이 마을에 얼굴이 꽤 많이 알려져 있었다. 특히 상인들 사이에 유명했다. 여자가 호위무사로 일하는 것을 기이하게 여긴 상인들로부터 실력 하나로 신뢰를 얻어냈다는 것이었다.

몬이 사람을 뒤쫓을 때 반드시 행하는 방식이 있다. 완전히 그 사람의 입장이 되어, 그 사람이 다음에 취할 행동을 더듬어가는 것이다. 몬은 눈을 감고 부하들의 얘기를 곱씹었다. 유추 가능한 바르사의 모습을 머릿속으로 그리며, 그 생각을 좇기 시작한 것이다.

'마을에는 사람들의 눈이 많다. 다른 마을로 가려 해도 이

근방은 이목이 너무 많아 행방을 감출 수가 없다. 게다가 사방 검문소에는 이미 수배령이 내려져 있다….'

몬이 생각을 이어갔다.

'황자를 데리고 도망치려면 보는 눈 없는 청무 산맥을 넘어야 하는데. 하지만 추위가 나날이 혹독해져가는 이 계절에, 혼자라면 모를까, 연약한 황자를 데리고 있다. 무리해서 산을 넘다가 황자의 목숨이 위태로워질지도 모른다. 어떻게 한다? 갑자기 진행된 일인 만큼 황자는 길 떠날 채비도 전혀 갖추지 못했다.'

몬이 눈을 번쩍 떴다.

"그렇다면 우선 할 일은 가능한 한 빨리 필요한 물건들을 구하는 것이다. 하지만 얼굴이 알려져 있다. 직접 다닐 수는 없는 노릇이다. 어떻게 한다?"

몬이 입 밖으로 중얼거리자 진이 분명하게 대답했다.

"직접 다닐 수 없다면, 누군가에게 사다 달라고 부탁할 수밖에 없지요."

몬이 고개를 끄덕였다.

"좋다. 그 말에 걸기로 하지. 바르사의 지인 중에 누군가 대신 물건을 구해줄 자가 없는지를 전력을 다해 찾아내라. 특히 산을 넘을 때 필요한 물건들을 사는 자가 없는지를. 선하는 넓다. 분담해서 찾는다 해도 의심받지 않도록 신경 쓰며 찾다가는 시간이 많이 걸릴 것이다. 지금까지 알아낸 이야기에서 바르사를 도와줄 만한 자를 정오 전에 꼽아봐라."

진이 잠시 생각하더니 입을 열었다. 겉보기에는 어디에나 있을 법한 평범한 사내지만, 부하 중에서 가장 머리가 잘 돌아가는 이였다.

"우선 바르사에게 경호를 부탁한 적이 있는 상인이겠지요. 열심히 사러 다니지 않아도 자기 가게나 창고에 있는 물건을 건네주면 되니까요."

"음. 바르사가 경호를 해서 목숨을 구한 상인이라. 바르사가 의지할 만한 자가 있느냐?"

"입이 무겁고, 바르사에게 진심으로 감사하는 자라…."

진이 다른 두 사람을 흘낏 봤다. '3'을 뜻하는 '젠'이 눈을 가늘게 떴다. 좀처럼 표정을 바꾸지 않아 무슨 생각을 하는지 알 수 없는 자다. '4'라는 뜻의 '윤'은 턱을 북북 긁다가 진에게 시선을 옮기며 고개를 저었다.

"제가 알아본 자 중에는 없습니다. 약 도매상 이시로라는 자와 포목상 가사쿠, 둘 다 그야말로 장사꾼일 뿐, 바르사는 어디까지나 받은 돈에 합당한 일을 했을 뿐이라는 식이었습니다. 저라면 그자들은 신뢰하지 못할 겁니다."

"게다가."

나직한 목소리로 젠이 입을 열었다.

"산을 넘으려면 식량도 필요하고, 모피와 비를 막을 기름 종이도 필요하지."

진이 고개를 끄덕였다.

"그래. 그렇구나. 한 가게에서 전부 갖출 수는 없겠구나. 아무래도 여기저기서 살 물건들이다. 하지만 가게 점원이나 어린아이의 도움을 받아서 사 모은다면 그리 어려운 일이 아니지."

몬이 지그시 생각에 잠겨 있더니 잠시 후에 고개를 저었다.

"좋아. 상인일 가능성은 희박할 것 같다. 이유는 두 가지다. 하나는 그런 식으로 가게 점원을 시켜서 물건을 사면 반드시 어디서든 말이 새어 나가게 마련이지. 늘 산을 넘는 여행을 하는 상인이라면 그런 준비가 필요해졌다며 사러 보낼 수도 있겠지만, 그렇지 않으면 갑자기 그런 물건이 왜 필요한지 이상하게 여길 것이다."

"부탁하면서 사정을 얘기한다면요?"

윤이 물었지만 이 말에는 몬뿐만 아니라 다른 두 사람도 고개를 저었다.

"다른 방도가 없다면 그럴 수도 있겠지. 하지만 바르사처럼 만만치 않은 자라면, 사정이 알려질수록 순식간에 말이 새어 나간다는 점을 잘 알 것이다. 거기에다 내가 상인일 가능성은 희박하다고 한 이유가 또 있다. 제2궁 황비마마가 황자님을 맡겼다는 것은 우리가 황자의 목숨을 노린다는 것을 눈치채셨다는 뜻이지. 그렇다면 바르사에게 그런 이야기를 하지 않았을 리가 없다. 즉, 바르사는 쫓기고 있다는 것을 안다는 뜻이다. 내가 바르사라면, 한 번 경호를 해준 적이 있는 상인과 같이 추적자가 우선적으로 떠올릴 상대를 의지하지는 않을 것이다."

부하들이 고개를 끄덕였다.

"그렇다 해도 바르사에게는 계획을 세울 시간이 없었을 것이다. 짚이는 자가 없느냐? 뭔가, 바르사가 떠올릴 만한 상대에 대해 주워들은 것이 없느냐?"

부하들은 깊이 생각에 잠겼지만 아무도 대답하지 못했다.

"어쩔 수 없군."

마침내 몬이 결단을 내렸다.

"시간과의 싸움이다. 여하튼 거리로 나가라. 산 넘을 때 필요한 물건을 파는 가게를 찾아내, 바르사와 관련 있는 자가 사러 오지 않았는지를 알아보는 수밖에 없다. 움직여라."

진, 젠, 윤이 고개를 끄덕이고 횡하니 거리로 흩어졌다. 몬도 문을 나섰다.

밤까지가 승부였다. 밤이 되면 바르사는 필요한 물품을 손에 넣어 산으로 들어갈 것이다. 어린 황자를 데리고 있다 해도, 떠돌이 생활에 익숙한 바르사가 일단 산으로 들어가면 찾아내기가 힘들어진다.

화살처럼 시간이 흘러 사위가 어두워지기 시작했다. 거리 이곳저곳에서 가게 문을 닫는 소리가 들려오기 시작했다. 결국 행운의 단서를 잡기는 틀렸다고 생각할 무렵이었다. 진은 어둑어둑해져 발밑도 잘 보이지 않는 골목길로 들어갔다가 가게 하나를 발견했다. 주인인 듯한 사내가 자그마한 처마 밑에 펼쳐놓은 건조식품을 능숙한 손놀림으로 정리하고 있었다. 건조식품 가게에는 오래 보관할 수 있는 말린 고기나 말린 밥이 있어서 눈여겨봐야 했다. 물론 마을에는 이런 가게가 수십 군데나 있으니, 진은 주인을 향해 걸어가면서도 기대를 품지 않았다.

"아니, 벌써 닫아버리나, 주인장. 잠깐 좀 살 수 없겠나?"

수염이 덥수룩한 주인이 돌아봤다.

"그러시구려. 뭐가 필요하오?"

진이 다행이라는 표정을 지어 보였다.

"다행이군. 여기 말린 고기가 무척 좋다는 얘기를 들어서 말이야. 소 어깨살 말린 것 없나? 산을 좀 넘어가야 해서 말이네. 오래 둘 수 있는 게 필요하거든."

주인이 코웃음을 쳤다.

"말린 고기는 전부 오래 간다오. 하지만 소 어깨살은 다 떨어졌소. 평소에는 별로 팔리는 물건이 아닌데, 오늘은 왜 이렇게 말린 고기만 팔리는 거지?"

진의 마음속에 실낱 같은 기대가 생겼다.

"아, 그렇게 한 가지 물건만 엄청 팔릴 때가 있는 법이지. 그렇게 많이들 말린 고기를 사 가던가?"

"사람이 많이 온 것은 아니라오. 한 사람이 몽땅 사 간 거지. 심부름꾼 일을 하는 아이였는데, 아마도 돈벌이 왔다가 산을 넘어 칸발로 돌아가는 인부들의 부탁을 받은 게지."

"심부름꾼?"

뭔가 짚이는 것이 있었다. 심부름꾼 일을 하는 아이. 오늘 아침, 누군가가 심부름꾼 일을 하는 아이라는 말을 한 적이 있다. 누구였더라? 아니, 무슨 이야기를 하다가….

"심부름꾼이라고 하니까 그럴듯하게 들리지만, 말하자면 거지라오. 이 뒤쪽 수로 다리 밑에서 사는 아이지요. 꽤나 영리한 아이인데 심성이 좋아요. 게다가 여동생이 구걸을 하기에는 아까울 정도로 고와서…."

무언가 진의 뇌리를 번쩍 스쳤다. 침을 튀기며 떠드는 사내의 얼굴이 머릿속에 떠올랐다. 소식통임을 과시하고 싶어서 나불나불 떠들어대던 그 상인.

"바르사가 이름을 알리기 시작한 것이 거지 아이를 구했을 때지요. 정말 굉장했죠. 얼굴깨나 반반한 거지 계집애를 집적거리던 부랑배 다섯을 눈 깜짝할 사이에 해치워서. 그때 도움받은 거지 아이가 심부름꾼 일을 한다는 얘기를 여기저기서 들었지요. 바르사의 명성이 자자해진 셈으로⋯."

'이거다.'

진은 가게 주인에게 대꾸할 겨를도 없이 쏜살같이 달리기 시작했다. 사냥감을 발견한 흥분이 온몸으로 퍼졌다.

5
도망자와 추적자

바르사는 날을 간 단창의 창끝에 목제 칼집을 씌웠다. 이 칼집은 크기가 절묘해 자루를 잡는 바르사의 손놀림 하나로 스윽 벗겨지지만, 위험한 창끝이 필요 없을 때는 마치 달라붙은 것처럼 꽉 끼어 흘러내리는 법이 없다.

"그렇지, 그게 네 짐이다, 챠그무. 책임지고 메고 다녀야 한다."

챠그무는 말린 고기와 기름종이와 약봉지가 든 자루를 짊어졌다. 무게는 가벼웠지만 챠그무로서는 처음으로 스스로 책임지는 짐이었다. 바르사는 요령 있게 짐을 싸, 유사시에 양손을 쓸 수 있도록 등에 짊어졌다.

"배 근처가 스멀거리는구나."

챠그무가 뾰로통한 얼굴로 말했다. 바르사도 챠그무도, 가슴부터 배까지 무두질한 가죽을 걸치고 그 위에 옷을 입었다. 바르사가 챠그무의 어깨에 손을 얹었다.

"잘 들어라. 사람 몸의 중심에 허리띠가 있다고 생각해봐. 목과 똑같은 폭의 허리띠가 머리끝부터 가랑이 부근까지 똑바로 내려와 있다고 말이야. 거기에 사람 몸에서 급소가 가장 많이 모여 있다."

"급소라는 것이 무엇이냐?"

"급소란 공격당하면 기절하거나 아예 죽거나 하는, 치명적인 부위지. 알겠니? 우선 정수리, 미간…."

바르사가 챠그무의 급소들을 손가락으로 짚었다.

"코, 인중, 턱, 울대뼈, 심장, 명치…."

손가락이 천천히 아래로 내려갔다.

"마지막이 너의 중요한 곳이다. 남자의 급소지. 그리고 그밖에도 급소가 아주 많단다. 시간 날 때마다 조금씩 가르쳐주지. 우선 급소를 가죽으로 보호하느냐 안 하느냐에 따라 차이가 아주 많이 난다. 등 뒤에서 찔리면 심장을 보호할 늑골이 없기 때문에 아예 심장을 찔리게 되지. 그렇기 때문에 뒤쪽에서 날아온 화살을 막기 위해서는, 이렇게 목까지 오는 짐이 도움이 된다. 기분이 조금 나쁘더라도 죽는 것보다는 낫겠지?"

챠그무가 마지못해 고개를 끄덕였다.

"자, 그럼 가자. 토야, 사야, 정말 고마웠다. 운 좋으면 또 만나자."

토야와 사야가 금방이라도 울음을 터뜨릴 것 같은 얼굴로 바르사를 쳐다봤다.

"산기슭까지 따라갈까요? 염탐꾼이 없는지 망봐드릴게요."

바르사가 단호하게 고개를 저었다.

"마음만으로 충분하다. 고맙다. 만일 염탐꾼이 있다면 네가 알아차리기도 전에 단 한 방에 당하고 말 거야. 이 바닥이 그런 곳인걸. 어쩌다 보니 신세를 졌다만, 이제 충분하다. 지금 이후로는 일체 우리에게 의리를 지킬 필요가 없다. 만일 우리를 뒤쫓는 자들이 오거들랑 사실대로 다 말해버려라. 알았지? 나는 오랜 세월 이런 일을 계속해왔어. 너희가 그들에게 사실을 고한다 해도 도망칠 자신이 있단다. 알았지?"

토야가 끄덕였다.

"자, 그럼 헤어질 시간이다. '안녕' 하고 인사해야지, 챠그무."

챠그무는 토야와 사야를 올려다보며 시키는 대로 했다.

"안녕."

밖으로 나오니 하늘 높이 반달이 떠, 은은한 달빛에 어렴 풋이 강물이 보일 정도였다. 바르사는 주위를 꼼꼼히 살폈 다. 특별히 기척은 느껴지지 않았지만, 그렇다고 해서 염탐 하는 자가 없다고는 할 수 없다. 황제가 풀어놓은 추적자들 이 그렇게 쉽게 기척을 들킬 만큼 허술할 리가 없기 때문이 다. 그러나 비록 여기 있는 것이 발각되었다 해도 마을 안에 서 공격해 올 리는 없다. 이렇게 인가가 많은 곳에서 싸움을 벌였다간 사람들 눈에 띌 수밖에 없으며, 너무 좁은 곳이라 여럿이서 공격하는 이점을 살릴 수도 없다. 공격해 온다면 논밭이 펼쳐지는 곳 부근이 되리라고 바르사는 예상했다. 바 르사는 챠그무의 손을 잡고서 걷기 시작했다.

사람 둘이 다리 밑에서 올라오는 모습을 물통 옆에 숨어 있던 윤이 지켜보고 있었다. 윤은 꼼짝 않고 기척을 숨긴 채 두 사람이 동쪽으로 향하는 것을 바라봤다. 몬은 마을 안과 물 근처에서는 공격하지 말라고 일러둔 바 있다.

두 사람이 충분히 멀어진 것을 눈으로 확인하고, 윤은 얼 른 건너편 기슭에 있는 진에게 신호를 보냈다. 드디어 사냥 이 시작됐다. 사냥꾼 넷은 사냥감을 중심으로 커다랗게 원을 그리며 전후좌우 대열을 형성해 천천히 미행을 시작했다. 각자 걷는 속도를 늦추거나 더하면서 너무 가까워지지도, 또 멀어지지도 않도록 뒤를 따랐다. 이렇게 하면 신경이 분산되어 미행자가 한 명일 때와 달리 좀처럼 눈치를 채지 못한다.

이윽고 바르사와 챠그무는 마을을 빠져나가 수확이 끝난 논에 이르렀다. 몬은 바르사와 챠그무가 논두렁길로 들어서기 직전, 거리가 꽤 떨어진 골목 어귀에 멈춰 서 부하들을 기다렸다. 소리 없이 모여든 부하들에게 몬이 속삭였다.

"사냥감이 숨을 곳 없는 장소로 나왔구나. 시작하자."

논이랑에 발을 들여놓을 때부터 바르사는 이미 긴장감을 느꼈다. 더 이상 몸을 가려줄 것이 없다. 숨을 장소도 없다. 이목도 없다. 추적자가 있다면 그들도 몸을 감출 방법이 없는 셈이다. 공격해 온다면 여기겠구나.

뒤쪽에서 날아오는 공격을 염두에 두고 챠그무를 앞장세웠다. 바르사는 오른손에 단창을 쥐고 벼이삭을 털어 주머니에 넣었다. 그리고 봉수리검(棒手裏劍:적에게 던져 공격하는 칼) 다섯 자루를 왼손에 준비했다.

달빛이 논바닥을 훤히 비추었다. 이랑 사이의 흙길을 저벅저벅 걷는 발소리만 들렸다. 논 건너편 숲의 나무들이 거무스름하게 보이기 시작하자, 갑자기 목덜미가 찌릿해 오는 느낌이 들었다. 날렵한 몸놀림으로 챠그무를 쓰러뜨리고 엎드렸다. 머리 위로 바람총이 스쳐 갔다. 바르사는 민첩한 움직임에 방해되는 등짐을 재빨리 내던졌다. 바람총은 다음 화살을 장착하기까지 틈이 생기게 마련이다. 바르사는 두 번째 화살이 날아오기 전에 뒤로 돌아 화살이 날아온 방향으로 단숨에 다섯 자루의 수리검을 던졌다. 수리검을 화살통으로 막아내는 소리가 허공에 울려 퍼졌다.

사람 형체 세 개가 날듯이 간격을 좁혀 왔다. 거미처럼 팔다리가 긴 그림자에서 차가운 빛이 번뜩였다. 바르사의 단창이 위잉 소리를 내며 그 빛을 밀어젖혔다. 쉬잉 하고 높은 소리가 울려 퍼지는 순간, 바르사의 단창은 이미 밀어젖힌 힘을 그대로 회전시켜 오른쪽 겨드랑이로 파고든 몬의 검을 쳐내고 있었다.

바르사의 창은 상대를 찌르기만 하는 것이 아니다. '여덟 팔(八)' 자를 그리며, 혹은 윙 소리를 내며 회전해, 세 방향의 공격을 한꺼번에 막아낸다. 검을 막아낼 때는 미묘한 각을 취해 창에 밀려날 때마다 칼날의 이가 빠져나간다. 사냥꾼들도 곧 이 기술을 알아챘다.

하지만 그런 바르사에게도 공격할 여유가 충분치 않았다.

손바닥 안에서 창을 굴려 가하는 공격은 한 방향으로 치우치고 만다. 한 명을 공격하는 사이에 다른 두 명의 공격을 받아 죽고 말 것이다. 바르사의 창이 아무리 귀신같이 빠르다 해도 도저히 공격할 기회를 만들 수가 없다. 한 명만으로도 충분히 위협적인 사냥꾼이 셋이서 덤벼드는 것이다. 지치는 순간은 곧 최후를 의미한다.

바르사는 발을 내디디려다가 챠그무에 걸려 휘청했다. 챠그무를 밟지 않으려고 당황해서 가랑이를 벌려 뛰어넘었다. 커다란 틈이 생겼다. 바르사는 윤이 들이민 검을 간신히 피했지만, 자신과 사냥꾼 사이에 챠그무를 방치한 꼴이 되고 말았다.

'챠그무가 위험하다!'

후회막급이었다. 챠그무는 어찌 해야 좋을지 몰라 바르사가 누르고 있던 상태 그대로 논바닥에 엎드렸다. 한번 찔리면 그길로 끝장이었다. 하지만 얼어붙을 것 같은 그 순간, 사냥꾼이 미묘하게 위치를 바꿔 바르사에게 공격을 집중했다.

바르사는 안심했다. 공격자들의 움직임이 의미하는 것은 단 하나다. 바르사는 바로 그 가능성 하나에 패를 걸었다. 이내 바르사는 챠그무에 대한 호위를 멈추고 젠을 향해 돌진했다. 젠은 뜻밖의 공격에 간신히 고개를 들어 단창 낱이 목을 관통하는 것을 피할 수 있었다. 창끝이 젠의 왼쪽 어깨를 찔렀다. 바르사는 달려들던 힘을 그대로 실어 이미 상처를 입은 젠의 왼쪽 어깨에 부딪쳤다. 노련한 젠도 통증으로 일순 기가 꺾여, 바로 옆으로 빠져나가는 바르사를 놓치고 말았다.

바르사는 일직선으로 계속 달렸다. 등 뒤로 윤과 몬의 발소리가 다가왔다. 순간 갑자기 쿵 하고 왼쪽 어깨를 얻어맞은 듯한 충격을 느끼며 바르사가 앞으로 고꾸라졌다. 수리검이 박힌 것을 알았지만, 바르사는 개의치 않고 계속 달렸다. 등 뒤로 발소리가 점점 커졌다. 눈앞에 숲이 가까워졌다.

바르사가 숲으로 뛰어들었다고 사냥꾼들이 생각한 순간, 나무를 치받으며 몸을 날려 반 바퀴를 돈 바르사가 별안간 이들의 눈앞에 나타났다. 허를 찔린 윤의 검이 늦어졌다. 바르사의 창이 윤의 얼굴을 베고는 그대로 옆에 있던 몬을 향했다. 그러나 몬은 역시 사냥꾼의 대장다웠다. 최소한의 움직임으로 창끝을 빠져나가, 창이 회전하는 사이에 바르사의 가슴팍으로 뛰어들었다. 이렇게 정면으로 뛰어들면 창을 쓰기 힘들어진다. 몬의 검이 바르사의 몸을 옆으로 후려쳤다. 바르사는 타는 듯이 뜨거운 기운이 배로 퍼지는 것을 느꼈다. 하지만 배에 대고 있던 가죽 덕분에 상처는 몬의 예상만큼 치명적이지 못했다.

상처를 입었다고 해서 바르사의 움직임이 멈추지는 않았다. 몬이 가슴을 공격하는 순간 다음 동작으로 옮겨 갔다. 바르사가 손 안에서 창 자루를 굴렸다. 창끝 바로 윗부분을 잡은 바르사가 물미를 옆으로 휘둘렀다. 몬은 시야 밖에서 창이 다가오는 것을 느끼고 고개를 비틀었다. 하지만 제대로 피하는 데는 실패했다. 관자놀이 아래, 급소 바로 밑을 물미에 세게 얻어맞아 그만 정신을 잃고 만 것이다. 바르사는 몬이 쓰러지는 것을 보지도 않고 몸을 돌려 숲으로 뛰어들었다. 윤은 얼굴을 창에 베인 통증을 참으며 뒤쫓으려 했으나, 뒤따라온 진이 그의 어깨를 붙잡으며 말렸다.

"내가 쫓아가지. 너는 대장님을 일으키고 황자마마를 모시고 가라."

이들은 아무도 바르사가 사냥꾼 셋을 상대할 수 있으리라고 짐작하지 못했다. 아무리 소문이 자자하다고 해도 여자일 뿐이다. 이 정도로 강하리라고는 예상하지 못했다. 진이 불안해진 것은 젠이 창에 찔리며 포위망이 무너지는 것을 봤을 때였다.

그런데 망을 보던 위치에서 달려가는 사이에, 바르사가 숲을 이용해 몬과 윤의 추격을 벗어나고 만 것이다. 믿고 싶지 않은 실수였다.

울창한 나뭇잎으로 하늘을 가린 숲은 어두웠다. 진은 멈춰서서 차분히 숨을 고르고 소리의 흐름에 귀를 기울였다. 어둠 속에서는 눈보다 귀가 유용할 때가 있다. 바르사가 달아나는 소리로 위치를 알 수 있을 것이다. 하지만 숲은 고요했다. 살기를 품은 자들이 뛰어들자 짐승도 새도 숨을 죽인 것이리라. 나뭇잎 스치는 소리조차 들리지 않았다.

'어디지? 어디에 숨은 걸까?'

인기척 내지 않도록 움직이지 않는 편이 추적을 따돌리는 데 유리하다고 판단한 바르사의 무서운 능력에 진은 내심 혀를 내둘렀다. 설령 머리로는 안다 해도 이런 식으로 쫓길 때는 거의 모두가 도망치게 마련이다. 가령 숨어 있더라도 공포심에 인기척을 내지 않을 수 없다. 그런데 이토록 꼼짝 않는다는 것은 바르사가 목숨을 건 싸움에 얼마나 익숙한지를 말해주는 증거다. 게다가 바르사는 부상을 당했다. 등에 수리검이 꽂히는 것을 보았고, 머리에도 상처를 입었을 것이다. 그런데도 움직이는 기미가 없다.

'이대로 바르사가 움직이기를 기다릴까? 아니면 부상당한 세 사람을 도와 황자를 데리고 가야 할까?'

마음속에 피어오르는 망설임이 집중을 방해했다. 이윽고 뒤에서 사람을 질질 끄는 소리가 들렸다. 대장 몬은 아직 정신을 잃은 상태인 듯하다. 당연하다. 관자놀이를 물미로 맞았으니. 여차하면 이대로 눈을 못 뜰 수도 있다.

진의 마음에 나약한 생각이 떠올랐다. 황자는 붙잡지 않았는가? 여하튼 가장 중요한 임무는 완수한 것이다. 비록 바르사가 도망쳤다 해도, 일개 평민이 뭘 하겠는가? 지금 할 일은 부상이 심한 세 사람을 대신해 황자를 은밀히 성도사에게 데리고 가는 것이다. 진은 곧 마음을 정했다. 등 뒤쪽을 경계하며 숲을 나가더니, 대장을 업고 고통스러워하며 걷는 윤에게 다가갔다.

"내가 황자를 데리고 가지. 마을은 거치지 않고 이대로 조명천으로 나가서 강을 따라 별의 궁으로 들어갈 테니까, 너하고 젠은 대장을 모시고 천천히 따라오도록 해. 마을은 거치지 마라. 눈에 띄니까."

윤이 극심한 통증을 참으며 고개를 끄덕였다. 머리에 가까운 상처일수록 통증도 심한 법이다. 상처 자체는 얕았지만, 윤은 눈 밑으로 한쪽 귀부터 다른 쪽 귀까지 길게 베이고 말았다.

젠이 황자를 안고 걸어왔다. 약을 쓴 것이리라. 황자는 정신을 잃고 팔다리를 축 늘어뜨린 상태였다. 진은 젠으로부터 황자를 받아 업고는 윤에게 말한 것과 똑같이 전했다. 젠은 깊은 신음을 내뱉으며 윤의 등에서 대장을 내려 짊어졌다.

"젠장."

젠이 한마디 내뱉었다. 세 사람 모두 내뱉고 싶어 하던 말이었다. 1 대 1로 상대했다면 바르사를 죽일 수 있었을지도 모른다. 하지만 3 대 1이라는 데 대한 과신이 기량을 무디게 했다. 결코 해서는 안 되는 실책을 범하고 만 것이다.

진 일행의 기척이 멀어지기를 바르사는 끈기 있게 기다렸다. 이윽고 진이 숲에서 나간 것을 알아챈 뒤, 비로소 등에서 수리검을 뽑았다. 꽂힌 검을 뽑으면 출혈이 심해지지만, 검을 꽂은 채로는 동작이 둔해 움직일 수가 없다. 헝겊을 접어 상처에 대고 꽉 묶어 지혈을 했다. 복부의 상처는 내버려두었다. 타는 듯한 통증이 엄습하고 상처에서 흐른 피가 다리를 타고 흘렀지만 처치할 틈이 없다. 바르사에게는 이제부터 중요한 일이 남아 있었다.

황자를 업은 사람이 느릿느릿 움직이는 세 사람을 두고 먼저 걷기 시작하자, 바르사는 아직 운이 자기 쪽에 있다고 판단했다. 그리고 능숙하게 잡초를 피해가며 강을 향해 숲속을 달리기 시작했다.

이를 알 리 없는 진이 기절한 황자를 업은 채 잔달음질을 쳤다. 시냇물 소리가 커지더니 이윽고 두 사람은 수면이 희부옇게 빛나는 조명천으로 나왔다. 진은 강을 따라 북쪽을 향해 강변을 걸었다. 그대로 계속 북동쪽으로 간 다음 서쪽으로 꺾으면 별의 궁에 이르는 비밀통로가 있다. 좀처럼 찾기 힘든 표시를 놓치지 않기 위해 진은 달리기를 멈추고 걸음을 늦추었다. 강물 비린내가 코에 들러붙듯이 묘하게 심하게 느껴졌다. 물소리도 평소보다 귀에 거슬려 시끄러워 견딜 수가 없었다.

'젠장. 내가 긴장하고 있단 말인가? 이런 미숙한….'

진은 내심 혀를 찼다. 그때였다. 강물이 내는 게 아닌 소리가 귀에 잡혀 들어, 진은 하마터면 깜짝 놀라 펄쩍 뛸 뻔했다. 그 순간 발밑 바위에 불꽃이 흩어지며 금속 부딪치는 높은 소리가 났다. 두 번째 수리검과 함께 사람 형체가 숲에서 달려나와 덤벼들었다. 진은 수리검을 피하자마자 황자를 강가에 내려놓고 검을 뽑아 맞받았다. 어지러울 정도로 날아오는 창끝이 잔광을 남기며 공격해 왔다. 무예가 뛰어난 진은 여유롭게 공격을 막아냈다. 창과 정면으로 맞부딪히면 검이 부러질 수밖에 없다. 살짝 각을 틀어 창을 밀어젖히며 상대방의 몸통 정면으로 뛰어들 틈을 노렸다.

바르사는 부상을 입은 상태였다. 평소 같으면 단숨에 다섯 차례는 공격할 바르사지만 지금은 검으로 막을 수 있을 정도밖에 창을 휘두르지 못했다. 허를 찌른 바로 그때 숨통을 끊지 못한 것이 원통했다.

'바보 같으니라고, 당하러 제 발로 기어나오다니.'

잔뜩 굳은 바르사의 얼굴을 보며 진은 내심 회심의 미소를 지었다. 그리고 바르사가 창을 끌어당기는 순간에 맞춰 가슴으로 뛰어들어 목에다 검을 들이댔다. 바르사는 민첩하게 몸을 비틀어 공격을 피했다. 상처만 없었어도 그대로 진의 명치를 걷어찼겠지만, 배에 심한 통증이 밀려와 비틀거리며 물러설 수밖에 없었다.

진의 검이 흰 포물선 잔광을 그리며 내려왔다. 바르사는 간신히 창으로 막고서 통증을 참으며 진의 왼쪽으로 몸을 돌렸다. 들이대는 창을 피해 진이 뒤로 물러서려다가 바닥에 쓰러진 황자의 몸에 걸려 비틀거렸다. 바르사는 이 틈을 놓치지 않았다. 다시 창이 날아들었다. 진이 아슬아슬하게 몸을 피했다. 창은 진의 왼쪽 겨느랑이 밑으로 들이가 그대로 원을 그리며 감아 올라갔다.

진의 신음 소리가 터져 나왔다. 겨드랑이 밑으로 들어간 창 자루가 마치 들러붙듯이 왼팔을 휘어 감아 오자, 꼼짝없이 관절을 가격당한 진은 온몸을 비틀며 땅바닥으로 고꾸라졌다. 곧이어 몸이 내동댕이쳐지는 순간, 뚝 하고 기분 나쁜 소리가 나며 왼팔이 부러지고 말았다.

바르사는 눈을 의심했다. 부러진 왼팔이 또다시 다치는 것도 개의치 않고, 진이 양다리를 바짝 끌어당겨 반동을 이용해 튀어오른 것이다. 그와 동시에 시도한 한손치기 공격을 피하지 못해, 바르사의 왼팔에서 피가 솟구쳤다. 피차가 한손만 쓸 수 있는 상태에서 거친 호흡을 내뱉으며 몸을 굽혔다. 누구랄 것 없이 상대의 틈을 노리는 상황이다. 양측 모두에게 포기란 없었다.

문득 두 사람은 아무 소리도 없는 어둠 속에 잠긴 듯 느꼈다. 그 어둠 속에는 숨 막힐 듯한 냄새가 진동했다. 진도 바르사도 이 광경을 본 순간 움직임을 멈췄다. 정신을 잃었던 황자가 일어서서 강으로 들어가고 있었다. 강물도 황자도 푸른빛으로 둘러싸여 생기가 넘쳤다. 강물이 들러붙듯이 황자의 몸을 타고 올랐다.

먼저 움직인 것은 바르사였다. 바르사는 단창을 내려놓고, 상처 입은 몸이 낼 수 있는 최고 속도로 강물로 뛰어들었다. 그러고서 화들짝 놀라고 말았다.

'이게 뭐지?'

마치 강물이 걸쭉한 풀로 변한 듯, 발에 끈적끈적 들러붙어 좀체 앞으로 나아갈 수가 없었다. 뒤따라온 진이 꾸물거리며 자유롭게 움직이지 못하는 바르사의 머리에 검을 내리쳤다.

머리가 쫙 갈라질 뻔했다. 하지만 바르사가 사라졌다. 물이 바르사의 발을 들어 올리더니 강 속으로 내동댕이친 것이다. 다음 순간 진의 발에도 물이 들러붙었고, 진은 순식간에 강물로 끌려들어가고 말았다.

소리 없이 고요한, 귀가 아플 정도로 푸른빛 속에서 바르사는 웅크리고 있는 챠그무를 보았다. 마치 어머니의 품에 잠든 갓난아이 같았다. 바르사는 달라붙어 떨어지지 않는 물속을 기어 아주 조금씩 챠그무에게 다가갔다. 황자의 팔을 막 잡은 순간, 눈에 보이지 않는 막이 찢어지는 것 같은 소리가 들려왔다. 곧 차가운 물이 찰싹찰싹 온몸을 실어 떠내려 보내는 느낌에, 바르사는 머리를 흔들어 정신을 추스르고 챠그무의 팔을 붙잡은 채 일어섰다. 챠그무도 도리질을 했다. 정신을 차린 듯했다. 바르사는 비틀거리는 챠그무를 부축해 강기슭으로 올라갔다. 뒤로 돌아서 진을 보니 그도 일어서긴 했지만 검을 찾는 듯 강 속을 더듬고 있었다.

바르사가 강가에 던져두었던 단창을 주워 올려 재빨리 던졌다. 진의 오른쪽 어깨에 창이 꽂히자 그는 뭔가에 들이받힌 것처럼 얕은 여울에 벌렁 나자빠졌다. 바르사는 강으로 돌아가 진의 가슴을 밟고 서서 어깨에서 창을 뽑았다. 이쯤 되니 아무리 진이라 해도 더 이상은 움직일 기력이 없었다. 간신히 강기슭까지 기어 왔지만, 거기서 눈을 희번덕거리며 정신을 잃고 말았다.

바르사는 챠그무가 보는 앞에서 이 남자의 숨통을 끊는 것보다는 한시라도 빨리 이 자리를 떠나는 쪽이 현명하다고 판단했다. 머뭇거리다가 다른 세 사람이 오기라도 하면, 지금의 바르사로서는 대적할 재간이 없었다. 한시라도 빨리 이곳을 떠나야만 했다.

"바르, 사, 괜, 찮, 아?"

챠그무가 불안한 듯이 물었다. 젖은 머리카락이 얼굴에 달라붙은 채로 온몸이 피투성이가 된 바르사를 바라보고 있었다.

"응. 너는 어떠냐?"

챠그무는 약기운으로 아직도 머리가 어지럽고 두통도 있었지만 움직이지 못할 정도는 아니었다.

"걸을 수 있겠니?"

챠그무가 괜찮다며 고개를 끄덕였다.

"그럼 건너편으로 강을 건너가자. 제발 정신 바짝 차려서 강한테 끌려가지 말아야 한다. 또다시 아까 같은 상황이 벌어지면 나도 구할 수 있을지 자신이 없으니까."

챠그무는 바르사가 무슨 말을 하는 선지 이해하지 못한

채, 어쨌거나 고개를 끄덕여 보였다. 서로를 부축하며 두 사람은 얕은 여울을 골라 강을 건넜다. 바르사는 먼저 챠그무를 강기슭으로 올려 보낸 뒤, 물속을 조금 걸어다니면서 핏자국을 지웠다. 추적자들이 흔적을 찾기 어렵게 만들려는 계산이었다.

두 사람은 숲속으로 들어가 거치적거리는 잡초와 씨름하며 계속 걸었다. 챠그무는 어둠 속에서 비틀거리는 바르사를 부축하기 위해 애를 썼지만, 걷는 데 익숙지 않아 자꾸만 휘청거렸다. 뜻대로 앞으로 나아갈 수가 없었다.

'이래선 안 되겠다.'

바르사가 멈춰 섰다. 자꾸만 정신이 희미해졌다. 자기 몸이 아닌 것만 같았다. 쓰러지기 전에 어떻게든 해야 한다. 바르사가 챠그무의 귀에 속삭였다.

"챠그무, 잘 들어라. 아직 걸을 수 있겠니?"

챠그무가 끄덕였다. 어둠은 무서웠지만, 약기운이 가셔 기분은 한결 나아졌다.

"그럼 네 도움을 받아야겠다. 강을 따라서 이 숲을 계속 올라가면 곰을 닮은 커다란 바위가 있다. 그 바위 뒤에 산짐승이 다니는 통로가 있단다. 그 통로를 따라가라. 얼마 지나지 않아 자그마한 풀밭과 오두막이 나올 거야. 거기에 탄다라고

하는 남자가 살고 있다. 탄다를 찾아 사정을 말하고 도와달
라고 부탁해라."

바르사의 눈앞이 아득해졌다. 몸이 걷잡을 수 없이 덜덜
떨렸다.

"알겠니? 숲 밖으로 나가지 말고 강이 보이는 가장자리로
걸어야 한다. 짐승들의 통로에 이르면 하늘을 올려다보고 천
천히 길을 더듬어 가도록 해라. 발밑이 너무 어두워서 아무
것도 안 보여도, 길이 있는 곳은 나무가 없어서 사이사이로
하늘이 보일 테니까…."

거기까지였다. 바르사는 털썩 주저앉으며 정신을 잃었다.
챠그무는 금방이라도 울음을 터뜨릴 듯 겁에 질려 바르사를
흔들었지만, 곧 마음을 다잡은 듯 훌쩍이면서 몸을 일으켜
걷기 시작했다. 바르사가 죽어서는 안 된다. 챠그무는 바르
사가 알려준 대로 중얼중얼 되뇌며 어설픈 걸음걸이로 탄다
의 집을 향해 떠났다.

제2장

알을
잡아먹는
마물

1

약초사 탄다

바르사는 꽤 오랫동안 암흑 속에 있었다. 그사이에도 묵직한 통증이 계속됐다. 얼어붙을 듯이 추워서 온몸이 덜덜 떨리는가 하면, 돌연 타는 듯이 몸이 뜨거워져 의지와 상관없이 가쁜 숨이 헉헉 터져 나왔다.

어렴풋한 기억의 파편 속에서 바르사는 누군가에게 안겨 있는 느낌이 들기도 하고, 어둠 속에서 흔들리는 촛불을 본 것 같단 생각도 들었다. 배와 팔에 찌르는 듯한 통증이 엄습해 울부짖은 기억도 있다.

마침내 완전히 정신을 차렸을 때, 바르사는 지금이 언제인지, 자기가 어디 있는지조차 전혀 알지 못했다. 심지어 왜 이런 부상을 입었는지도 기억하지 못했다. 문득 침상 옆에서 팔짱을 끼고 꾸벅꾸벅 조는 남자의 얼굴이 어슴푸레한 오후 햇살에 모습을 드러냈다.

"…탄다?"

갈라진 목소리로 웅얼거리는 바르사의 목소리에 남자가 눈을 번쩍 떴다. 검정에 가까운 갈색 피부에 부스스한 밤색 머리. 눈가의 주름과 부드러운 눈빛. 무척이나 사람 좋아 보이는 스물일고여덟 정도의 남자였다.

"이제 정신이 들어?"

"나 또 지그로에게 진 거야?"

탄다의 눈이 움찔 커졌다.

"너, 엄청난 부상을 입었어. 부상 탓으로 기억이 혼란스러운 상태지. 기억을 되살려봐. 지그로는 오랜 전에 저세상으로 가버렸지? 우리가 지켜봤잖아."

바르사의 눈이 가늘어졌다. 전신을 휘감은 통증이 바르사를 소녀 시절로 되돌려 보낸 것이다. 양아버지 지그로에게 혹독하게 훈련받으며 호되게 당하고 정신을 잃곤 하던 그 시절로. 지그로는 몹시 엄격하고 무시무시했지만, 반면에 살해당할 운명의 바르사를 구해주었다. 따뜻한 마음과 사랑으로 키워준 양아버지의 모습과 함께 그의 죽음이 연이어 떠올랐다. 바르사의 눈가에 눈물이 고였다.

"아아, 그랬지. 지그로는 죽었지."

바르사는 탄다가 건넨 물그릇을 받아 벌컥벌컥 들이켰다.

그때 탄다 옆으로 소년 하나가 무릎걸음으로 다가오더니, 걱정스러운 표정으로 바르사를 들여다봤다.

"챠, 그무?"

챠그무의 얼굴을 본 순간 모든 기억이 한꺼번에 밀려왔다.

"큰일 났군. 내가 얼마나 정신을 잃었던 거지? 탄다, 너는 모르겠지만, 이 아이는 쫓기고 있어…."

탄다가 손을 들어 바르사를 제지했다.

"괜찮아. 알고 있어. 아이가 상당히 다부지고 머리가 좋아. 한밤중에 산속을 걸어 온몸이 상처투성이가 되어 내 오두막으로 구르듯이 들어오는 바람에 깜짝 놀라긴 했지만. 쫓기고 있다고 먼저 얘기하더군. 그래서 너를 구하러 가면서도 신경을 많이 썼지. 괜찮아. 인기척은 없었고, 핏자국도 알아보지 못하게 다 처리했어."

바르사가 한숨을 쉬며 입술을 일그러뜨렸다.

"정말로 괜찮은 거 맞아? 넌 옛날부터 무술 쪽은 젬병이어서 기척 같은 거 못 느끼지 않았던가?"

"이 바보야. 기척이나 낌새 감지하는 것만큼은 너희처럼 무술 쓰는 자들보다 한 수 위라고. 그보나노, 네 배에 열일곱 바늘, 왼팔에 여덟 바늘 꿰맸어. 왼쪽 어깨의 상처도 깨끗이 치료했고. 다 내가 해준 거라 이 말이야. 투덜거리기 전에 감사하다고 해야지. 그런데 너한테 언젠가 묻고 싶었는데 말이지, 대체 나한테 몇 번이나 상처를 꿰매게 할 생각이냐?"

바르사는 힘없이 웃었다.

"그건 모르지."

그러고는 깊은 안도감에 눈을 감고 잠으로 빠져들었다.

바르사가 다시 눈을 뜬 것은 해가 진 후였다. 뭐라고 형용할 수 없이 향긋한 냄새가 퍼지며, 음식 끓는 소리가 기분 좋게 들렸다. 머리를 기울여 쳐다보니 마루방 중앙 화덕에 냄비가 올려 있었다. 뚜껑을 들어 냄비를 들여다보던 탄다가 고개를 끄덕이며 한쪽 옆에 놓인 소쿠리에서 버섯을 집어들었다.

"그게 무엇이냐?"

챠그무가 몸을 앞으로 내밀어 탄다의 손을 들여다보았다.

"칸쿠이라는 버섯이다. 아주 맛있는 버섯이지만 너무 푹 익으면 쓴맛이 나거든. 불에서 내리기 직전에 넣는 것이 중요하지."

바르사가 미소를 지었다. 아무래도 황자님이 탄다에게 산채전골 요리 비법을 배우는 듯했다.

"냄새가 좋구나."

웃으며 말하는 챠그무의 얼굴은 그야말로 평범한 소년 그 자체였다. 궁을 떠난 이래 이제까지 이 아이가 얼마나 긴장하고 있었는지를 알 수 있었다. 추적자들에게 끌려가지 않아 정말 다행이다.

"자, 봐라. 왈가닥 아줌마가 눈을 떴구나. 내가 말했지? 음식 냄새를 맡으면 눈을 뜰 거라고. 저 녀석은 옛날부터 그랬어."

챠그무가 바르사를 향해 고개를 돌렸다. 챠그무의 눈동자에 안도의 빛이 깃드는 것을 보니 가슴 한구석이 훈훈해지는 것 같았다.

"바르사, 괜찮으냐? 상처는 아프지 않느냐?"

"당연히 아프지. 하지만 괜찮아. 이제 곧 좋아지겠지."

탄다는 국자로 국물을 휘휘 젓고는 냄비를 불에서 내렸다. 그리고 벌떡 일어서서 바르사 옆으로 가, 능숙한 손놀림으로 바르사를 일으켰다. 암벽과 등 사이에 곰 가죽을 돌돌 말아 받치니 바르사도 몸을 기대어 앉을 수 있었다. 바르사가 탄다를 올려다봤다.

"정신을 잃고 얼마나 시간이 지난 거지?"

"그리 오래되지는 않았어. 오늘 밤으로 만 이틀이 되는 셈이지. 치료는 새벽에 끝났으니까 닷새 정도 지나면 실밥을 뽑을 거다. 너라면 더 빠를지도 모르고."

탄다는 갓 지은 보리밥과 김이 모락모락 나는 산채전골 국물을 퍼 챠그무와 바르사에게 건넸다.

"먹여줄까?"

"괜찮아. 어떻게든 먹겠지, 뭐."

예상대로 왼손에 통증이 왔지만 바르사에게 이 정도 상처는 그리 대단한 것도 아니었다. 질릴 정도로 부상을 많이 경험한 바르사는 통증 정도에 따라 회복까지 얼마나 걸릴지도 예상할 정도였다.

버섯 맛이 잘 우러난 국물은 뜨겁고 맛있었다. 탄다의 성품을 겪어본 사람은 누구나 마음이 풀어지는지, 챠그무는 전과 비교가 되지 않을 정도로 말수가 늘었다.

"이상하구나. 궁에서 먹던 것보다 평민들의 음식이 훨씬 맛있는 것 같다. 왜 그런 것일까?"

"글쎄. 아마도 만들어서 바로 먹기 때문이 아닐까? 나는 궁궐 생활은 모르지만, 독이 들었는지 맛보느라 시간이 걸려서 요리가 식어버리는 거라고 생각해."

"그렇구나. 그러고 보니 이렇게 바로 만든 음식은 먹은 적이 없구나."

바르사는 두 사람의 대화를 들으면서 하루빨리 챠그무의 말투를 바꾸어야겠다고 생각했다. 탄다처럼 좀체 동요하지 않는 사람이라면 몰라도, 웬만한 사람은 저런 말투를 쓰는 소년을 보면 어느 귀족의 자제일까 의아해할 것이다.

식사가 끝나고 라몬 잎 차를 마시면서, 바르사는 이제까지 있었던 일을 탄다에게 상세하게 이야기했다. 탄다는 결코 중간에 끼어드는 법이 없었고 이따금 고개를 끄덕이면서 끝까지 들을 뿐이었다. 처음에는 흥미로워하던 탄다의 얼굴이 이야기가 길어지면서 점차 굳어갔다. 바르사가 이야기를 마치자, 탄다가 불쑥 말했다.

"바르사, 그건 늉가로임이야."

"뭐? 뭐라고?"

"그러니까 이 아이에게 깃들어 있는 '것' 말이야. 늉가로임이라고. '물 지킴이'를 야쿠족은 그렇게 불렀지. 이 아이가 잠을 자다가 물 쪽으로 가려고 한댔지? 푸른빛이 나고, 강물이 변해버렸다고?"

"응, 탄다, 내가 정신을 잃은 동안은 어땠어? 챠그무가 잠들거나 정신을 잃거나 하면 그런 증상이 나오는 것 같던데. 여기서는 아무 일도 안 일어났어?"

"아무 일도 없었어, 전혀. 강이 멀기 때문일지도 모르지."

챠그무가 미간을 찌푸리며 두 사람의 대화를 듣고 있었다.

"그래서 그 늉가 뭐라는 것은 도대체 뭐야? 강의 정령 같은 건가?"

"나도 잘은 몰라. 하지만 넌 들은 적 없어? 이 나라의 성조 토르갈 황제가 물에 사는 요괴를 퇴치했다는 전설 말이야."

"아, 그건 들은 적이 있지. 하지만 퇴치했잖아? 그런데 왜 새삼스럽게."

탄다가 입을 열려다 잠시 주저하더니 마침내 말했다.

"있잖아, 이건 좀 복잡한 얘기인데 말이야."

"괜찮아. 얘기해줘. 밤은 기니까."

탄다가 지그시 챠그무를 바라보더니, 이윽고 마음을 정한 듯 고개를 끄덕였다.

"좋아. 어쨌든 알아야 하는 이야기이니까. 챠그무, 이제부터 하는 이야기에 너는 무척 화가 날지도 모른다. 하지만 끝까지 제대로 이야기를 들어주겠니?"

챠그무가 불안한 듯이 어두운 표정을 지었지만, 이내 고개를 끄덕였다.

"그럼, 이야기를 시작하지. 옛날 옛적에 이 땅에는 야쿠족만 살고 있었다. 야쿠족은 눈에 보이는 평범한 세계 '사그' 이외에도, 평소에는 보이지 않는 또 다른 세계 '나유그'가 있다는 것을 알고 있었지. 하지만 오해하지 마라. 이 나유그는 너희들 '신요고 황국'의 요고인들이 알고 있는 '저세상'은 아니란다. 망자의 혼이 가는 천국이나 지옥이 아니라는 거지. 사그와 나유그는 동시에, 같은 곳에 있다. 지금, 여기에 말이다. 가장 중요한 것은 사그와 나유그가 서로 영향을 주고받는다는 사실이지.

야쿠족조차도 어떤 식으로 사그와 나유그가 서로 영향을 미치는지는 잘 몰랐던 것 같지만, 단지 한 가지 아는 것이 있었다. 알겠니? 이 점을 잘 기억하기 바란다. 나유그의 어떤 생명체가 사그와 나유그 양쪽의 기후를 바꿀 수 있다고 한다. 그 생명체는 100년에 한 번 알을 낳는다고 야쿠족은 생각했어. 알이 태어난 이듬해에는 어쩐 일인지 대가뭄이 들었지. 만일 하지의 보름날 밤에 알이 무사히 돌아가지 못하면 가뭄은 그대로 계속되어 엄청난 피해가 발생한다고들 했지. 또 한 가지 중요한 것은, 이유는 알 수 없지만 그 생명체가 사그에 사는 존재에게 알을 잉태시킨다는 점이야. 이 생명체가 바로 늉가로임, 즉 '물 지킴이'다."

바르사도 챠그무도 입을 떡 벌렸다.

"그러니까 뭐야? 챠그무가 그 늉가로임의 알을 잉태했다는 거야?"

챠그무가 가슴을 누르며 토할 듯한 표정을 지었다. 그러더니 곧 벌떡 일어서서 밖으로 뛰쳐나갔다. 탄다가 뒤따라 나가 잠시 뒤에 파랗게 질린 챠그무를 데리고 돌아왔다. 탄다가 커다란 손으로 그의 등을 쓰다듬었다.

"미안하다. 기분 좋은 이야기가 아닌 것만은 분명하다. 하지만 야쿠족은 늉가로임을 무척 소중히 여긴단다. 늉가로임의 알을 잉태한 아이는 늉가로차가, 즉 '정령의 수호자'로 불리며 극진하게 보호를 받았다고 하니까."

"잠깐만, 탄다. 그건 성조 토르갈 황제의 물요괴 퇴치 전설과 많이 다른데. 전설에서는 물요괴를 잉태한 아이는 곧 죽게 마련이라고, 야쿠족 부모가 울면서 토르갈 황제에게 퇴치를 부탁했다고 하지 않았던가?"

탄다가 난처한 표정을 지었다.

"그 부분이 챠그무가 들으면 화낼 거라고 했던 부분이지."

"아, 그렇구나. 알겠다."

바르사가 고개를 끄덕이자, 챠그무가 파랗게 질린 얼굴로 미심쩍은 듯이 바르사를 올려다봤다.

"무엇을 알겠다는 것이냐? 화는 내지 않겠다. 제대로 말하도록 하여라."

"결국 말이야, 챠그무. 어느 나라든 신분이 높은 사람은 멋 있어 보이도록 꾸미고 싶어 하는 법이라는 거지. 예를 들어 장군은 항상 영웅이어야만 하지. 장군이 비겁한 사람이라면 누가 존경해주겠니? 나는 여러 나라를 떠돌며 이야기를 숱하게 많이 들었단다. 가령 일개 병사가 고생해서 거둔 승리라도 전쟁의 공로는 장군에게 돌아가지. 그것이 세월이 흐르면서 전설로까지 변하는 경우도 있는 거란다."

"그러면 우리의 성조 토르갈 황제도 그런 식으로 거짓말을 했다는 것이냐?"

얼굴이 바짝 굳은 챠그무가 말했다. 바르사와 탄다는 엉겁결에 얼굴을 마주 봤다. 이 아이는 열한 살이라고는 생각할 수 없을 정도로 영리하다. 그런 만큼 마음에 입는 상처도 깊을 것이다. 그러나 거짓말로 대충 넘어간다면 이 영리한 아이에게 더욱 좋지 않은 결과를 초래할 것이다. 이 아이는 다부지다. 어떤 일이든 극복할 수 있는 근성을 갖고 있다고 바르사는 생각했다.

"거짓말을 하고 싶지는 않다. 그러니 너를 엄연한 남자로 여기고 얘기하지. 그래. 나는 지금 성조 토르갈 황제의 전설에는 옳은 부분도 있겠지만, 그렇지 않은 부분도 있을 거라는 걸 깨달았단다."

"왜 야쿠의 전설을 믿고, 성조의 진설은 믿지 않는 섯이냐?"

　바르사는 뺨이라도 얻어맞은 기분이었다. 자기도 모르게 입가에 미소가 번졌다. 정말 만만치 않은 아이로구나.

　"이유는 두 가지다. 하나는 내가 탄다를 잘 안다는 것. 탄다는 무척 사려 깊은 사람이다. 틀린 말을 하는 법은 좀처럼 없지. 또 하나, 강한 자가 전한 전설과 약한 자가 전한 전설에서는 대부분 약한 자의 전설이 왜곡되게 마련이라는 것을 경험으로 알고 있거든."

　탄다는 재미있다는 듯이 두 사람의 대화를 듣다가 이 대목에서 끼어들었다.

　"아니야, 바르사. 그 말도 일리가 있기는 하지만, 학대당한 사람들이 전설을 지어내는 경우도 많다고 나는 생각해. 그렇게 하지 않으면 사람으로서 자존감을 지킬 도리가 없으니까. 하지만 야쿠의 늉가로임 전설은 그런 종류의 이야기가 아니야. 성조 토르갈 황제가 이 땅에 오기 전부터 계속 전해 내려온 것으로, 신요고 황국에 저항하려는 생각에서 왜곡시킨 그런 식의 전설이 아니거든. 게다가 또 한 가지 중요한 이야기가 있어."

　탄다가 챠그무를 바라보았다.

　"이 피부색을 보면 알겠지만, 내 몸에는 야쿠족의 피가 흐르고 있다. 어머니의 어머니가 야쿠족이었지. 할머니 말이야. 그 할머니가 어릴 적에 할아버지, 말하자면 내 고조할아버지한테 무서운 이야기를 들었다며 해준 이야기가 바로 이 이야기란다.

성조가 물요괴를 퇴치하고 나서 100년이 지난 뒤, 그러니까 지금으로부터 100년 전에도 늉가로임은 알을 낳았다고 해. 그때 그 알을 잉태한 자가 고조할아버지 친구의 아들이었지. 고조할아버지의 친구는 야쿠족이었지만 아내는 요고인이었다고 하니까, 그 아이에게는 야쿠족과 요고인의 피가 섞여 있었던 셈이지. 고조할아버지를 비롯해 많은 사람들이 필사적으로 그 아이를 지켰지만 끝내 아이는 죽고 말았다는 거야."

"왜? 왜 죽은 거야?"

바르사가 날카로운 목소리로 묻자, 탄다는 고개를 저었다.

"할머니의 기억이 흐릿해진 때여서 자세히는 몰라. '알 포식자' 라룽가에게 당했다고 하는데, 그것이 성조의 전설을 지키기 위해 찾아온 황제의 신하들을 뜻하는 건지, 아니면 뭔가 다른 존재가 있는 건지 잘 모르겠어. 토로가이 사부는 라룽가를 나유그에 사는 존재로 생각하는 것 같지만."

챠그무의 얼굴이 점점 더 새파랗게 질려갔다. 하지만 또렷한 목소리로 말했다.

"토로가이란 어마마마가 서한을 보내신 상대가 아니냐?"

"맞아. 아마도 살아 있는 사람 중에는 최고의 주술사이자 현자일 거다. 탄다의 스승이기도 하고."

눈을 동그랗게 뜨며 챠그무가 탄다를 올려다봤다. 탄다가 머리를 긁적였다.

"토로가이 사부에게도 야쿠족의 피가 흐르니까."

"하지만 야쿠는 글도 읽을 줄 모르는 자들이라고 들었는데. 그런 자를 왜 현자라고 말하는 것이냐?"

챠그무가 의아하다는 듯이 물었다.

"글은 몰라도 이 세상에 대해 잘 알기 때문이다. 생각해봐라. 야쿠는 아주 오래전부터 이 땅에 살았잖니. 누구든 자기 집 일은 다른 사람보다는 잘 아는 법이지. 그런 것과 마찬가지란다."

바르사가 무릎에 올린 손에 힘을 주었다.

"역시 어떻게 해서든 토로가이 사부님을 만나야겠어. 그게 무리라면 누구든 늉가로임에 대해 잘 아는 다른 야쿠를 찾든지. 여하튼 그 알을 먹는 라룽가가 무엇인지, 그걸 모르고는 챠그무를 제대로 지킬 수가 없어. 라룽가가 황제와 관련 있는 자라면 챠그무를 지킬 방법이 있지만, 그렇지 않다면 내 능력으로는 어쩔 도리가 없어."

고개를 끄덕이는 탄다의 표정이 어두웠다.

"아까부터 그 생각을 하고 있었지만… 사부님은 변덕스러운 분이라서 연락할 방법이 없고, 게다가 알다시피 야쿠라고 해도 지금은 나처럼 요고인이나 칸발인과 피가 섞여 평민으로 사는 자들뿐이지. 과연 늉가로임에 대해 아는 자가 있을지…."

"그래도 찾아보는 수밖에. 그 고조할아버지 친구의 자손은 어떨까? 자기네 선조 이야기라면 좀 더 알지도 모르잖아?"

"글쎄다. 당장 내일부터 찾아보기로 하자."

탄다가 아직 얼굴이 창백한 챠그무의 어깨에 손을 얹었다.

"무섭지? 하지만 나는 반드시 살아날 방도가 있다고 생각한다. 단순히 위로하는 말이 아니다. 왜냐하면 만약 늉가로임이 나유그에 사는 존재로 알을 낳아 자손을 남기는데 그알이 돌아가지 않았다면 진작 멸종해 사라졌을 테니까. 우리가 모를 따름이지, 틀림없이 꿋꿋이 살아남은 알도 반드시있을 것이다. 게다가 말이다, 만일 늉가로임이 어린아이에게알을 잉태시키고서 죽이는 존재라면, 야쿠가 그렇게 소중히여길 리 없다는 게 내 생각이다."

바르사는 내심 그 아이들이 가뭄에서 벗어나기 위한 희생양으로 여겨졌을지도 모른다고 생각했지만, 입 밖으로 소리내 말하지는 않았다. 챠그무는 지금도 견딜 수 없을 정도로 공포스러울 것이다. 더 이상 고통스럽게 하고 싶지 않다. 그러나 챠그무가 탄다를 올려다보며 의외로 씩씩한 목소리로 말했다.

"어마마마가 토로가이한테서 받은 답장에도 그렇게 적혀 있었다. 알을 잉태한 자가 죽는 것은 잉태한 알을 지켜내지 못했을 때에 한한다고."

바르사가 고개를 번쩍 들었다. 그 말을 잊고 있었다. 조금이나마 희망이 싹텄다.

"그렇지. 분명히 그렇게 말했어, 탄다."

"응. 역시 어떻게 해서든 토로가이 사부님을 만나야만 해."

"난 말이야. 아마도 사부님이 도망쳤을 거라고 생각해. 머리가 좋은 분이니까 틀림없이 황제의 추격대가 붙을 걸 일찌감치 알아차린 거야."

"그렇겠지. 그렇다면 이미 청무 산맥을 넘었을까?"

바르사와 탄다가 서로의 얼굴을 응시했다. 바르사는 자신도 모르게 중얼거렸다.

"너를 끌어들이고 싶지 않았지만 말이야."

탄다가 웃었다.

"상관없어. 오히려 끌어들여줘서 고맙다고 해야 할까. 이일이 그동안 내가 알고 싶어 하던 많은 것에 답을 줄지도 모르거든."

"탄다가 알고 싶은 것이란 무엇이냐?"

챠그무의 질문을 받고서 탄다는 말이 막혔다.

"여러 가지가 있지. 난 이래 봬도 주술사가 되고 싶거든. 주술사는 세계를 아는 것이 중요하다. 그것도 눈에 보이는 사그만이 아니라, 눈에 보이지 않는 나유그까지도 아는 것이."

바르사가 히쭉히쭉 웃으면서 말했다.

"이 녀석은 옛날부터 호기심이 많아서 말이야. 무술 솜씨는 아무리 해도 안 늘면서 약초나 정령 같은 것에는 집중력이 대단했지. 아직은 주술사가 못 되었기 때문에 약초를 팔아서 생활하고 있다. 언젠가 유명한 주술사가 되거든 부자들한테서 보수를 많이 뜯어내서 맛있는 것 좀 사줘라."

"바보 같으니라고. 이름 없는 약초사니까 네 상처도 공짜로 꿰매주는 거야. 이름 있는 주술사가 되면 한 바늘에 금화한 닢은 받을 기다."

챠그무가 바르사를, 그리고 탄다를 봤다.

"그대들은 어릴 적부터 아는 사이인가?"

"이렇게, 꼬맹이 때부터지."

목소리도, 키를 보여주는 손동작도 똑같았다. 두 사람은 멋쩍게 웃음 지었다. 탄다가 비밀이라도 털어놓는 투로 말했다.

"바르사는 지그로라는 떠돌이 무사의 양녀였다. 열 살 무렵에 이 부근에 와서 몇 년을 살았지. 무술 수행을 위해서였어. 그 수행이 무지무지 힘들어서 말이야, 바르사 저 녀석은 늘 심한 부상을 달고 살았지. 그때마다 여기 살던 나의 사부님이 바르사를 치료하곤 했다. 지그로가 꼬박꼬박 돈을 지불했기 때문에, 마을 사람들과 왕래하는 걸 별로 내켜 하지 않던 사부님에게는 그 돈이 크게 도움이 되었지."

"지그로는 토로가이 사부님을 믿고 그렇게 무지막지하게 시켰던 거야. 어이가 없지. 한창 피어오르는 나이의 아가씨를 그렇게 살게 하다니."

바르사가 투덜거리는 것을 무시하고, 탄다가 말을 이었다.

"나는 바르사보다 두 살 아래란다. 하지만 어릴 적부터 부모의 눈을 피해 몰래 들일을 팽개치고 사부님 집에 붙어 있었지. 그래서 바르사하고 알게 된 거다. 토로가이 사부님은 빈틈이 없는 할머니로…."

"할머니? 토로가이가 여자였구나!"

챠그무가 놀라서 이야기를 도중에 끊었다. 바르사가 대답했다.

"그렇단다. 다부지고 빈틈이 없으며 가차 없이 심한 말을 톡톡 쏘아대는 할머니야. 당시 쉰대여섯이었으니까, 지금은 벌써 일흔 가까이 되지 않았을까?"

"그럴걸. 딱 일흔 정도일 거야."

"그러면 달릴 수도 없을 터인데. 그 무서운 추격대한테서 도망칠 수 있겠는가?"

"도망칠 수 있지, 있고말고."

또다시 바르사와 탄다가 동시에 말했다.

"그 할머니라면 도망칠 수 있어. 사람이라기보다 요괴에 가깝거든."

"바르사, 너 그런 식으로 말한 걸 사부님이 알게 되어 도움을 못 받으면 어쩌려고."

탄다가 쓴웃음을 지었다.

"게다가 나는 네가 할머니가 되면 틀림없이 사부님처럼 될 거라고 생각하는데."

농담을 주고받으면서 두 사람은 옛날 일을 챠그무에게 들려주었다. 챠그무는 어머니와의 이별로 인한 외로움이 조금

씩 가시는 것을 느꼈다. 토방과 단 하나뿐인 마루방에 취사용 화덕이 놓인 초라한 집이었지만, 챠그무는 이 집이 무척 마음에 들었다. 탁탁 소리를 내며 화덕에서 타오르는 불이 온 집 안을 훈훈하게 만들어 기분이 좋았다. 궁을 나온 이후 처음으로 마음이 편안해지는 것 같았다.

2
주술사 토로가이

청무 산맥 깊은 산속에 자그마한 노파가 멈춰 섰다. 삼베천에 머리 넣을 구멍만 뚫어 새끼줄로 묶은 허름한 옷차림에, 구릿빛 얼굴은 주름투성이에다 백발이 푸석푸석하다. 옆으로 퍼진 코, 꽉 다문 입. 칼집을 넣은 듯 눈이 가늘었지만 검고 촉촉한 눈빛만큼은 형형하게 번뜩였다.

풀고사리로 뒤덮인 샘의 축축한 바위 사이로 쭈글쭈글하고 앙상한 다리를 내던지며 막 주저앉은 이 기묘한 노파가 바로 바르사 일행이 찾는 토로가이였다. 못생긴 얼굴이긴 해도 한번 보면 절대 잊을 수 없는 힘이 깃들어 있었다.

토로가이는 반쯤 눈을 감았다. 손가락만 꿈틀거리며 바위를 어루만지거나 툭툭 치고 있었다. 타, 탕, 티팅. 마치 악기라도 연주하듯 노파는 바위를 손가락으로 두드렸다. 입 밖으로 나오는 소리는 없었지만 끊임없이 중얼거리는 모양새였다.

"…나유그의 물의 민족, 물에 사는 빛나는 존재의 일족, 기다란 존재의 일족, 꾸불꾸불한 존재의 일족이여. 모습을 드러내 나하고 이야기하라. 나는 사그 지상의 민족, 사그의 땅을 걷는 존재, 땅 위에 사는 존재이니라. 늉가로임의 해가 도래했나니, 사그와 나유그가 소통할 때다. 나와 얘기하고, 나에게 전하라…."

그러자 풀고사리 사이로 솟아오르는 샘에서 소리가 들리기 시작했다. 타, 탕, 타탕, 타, 탕, 타탕. 토로가이가 바위를 칠 때와 똑같은 소리가, 마치 동굴 안에 메아리치는 것처럼 공허한 울림과 함께 물속으로부터 울리기 시작한 것이다.

사위가 어둑어둑하다. 해가 기운 것은 아니다. 단지 대기의 빛깔이 바뀌기라도 한 듯이 토로가이 주위로 햇빛이 비치지 않을 뿐이다. 물속에서 울려 나오는 소리는 이윽고 토로가이의 마음에 목소리가 되어 들리기 시작했다.

"…사그 지상의 민족, 땅 위에 사는 바싹 마른 존재의 일족, 땅을 달리고 불을 쓰는 존재의 일족이여. 그대의 부름에 응해 내가 말하노라. 나는 나유그의 물의 민족, 나유그의 물에 사는 존재이니라."

토로가이의 모습이 대기에 녹아내리듯 희미해졌다. 수면에 푸른빛이 감돌고 대기와 물의 경계가 모호해졌다. 토로가이가 그 대기와 물 사이에 얼굴을 댔다. 푸르스름한 안개 밑으로 거기 있을 리 없는 존재가 보이기 시작했다. 조금 전까지만 해도 모래와 자갈 바닥이 보이던 얕은 샘에 불과했는데, 어느 틈엔가 그 바닥이 사라지고 초록빛을 띠었다. 가슴이 시릴 정도로 아름다운 자줏빛과 남빛 물이 뒤섞여 한없이 깊이, 아주 깊숙이 펼쳐졌다.

물 밑으로부터 사람과 흡사한 존재가 어렴풋이 모습을 드러냈다. 머리카락은 마치 수초와 같고, 피부는 미끈미끈하고 푸르스름한 점액질로 덮여 있다. 눈에는 눈꺼풀이 없고, 입에는 입술이 없다. 코에도 작은 구멍만 두 개 있었다.

"잘 왔구나. 요나로가이, 물의 민족이여."

얼굴을 바싹 붙이고 토로가이가 말을 걸자 요나로가이가 응답했다.

"토로가이, 지상의 민족이여. 나하고 이야기하자."

토로가이가 고개를 끄덕였다. 이마에 땀이 배어났다. 이렇게 사그와 나유그 사이에 얼굴을 붙이고 이야기하는 것은 쉬운 일이 아니다. 숨이 막혀 무척 괴로운 것이다.

"요나로가이여. 물 지킴이 늄가로임의 산란이 끝난 것 같더구나."

"끝났다. 알 다섯 개는 나유그에, 하나는 사그에 태어났다."

"알 포식자 라룽가는 벌써 활동을 개시했느냐?"

요나로가이가 부르르 떨었다.

"그렇다. 나유그에 태어난 알 중 두 개가 이미 사라졌다. 라룽가가 먹은 것이다. 나유그에 태어난 알은 라룽가의 먹이니까."

"라룽가는 어떻게 알을 발견하는 것이냐?"

"모른다."

"라룽가에 대해 잘 아는 자는 누구냐?"

더 이상 참을 수 없을 정도로 숨이 막혔다. 토로가이는 고통으로 얼굴을 찌푸리며 물었다.

"라룽가는 흙의 정령. 흙의 민족 주치로가이에게 묻는 수밖에 없다."

요나로가이도 괴로운 표정을 지었다. 물고기처럼 입을 뻐끔거리기 시작한 것이다.

"주치로가이와 이야기하려면 어디로 가야 하느냐?"

"대지가 갈라진 곳, 사그와 나유그가 서로 만나는 고옷…."

홀연히 요나로가이의 모습이 사라졌다. 동시에 푸른빛도 사라지고, 축축한 대기의 냄새가 돌아왔다. 토로가이는 휴우 하고 숨을 들이마신 뒤 큰 대 자로 축 늘어져 바위에 기댔다.

"아아, 빌어먹을. 죽을 뻔했구먼. 이 짓을 또 해야 하다니! 땅속이든 물속이든 고통스러운 건 다를 바 없겠지, 뭐. 주술 사 팔자도 참."

토로가이가 투덜거리며 나무 사이로 하늘을 올려다봤다.

"게다가 귀찮은 사냥개까지 쫓아오고."

커다란 콧구멍이 벌름거렸다.

"아, 냄새 참 고약하군. 저 녀석들 냄새 더 이상 못 참겠어. 이 근처에서 죽여버려야겠다."

내뱉듯이 말하고 나서 그녀는 고개를 흔들었다.

"아니지, 그러면 안 되겠군. 평생 하늘만 쳐다보고 별을 해 독하는 자들과 잠깐 할 얘기도 있고. 성가시다, 성가셔. 늉가 로임도 참, 하필 이런 때 알을 낳을 게 뭐람. 내가 좀 더 젊었 을 때 낳았으면 오죽 좋아."

해봐야 소용없는 말을 중얼거리며 토로가이가 진흙을 움 켜쥐었다. 그러고는 양손으로 형상을 빚어 얼굴을 찌푸리며 머리카락 한 올을 뽑아서 진흙 속에 집어넣었다. 알아듣기 힘든 말을 입 안으로 중얼거리며 진흙을 사람 형태로 빚는 것이었다. 이따금 품에서 뭔가를 꺼내 진흙에 채우기도 했다. 형태가 거의 완성될 즈음, 토로가이는 손을 멈추고 맞은편 녹나무 밑동을 응시했다.

"어이! 나오너라!"

느닷없이 토로가이가 밑동에 대고 소리를 질렀다. 곧 잡초가 흔들리더니 손에 수리검을 든 사냥꾼이 나타났다. 사냥꾼이 노파를 보고 씨익 웃음을 던졌다. 그 순간 토로가이의 등 뒤에서 추가 달린 밧줄이 날아들었다. 어느 틈에 다른 사냥꾼이 뒤쪽으로 돌아간 것이다. 토로가이가 일순 원숭이처럼 뛰어올라 밧줄을 피했다. 그러나 이미 사냥꾼이 예측한 움직임이었다. 토로가이가 채 나뭇가지를 붙잡기도 전에 사냥꾼의 수리검이 토로가이의 손목과 허벅지에 꽂혔다.

"아악!"

토로가이가 비명을 지르며 땅바닥으로 떨어졌다. 이 순간을 놓치지 않고 사냥꾼 둘이 벌렁 나자빠진 노파에게 덤벼들었다. 품에서 단검을 빼든 한 명이 노파의 배를 밟고, 다른 한 명이 양손을 꽉 묶어 누르자, 배를 밟은 사냥꾼의 단검이 토로가이의 목을 찔렀다. 그러자 놀라운 일이 벌어졌다. 토로가이의 머리가 부슬부슬 부서져내린 것이다. 사냥꾼들이 흠칫 놀라며 엉거주춤 물러섰다. 노파가 순식간에 진흙으로 변해버린 것이다.

그러더니 돌연, 진흙 인형의 목을 벤 사냥꾼이 몸을 뒤로 젖히고 허우적거리며 벌렁 나자빠졌다. 양손과 양팔을 떨며 입에서는 거품을 내뿜었다. 다른 한 명이 동료를 구하려고도 하지 않고 황급히 뛰어올라 그 자리에서 모습을 감췄다. 일단 바위 건너편으로 날아가 거기에서 다시 높이 뛰어 나뭇가지로 옮겨 간 것이다. 하지만 다음 나뭇가지로 옮겨 가려는 순간, 사냥꾼은 갑자기 몸이 납덩이처럼 무거워지는 것 같았다. 점점 전신이 차가워지고 눈앞에 하얀빛이 어른거리며 둥둥둥 심장 고동 소리가 마치 북소리처럼 귓속에 울리기 시작했다. 사내는 식은땀을 흘리며 허우적거리다가 그대로 땅에 떨어졌다.

"아름다운 꽃에는 가시가 있는 법. 진흙 인형에도 가시가 있단다. 멍청한 사냥개들 같으니라고."

노파가 나무에서 스르르 미끄러져 내려왔다. 정신 잃은 남자를 발로 차며 히죽히죽 웃기도 했다.

"이 토로가이를 잡으려거든 환술(幻術:남의 눈을 속이는 기술)이라도 배워두거라."

처음에 말을 건 순간 이미 사냥꾼들은 노파의 주술에 꼼짝없이 걸려든 것이다. 그리고 진흙 인형에게 덤벼들어 몸을 눌

렀을 때, 진흙 속에 박아둔 독가시에 손을 찔린 것이다.

"감사해야 할 것이다. 눈 깜짝할 사이에 죽는 독을 발라둘 수도 있었다. 그런데 이 마음씨 착한 토로가이 님께서 너그러이 마비만 되는 독을 발라뒀느니라."

늙은 주술사는 사냥꾼의 허리띠를 풀고 윗옷을 벗겼다. 허리띠를 뒤져보니 대나무 필통 하나가 나왔다. 노파는 먹물통 뚜껑을 열고 붓에 먹물을 꼼꼼히 묻혀 사냥꾼에게서 벗겨낸 윗옷의 뒷길 안쪽에 거침없이 무언가를 써내려갔다. 그런 다음 다시 사냥꾼에게 옷을 입혔다.

"편지나 잘 전달하도록 해라, 충실한 사냥개들아."

토로가이는 사냥꾼의 가슴을 탁탁 치더니, 문득 생각난 듯이 다시 한 번 사냥꾼 허리띠로 손을 가져갔다. 그러더니 자그마한 주머니를 뒤져 은화 두 닢을 꺼냈다. 늙은 주술사의 주름진 얼굴이 미소로 일그러졌다.

"제법 갖고 있구나. 이건 내 목을 베려 든 데 대한 속죄의 의미로 받아두지. 마을에 닿는 대로 오랜만에 맛있는 술이나 마셔야겠다. 참, 백록옥의 뜨끈뜨끈한 사슴전골도 괜찮겠는데…."

기뻐서 어쩔 줄 모르는 얼굴로 중얼거리던 토로가이가 손뼉을 탁 쳤다.

"아, 좋은 생각이 떠올랐다. 내가 이 늙은 몸을 끌고 고생할 일이 아니다. 나는 맛있는 것이나 먹으면서 혈기왕성한 제자가 애쓰는 모습을 구경하면 되겠구나. 흐음, 녀석에게도 좋은 수행이 될 테고! 아주 좋은 생각이야. 역시 냄새 고약한 사냥개한테 쫓기지 않으니 머리가 잘 돌아간다니까."

　혼잣말이라 하기엔 너무 큰 목소리로 떠들어대며, 노파는 숲속으로 총총 사라져갔다.

3

토로가이의 글

황제의 침소 안쪽에 자리한 지하, 황제와 성도사, 그리고 사냥꾼만 아는 비밀의 방. 분노와 초조함이 가득한 침묵이 무겁게 방을 채웠다. 황제는 비단 천 너머에 앉아, 그 바로 앞에 앉은 성도사, 슈가와 함께 몬의 보고를 듣고 있었다. 황자를 놓쳤다는 것만 하더라도 이미 믿을 수 없는 실수이건만, 주술사를 쫓던 사냥꾼들마저 한껏 농락을 당하고 돌아오다니. 대장인 몬으로서는 죽음으로 갚지 않으면 안 될 정도로 엄청난 실수였다.

몬은 바르사와 사투를 벌인 뒤 여러 시간이 지나서야 눈을 떴지만, 깨질 것 같은 두통과 현기증으로 줄곧 고통받고 있었다. 그 탓인지 고개를 들지 못하는 몬의 얼굴은 이미 죽은 사람처럼 시퍼렇게 변해 있었다.

"아니, 어떻게."

성도사가 낮은 목소리에 쓸쓸함을 감추지 못하며 입을 열었다.

"하나는 얼굴을 베이고, 하나는 어깨를 찔리고, 심지어 다른 하나는 목숨이 위태로울 정도로 부상을 당하고. 게다가 대장, 자네마저도 머리를 맞고 정신을 잃다니."

몬은 차마 아무 말도 할 수가 없었다.

"그 정도로 실력이 대단하던가, 그 여자가?"

당시의 사투를 떠올리며 몬은 다시 생각했다. 바르사의 무서운 점은 자신이 상처 입을 것을 전혀 두려워하지 않는 것이었다.

"그 여자는 제 칼에 베일 걸 알면서도 전혀 막으려고 하지 않았습니다. 아무리 대담한 자라도 베일 것 같으면 반사적으로 막으려 들게 마련인데, 그 여자는 배를 공격당할 줄 알면서도 그 가격을 막기보다는 제 머리를 치는 쪽을 택한 겁니다. 머리로 생각하기 이전에 이미. 생각하고 판단해서 행동한 것이 아닙니다. 각오만으로 가능한 행동도 아닙니다. 평생 동안 지겨울 정도로 칼에 베인 경험이 없으면 불가능하지요."

"사냥꾼 대장인 그대가…."

냉랭한 목소리가 비단 천 너머에서 들려왔다.

"한낱 여자 무사보다도 수행이 부족했다는 말이로구나."

몬은 고개를 떨군 채 들지 않았다. 갸름하고 기품 있는 황제의 얼굴이 분노로 떨렸다. 자기가 내린 명령이 충실하게 이행되지 않은 경험이 없는 황제로서는 태어나 처음으로 바람이 이루어지지 않은 셈이었다. 그는 바닥에 머리를 조아린 몬을 죽도록 패고 싶은 충동에 사로잡혔다. 하지만 어떻게든 충동을 억누르는 현명함이 황제의 장점이었다.

"게다가 야쿠의 주술사를 쫓던 자들까지 보기 좋게 당하고 겁에 질려서 꽁무니를 빼며 도망쳤다고 하지 않는가. 선대 어느 황제께서 이런 무능한 사냥꾼을 두셨을까. 오로지 짐뿐일 것이다."

내뱉듯이 쏟아내는 황제의 힐난에 몬은 몸이 갈기갈기 찢어지는 듯한 고통을 느꼈다.

그때 희미한 소리가 들렸다. 사냥꾼 수하 누군가가 지하통로로 통하는 문을 두드린 것이다. 긴급 상황이 벌어졌을 때 보내는 신호였다. 몬이 목례를 하고 일어서 문을 열었다.

통로에는 토로가이를 쫓아갔던 사냥꾼 하나가 파랗게 질린 얼굴로 서 있었다.

"무슨 일이냐?"

짜증스러운 듯이 몬이 묻자, 사냥꾼은 몸 둘 바를 모른 채 뒤집어진 옷을 내밀었다.

"옷을 갈아입으려다가 이런 글을 발견했습니다. 토로가이 가 쓴 글인 듯합니다."

몬이 부하한테서 사납게 옷을 잡아챘다. 그의 말대로 작은 글자들이 적혀 있었다. 타오르는 듯 분노를 느끼며 몬이 부 하를 노려봤다. 황제가 뒤에 계시지 않았다면 부하 녀석을 두들겨 팼을 것이 분명했다.

"가거라."

차가운 한마디에 부하는 즉각 사라졌다.

"무슨 일이냐?"

조바심이 난 황제에게 몬이 머리를 조아리며 답했다.

"부하의 옷에 토로가이가 보낸 글이 적혀 있었습니다."

황제와 성도사는 당혹스러운 얼굴로 서로 마주 보았다. 성 도사가 황급히 일어서서 잠시 액을 막는 동작을 취하고, 이 어 몬이 받은 옷을 손에 들었다.

"어쩌면 주술이 걸려 있을 수도 있다. 내가 먼저 읽도록 하 지."

어지간히 판독하기 힘든 글자들을 읽어나가는 동안, 성도사의 미간에 주름이 깊어졌다.

"뭐라고 하더냐?"

마침내 견딜 수 없어진 황제가 기다리다 못해 물었다. 성도사의 입가에 신음이 묻어났다.

"제가 먼저 읽어서 다행입니다. 폐하를 저주하는 글입니다. 당장 저주를 되돌리는 주술을 행하고 태워버리는 것이 좋겠습니다."

성도사는 토로가이의 글이 안쪽으로 가도록 옷을 개켰다.

"폐하, 내일까지 시간을 주셨으면 합니다. 서두르다가는 일을 그르치기 십상이옵니다. 저와 슈가가 좀 더 깊이 생각을 해보겠습니다."

성도사는 여기까지 말하고 절을 올리고는, 뭔가 묻고 싶어하는 황제와 몬을 남겨두고서 슈가를 데리고 방을 빠져나갔다. 그리고 별의 궁에 있는 자기 방으로 돌아올 때까지 성도사는 한마디도 하지 않았다. 마침내 자기 방으로 들어가 주위에 인기척이 없는 것을 확인하고서야 성도사가 입을 열었다.

"야쿠의 주술사 놈, 묘한 글을 써 보냈구나. 읽어봐라. 액막이는 필요 없다."

성도사는 품에서 옷을 꺼내 슈가에게 건넸다.

별을 해독하는 자여.

하늘만 쳐다보고 정사에 힘쓰느라 네 놈이 설 곳을 잊었느냐?

100년에 한 번이라는 이 중요한 때에 나를 쫓을 겨를이 있거든,

제2궁에 사는 자가 잉태한 알이나 확실하게 지켜라.

지키지 못하면 이 땅에 극심한 가뭄이 닥칠 것이니.

알을 먹는 라룽가가 이미 눈을 떠 쫓기 시작했다.

200년 전 너희 조상에게는 우리와 손잡고 라룽가를 없앨 만한 머리가 있었다.

별을 해독하는 자여,

아쉽게도 우리 야쿠도 중요한 것을 세월의 저편에 두고 와 버렸다.

어느 틈엔가 라룽가를 죽이는 법을 잊고 말았다.

네가 있는 곳에 알 포식자를 죽이는 법이 전해오고 있다면

서둘러 하늘 쳐다보기를 그만두고 땅으로 눈을 돌려라.

알 포식자를 죽이러 오너라.

─ 토로가이

두 차례를 연이어 읽은 슈가가 고개를 갸웃거렸다.

"상대를 깔보는 듯한 글이지만."

ㄱ 말대로 참으로 자신만만하고 빙자한 편지었나. 그러나

독설 속에 묘하게 웃음을 자아내는 여유가 담겨 있었다. 슈가는 황제마저도 따르는 성독박사를 감히 '별을 해독하는 자'라 부르는 사람이 있으리라고는 상상조차 해본 적이 없었다. 그런 만큼 이 글에 동요를 일으키는 것도 무리가 아니었다. 더구나 이 글을 쓴 자는 야쿠의 주술사가 아니던가. 야쿠가 마치 대등한 사람을 부르듯이 글을 보내오다니.

"토로가이라는 자는 대체 어떤 자입니까? 이 글을 보면 마치 물요괴에 대해 우리보다 잘 아는 것 같습니다만."

성도사가 팔짱을 꼈다.

"야쿠의 피가 흐르는 주술사니까. 이 땅의 괴이한 일에 대해서는 잘 알 것이다."

"이자는 제2궁에 사는 자가 잉태한 알을 지키라고 썼습니다. 성조의 전설에서는 야쿠가 물요괴를 두려워하지 않던가요? 게다가 마치 그때 내성도사 나나이기 야쿠의 주술사와 손을 잡고 알 포식자인 라룽가를 퇴치한 것처럼 썼습니다."

슈가는 문득 떠오른 가능성에 오싹 소름이 돋았다.

"…설마."

"설마라니?"

성도사가 차가운 눈빛으로 슈가를 응시하고 있었다. '적당한 말을 골라라, 신중하게 단어를 골라야 한다'라고 슈가는 스스로 충고했지만, 관자놀이와 목덜미가 서늘해지며 시려 오는 듯한 불안에 쫓기는 마음을 억누를 수가 없었다.

"정사(正史)에 적힌 성조의 전설에서는, 이를테면 건국 직후에 나라가 혼란스러워지지 않도록 사람들을 혼란케 할 만한 부분을 적지 않은 것이 아닐까 생각했습니다. 이 글이 옳다면 100년에 한 번 깨어나는 존재는 하나가 아니라 '알'과 '알 포식자', 이렇게 둘인 셈입니다. 그리고 성조와 대성도사 나나이는 그 알을 지키기 위해 야쿠 주술사의 힘을 빌려 알 포식자를 퇴치한 것이 아닐까요? 알은 어떤 형태로든 물과 관련이 있으며 이것을 지키지 않으면 대가뭄이 든다… 제2황자의 몸에 있는 것이 바로 이 알이 아닐지요? 아아, 이 사실을 좀 더 일찍 알았더라면!"

성도사는 아무 대답도 하지 않았다. 슈가는 아차 싶었다. 불안으로 초조해진 나머지 그만 성도사의 무지를 비판하고 말았다는 것을 깨달았기 때문이다. 하지만 후회하는 한편으로 마음 한구석에 씁쓸한 생각이 스쳤다. 만약 이 정도 일로 화를 낸다면 성도사도 대단할 것이 없지 않은가 하는 생각이었다.

"슈가."

성도사가 입을 열었다. 목소리는 치기었지만, 분노는 느껴지지 않았다.

"사람은 세월이 흐르는 사이에 많은 것을 발견하고 배워 가지만, 한편으로 세월이 흐르는 사이에 많은 것을 잊기도 한다. 별의 궁은 두 가지 역할을 수행해왔다. 하나는 자네들이 일생을 바치는 것처럼 별을 해독해 미래를 예측하는 것이다. 다른 하나는 이 나라의 정사를 올바른 방향으로 이끌어가는 역할이다. 사람이란 어쩔 수 없는 존재여서, 정사는 항상 진흙탕이게 마련이다. 성도사는 어느 시대에나 별을 해독하는 본래 임무보다도 뒤에서 정사를 조율하는 일에 더 비중을 두었다. 그러는 사이 어느 틈엔가 모든 것을 정치적으로만 바라보게 된 것이지. 나는 황자의 몸에 뭔가 있다는 말을 들었을 때 그 정체를 밝혀내야 한다고 생각했지만, 그보다 먼저 신경 쓴 것은 이 사실이 정사에 어떤 영향을 미칠 것인가 하는 점이었다."

성도사의 차갑던 목소리가 차차 담담한 어조로 바뀌었다.

"사냥꾼 대장만 비난할 일이 아니구나. 나도 처음부터 큰 실수를 했다. 가장 먼저 대성도사 나나이가 남긴 비밀 창고를 조사했어야 하는데."

"비밀 창고요?"

"별의 궁에는 성도사만 들어갈 수 있는 비밀 창고가 있다.

거기에 대성도사 나나이가 남긴 극비 문서가 잠자고 있지. 이 석판 문서는 고대 요고 문자로 적혀 있어서 해독하려면 상당한 노력이 필요하다. 슈가야, 나에게는 정사를 잘 다스려야 하는 중차대한 임무가 있어 이 일에 전념할 수가 없구나. 자네에게 이 임무를 맡기겠다. 서둘러 석판을 해독하라. 200년 전에 무슨 일이 벌어진 것인지 네가 밝혀내도록 해라."

슈가가 깊숙이 머리를 조아렸다. 섣불리 성도사의 성품을 판단한 것이 부끄러웠다. 역시 존경할 만한 현자라고 생각을 고쳐먹었다. 성도사는 한마디 덧붙이는 것을 잊지 않았다.

"자, 명심해라. 우리는 야쿠의 주술사가 보낸 글을 읽고 움직이기 시작한 것이 아니다. 우리 스스로의 의지로 시작하는 것이다. 자네가 비밀문서를 해독해서 일이 해결되면 그때는 이 모든 것을 성독박사의 공적으로 정사에 남겨야 한다. 알겠느냐? 이것이 나라를 다스리는 법이니라."

슈가가 고개를 끄덕였다. 그랬다. 결국은 이런 일이 200년 전에도 일어났던 것이다. 슈가는 소리 없이 중얼거렸다.

성도사의 방을 나온 뒤로도 가슴을 옥죄는 듯한 불안감은 좀처럼 가시지 않았다. 슈가의 마음에 엄습해 오는 이 불안감은 단순히 제2황자의 몸에 든 존재를 제대로 파악하지 못해 잘못 대응한 데서 오는 것만은 아니었다. 훨씬 더 뿌리 깊은 불안감이었다. 이제까지 '천도'가 이 세상의 전부라 믿어 의심치 않았다. 별 해독 지식을 쌓으면 언젠가는 진리에 이를 것이라고 생각했다. 추호도 의문을 품지 않았더랬다. 그런데 지금은 확신이 서지 않는다. 정말로 그런 걸까? 이 세상은 어쩌면 천도가 아닌 다른 무언가가 움직이고 있을지도 모른다는 생각이 슈가의 마음속에 꿈틀거리기 시작한 것이다.

4
야쿠에게 전해오는 이야기

바르사의 상처는 탄다의 예상보다 빨리 아물었다.

"칼에 베이기를 천만다행이야. 뼈가 부러졌으면 이렇게 빨리 낫지는 않았을 테니까."

나지막이 말하며 붕대를 떼어내고서, 상처를 들여다보던 탄다가 믿을 수 없다는 듯 고개를 저었다.

"중년이라고는 생각할 수 없을 정도로 빨리 아무는구나. 하지만 기억해둬. 옛날에 비하면 역시 회복이 더뎌졌다는 걸. 무리해서는 안 될 나이라는 뜻이지. 어, 이쪽 상처는 낯이 익은데. 이것도 내가 꿰맨 건가?"

탄다가 옆구리를 치자, 바르사가 몸을 비틀었다.

"이 바보야. 함부로 만지는 거 이냐. 하지 마, 긴지러워."

바르사가 탄다의 손에서 헝겊을 빼앗아 직접 몸에 감기 시작했다. 탄다는 엉겁결에 뒤로 물러서며 양손을 비벼댔다. 바르사가 벌떡 일어서더니 밖으로 나갔다. 걷잡을 수 없이 북받쳐 오르는 감정을 탄다에게 들키고 싶지 않았던 것이다. 화덕 옆에서 연고가 든 단지를 치우며 탄다가 한숨을 쉬었다.

"왜 한숨을 쉬느냐?"

바르사가 가르친 대로 챠그무가 작은 칼로 서툴게 꼬치용 대나무를 깎으며 탄다의 얼굴을 살폈다.

"한눈팔다가 손 다친다."

탄다가 대답 대신 조용히 말하고는 단지를 들고 일어섰다. 안쪽 선반에 단지를 얹으면서, 탄다는 챠그무의 시선을 느꼈다.

"…탄다."

"왜?"

"왜 바르사를 아내로 맞이하지 않는 것이냐? 그토록 사이가 좋은데."

탄다가 천천히 챠그무를 돌아봤다.

"그런 건 묻는 게 아니다."

"하지만."

"묻지 말아줘. 특히 바르사 앞에서는 절대로 삼가는 게 좋겠다. 부탁이니까."

챠그무는 이해할 수 없다는 듯 얼굴을 찡그렸지만, 더 이상 아무 말도 하지 않았다. 탄다가 마음에 걸리는지 챠그무 옆에 앉더니 온화한 목소리로 말했다.

"바르사에게는 뜻하는 일이 있단다. 바르사가 호위무사가 된 것도, 목숨 걸고 너를 도우려고 하는 것도 그 일 때문이지. 하고자 하는 일이 끝날 때까지 바르사는 절대 누군가의 아내가 되지 않을 거다."

"하고자 하는 일이라니?"

"간단히 말하면, 바르사는 여덟 사람의 목숨을 구하겠노라고 맹세했다."

"왜 그런 맹세를…."

"언젠가 바르사에게 직접 물어라. 내가 대신 할 얘기가 아니구나. 너는 영민한 아이니까, 물어도 좋은 때를 알 수 있을 거다. 바르사가 지난 이야기를 해도 좋겠다는 생각이 들 때를 기다리거라."

탄다가 미소를 지어 보이고 밖으로 나갔다. 나무 밑에는 바르사가 서 있었다. 아주 느릿느릿한 동작으로 손발을 움직이고 있었다. 천천히 원을 그리는 동작에서, 갑자기 번개처럼 찌르고 차는 동작을 되풀이했다.

"으윽."

바르사가 얼굴을 찌푸렸다. 팔짱을 끼고 이 모습을 지켜보던 탄다를 발견하고는 쓴웃음을 지었다.

"아직 꽤 아프네."

"당연하지. 있잖아, 난 야시로 마을에 다녀올 생각인데, 넌 어떻게 할래?"

"물 지킴이 늉가로임에 대해 물어보러 가는 거야?"

"응. 여기저기 알아보니까 야시로 마을에 늉가로임을 잘 아는 사람이 있대서. 너도 챠그무를 데리고 함께 갈래?"

바르사가 고개를 저었다.

"나는 여기 남을게. 챠그무를 사람들 앞에 내놓기는 아직 불안하기도 하고, 혼자 두기는 더 불안하고. 저 아이에게 조금씩 무술 기초를 가르칠 생각이야. 만일의 경우 혼자가 되어도 자기 몸은 지켜야 하니까."

탄다가 고개를 끄덕였다.

"그럼 알아서 헛간에서 먹을거리 꺼내 먹어라. 어쩌면 오늘 밤 못 돌아올지도 모르지만 걱정하지 말고."

"응."

바르사가 탄다의 눈을 똑바로 마주 보지 않고 고개를 끄덕였다.

탄다가 찾아간 야시로 마을은 청궁천 상류에 있는 자그마한 마을이다. 강변의 좁은 논에는 벼를, 경사지를 깎아 만든 계단식 밭에는 잡곡과 채소를 재배하며, 서른 명 정도가 모여 산다. 이곳 주민은 대부분 야쿠와 요고인 혼혈로, 밥공기를 뒤집은 것 같은 흙집에 살았다. 흙집은 옛날부터 이어져 온 야쿠족의 생활방식이지만, 가슴 부근에서 띠로 여미는 홑옷과 무릎까지 오는 통바지는 요고 농민의 차림과 비슷하다. 피부색도 야쿠족을 닮아 구릿빛인 사람부터, 정확히 요고인과 구분하기 힘들 정도로 흰 사람까지 다양했다. 말은 이제 거의 요고어만 사용하게 돼 노인들이 깜짝 놀라거나 중얼거릴 때나 야쿠어를 쓰는 정도다.

　탄다는 마을 초입에 있는 금줄 밑으로 빠져나갔다. 길 양옆에 통나무 기둥이 서 있고, 그 기둥에 새끼줄을 매 뼈를 걸어둔다. 탄다는 관습에 따라 이 뼈다귀에 머리를 부딪쳐 달그락 소리를 내며 지나갔다. 이것은 나지라는 새의 뼈로, 야쿠족은 이 부적이 잡귀를 쫓아낸다고 믿었다. 말하자면 이 금줄이 마을 밖에서 들어오는 마물을 막는 것이다.

　'어째서 나지의 뼈일까?'

　문득 의문이 들었다. 나지는 철새다. 하지 무렵에 북쪽에서 청무 산맥을 넘어 바나 쪽으로 건너간다. 이 땅에 뭔가 특별한 혜택을 주는 새는 아니다. 그런데도 바닷가 마을에 사는 야쿠족은 간혹 바다에서 탈진한 나지의 사체가 해변에 흘러오면 정성스럽게 애도를 표하고 그 뼈를 깨끗이 말려 시장에 내다 판다. 다른 마을의 야쿠족이 액막이용으로 그 뼈를 제법 비싼 값에 사기 때문이다.

탄다의 머릿속에 오래된 기억 하나가 떠올랐다. 미처 기억하는 줄도 몰랐을 만큼 사소한 일이다. 몇 살쯤이었을까, 할아버지 손에 이끌려 나지의 뼈 밑을 지나가면서, 머리가 뼈에 닿아 소리를 낼 수 있는 할아버지가 부러워서 떼를 쓴 적이 있다. 할아버지는 어딘가 쓸쓸해 보이는 웃음을 지으며 탄다를 안아 올려 뼈에 부딪치게 해주었다.

"나지의 날개는 마물보다 빠르단다. 재앙보다도 빠르고."

할아버지의 말을 듣고 탄다가 노래를 부르기 시작했다.

"나지, 날아라, 날아. 바다까지 날아가면 비가 내려 벼이삭이 쑥쑥 자란다!"

"그래, 그렇지. 하지제(夏至祭) 때 부르는 노래로구나. 그렇단다. 하지 제사가 끝나고 나면 촉촉한 비가 내려 벼가 쑥쑥 자란다는 노래지. 올해도 풍작이면 좋겠구나."

생각지 못한 추억에 잠겨 산길을 걷고 있자니, 버석버석 소리와 함께 눈앞의 덤불이 흔들리며 자그마한 사람이 나타났다. 열 살 남짓 되어 보이는 소녀였다. 작은 감자를 바구니 가득 담아 짊어지고 있었다. 바구니에서는 물이 뚝뚝 떨어지고 소녀의 흰 뺨과 손가락은 새빨갰다.

"아, 약초사 아저씨!"

소녀가 먼저 알아보고 싱글벙글 웃었다.

"니나로구나. 강에서 감자를 씻어 왔나 보구나?"

"응."

니나는 탄다와 나란히 걷기 시작했다. 완전히 요고인의 얼굴을 한 이 아이에게 야쿠의 피가 섞였다는 걸 알아보는 사람은 아무도 없을 것이다.

'이렇게 앞으로 100년쯤 지나면 야쿠는 세상에서 사라지겠구나.'

탄다가 속으로 중얼거렸다.

"약초사 아저씨, 어디 가?"

"아, 너희 할아버지의 지혜를 좀 빌렸으면 해서. 그 바구니 들어줄까?"

"괜찮아."

대기에서 연기 냄새가 느껴졌다. 인가가 멀지 않았다는 뜻이다. 아니나 다를까, 숲이 끝나자 아담한 마을이 모습을 드러냈다. 탄다는 계절이 바뀔 때마다 약초를 이 마을 저 마을에 갖다주고, 환자가 생겼다는 기별을 받으면 치료하러 다녀오곤 한다. 그렇기 때문에 마을사람들은 탄다를 따뜻하게 대했다.

점심 무렵 잠시 쉬러 밭에서 돌아올 시간에 맞춘 덕분에 마을에는 제법 사람이 있었다. 이 집 저 집에서 밥 짓는 연기가 희미하게 피어올랐다. 탄다는 인사를 나누며 산 근처 어느 집을 향해 걸어갔다. 니나가 앞서거니 뒤서거니 종종걸음으로 따랐다. 집에 도착하자마자 니나는 바구니를 입구 옆에 탁 내려놓고는 뛰어 들어갔다.

"할아버지, 손님 오셨어!"

탄다는 흙을 돋운 문지방 앞에서 두 차례 제자리걸음을 하는 액막이 동작을 한 뒤에야 컴컴한 집 안으로 들어갔다. 안에는 코를 찌르듯 매캐한 연기가 자욱했다. 돗자리를 깐 토방의 마룻바닥 가운데 취사용 화덕이 놓여 있고, 노인과 노인의 막내아들 부부, 그리고 아이들이 화덕을 둘러싸고 있었다.

"실례하겠습니다. 노우야 어르신."

깡마른 노인이 눈을 가늘게 떴다.

"아, 탄다 아니냐. 오랜만이로구나. 자, 올라와라, 올라와. 마침 잘 왔다. 감자를 삶으려던 참이다."

탄다가 짚신을 벗고 화덕 옆으로 가 주저앉았다. 그리고 품에서 말린 약초 다발을 꺼냈다.

"이거, 조금밖에 안 되지만, 토도초입니다. 며느님이 손주를 가지셨다고 들어서요. 입덧에 잘 듣지요."

막내며느리가 수줍게 미소를 지었다. 입 안으로 우물우물 감사 인사를 하고, 니나에게 빨리 감자를 갖고 오라고 손짓했다.

"오늘은 어르신께 여쭤볼 말씀이 있어서 왔습니다. 노우야 어르신의 할아버님과 제 고조할아버지께선 친구셨지요?"

"그렇지. 무척 사이가 좋으셨지. 나한테도 종종 재미있는 이야기를 해주셨어. 너희 할아버지가 처가 쪽 할아버지의 밭을 물려받아 토우미 마을로 옮겨 가버려서 말이야. 그 이후로 우리 집안하고는 왕래가 끊어지고 말았지."

탄다가 조용히 말을 꺼냈다.

"노우야 어르신. 오늘은 어르신의 요절하신 백부님 얘기를 듣고 싶어서 왔습니다. 정령의 수호자 늉가로차가에 대해서요."

노우야의 표정이 급격히 어두워졌다. 노인은 거칠고 투박한 손으로 난처한 듯 턱을 만졌다.

"음, 네 말이 맞다. 아버지의 형님이 늉가로차가였다는 이야기를 들은 적은 있다. 하지만 물 지킴이 늉가로임을 끝내 지키지 못해 처참하게 세상을 떠나셔서⋯. 그 이야기가 나올 때마다 할머니가 어찌나 슬퍼하셨는지 우리 집에서는 그 이야기를 하는 사람이 거의 없었단다. 게다가 이미 100년이나 지난 이야기이기도 하고, 나는 그런 이야기는 별로 좋아하지도 않거든. 아는 것이 없구나. 있으면 가르쳐주련만."

탄다는 낙담했다. 아마도 그럴 것이다. 당사자로서는 엄청난 비극이었을 것이다. 당연히 잊으려고 했을 것이다. 탄다의 얼굴을 보고 딱하다는 듯이 노우야가 말했다.

"작년이던가. 작년 이맘때에는 우리 어머니가 아직 살아 계셨지. 어머니는 마을에 소문난 이야기꾼의 딸이었다. 백부님에 대해서도, 늉가로차가나 정령 같은 것에 대해서도 나보다 훨씬 잘 아셨는데. 그런데 뜬금없이 그런 것은 왜 묻는 게냐?"

탄다는 점점 더 낙담했다. 올해가 딱 100년째라는 것의 의미를 늉가로차가의 후손들조차도 모르게 된 것이다. 예상은 했지만 역시 야쿠족은 세월의 흐름과 함께 예전 지식을 점점 잃어가고 있다.

'빌어먹을. 역시 어떻게든 토로가이 사부님을 찾는 수밖에 없나. 하지만 때를 놓치면 어떻게 하지?'

그때 감자가 떨어져 떼굴떼굴 구르는 소리가 났다. 니나가 입을 떡 벌리고 있었다.

"할아버지! 올해가 능가로차가가 살해된 지 100년째 되는 해야? 큰일 났네! 또다시 능가로임의 알이 태어나는 해네!"

모두가 놀라서 니나를 쳐다봤지만, 가장 놀란 것은 탄다였다.

"잘 알고 있구나, 니나. 어떻게 그런 것을 알고 있지?"

"증조할머니께 들었는걸, 그 무서운 이야기."

참, 하고 노우야가 손뼉을 쳤다.

"이 아이는 작년에 돌아가신 우리 어머니를 잘 따랐단다. 이런저런 이야기를 이 아이에게 해주곤 하셨지. 니나야, 어떤 이야기를 들었니? 탄다에게 이야기해보거라."

이토록 주목을 받는 것은 처음이라서 니나는 얼굴이 새빨개지고 말았다.

"니나, 착한 아이지? 자, 내 옆으로 와라. 천천히 해도 좋으니까 생각나는 것을 얘기해다오."

탄다가 부드럽게 말하자 니나는 옆에 앉아서 잠시 머뭇거리다가 이야기를 시작했다.

"저기, 있잖아⋯. 할아버지의 아버지의 형이 어렸을 적에 물을 지키는 정령 능가로윔이 알을 낳았어."

니나는 더듬거리며 이야기를 시작했지만, 아마도 몇 번이고 들은 이야기였는지 차츰 안정되면서 말투가 훨씬 매끄러워졌다. 탄다는 소녀의 이야기를 듣는 사이에 뜻밖의 행운을 만났음을 깨달았다. 소녀는 탄다도 몰랐던 사실을 이야기하기 시작한 것이다.

"늉가로임은 사그의 바다에서 알에서 깨어나는데, 청년이 되면 나유그의 강을 거슬러서 깊은 강바닥까지 들어가 거기에 정착한대. 하지만 어른이 되면 못 움직이게 되거든. 증조할머니는 아마도 커다란 조개처럼 생긴 정령일 거라고 했어. 이 정령이 내뿜는 정기가 구름이 되어 비를 내리게 하는 거야. 하지만 늉가로임은 100년에 한 번 알을 낳고 나서 죽게 돼. 그래서 늉가로임이 알을 낳으면 점점 구름이 사라지고 가뭄이 계속된다고 했어.

그래서 야쿠가 알을 돕기로 했대. 늉가로임이 제대로 태어나서 또다시 구름을 뱉어내도록 말이야. 옛날 옛적에 아직 사그와 나유그의 생명체들이 사이좋을 무렵부터 그렇게 해 왔다고 했어. 어미새가 하듯이 늉가로임의 알을 품은 늉가로차가가 자기 몸 안에서 알이 자랄 때까지 지켜준다는 거지. 하지만 말이야, 뱀이 새의 알을 노리는 것처럼, 늉가로임이 알을 낳으면 늉가로임의 알을 무척 좋아하는 무시무시한 알 포식자 라룽가가 나타난대!"

소녀가 부르르 몸을 떨었다.

"할아버지의 아버지의 형님도 그 라룽가의 발톱에 몸이 갈라졌대! 두 동강이 난 거야! 있잖아, 올해가 100년째라면 라룽가가 옛날에 먹은 늉가로차가의 맛을 기억하고 우리를 먹으러 오는 거야?"

탄다가 소녀의 어깨에 손을 얹었다.

"괜찮아. 라룽가는 늉가로임의 알만 먹어. 절대로 너를 먹거나 하지 않으니까 괜찮아. 안심해도 돼."

이제는 모두가 니나와 탄다가 주고받는 말에 주목하고 있었다. 니나의 어머니조차도 감자 껍질을 벗기던 손을 멈췄다.

"니나. 그 라룽가라는 것이 말이야, 도대체 어떤 마물인지 증조할머니가 얘기해주시든?"

"응. 있잖아, 증조할머니의 아버지가 봤대. 계속 모습이 보이지 않았는데 늉가로차가를 두 동강 냈을 때 모습을 보였대. 커다란 발톱이 번뜩이던 것을 기억한다고 했어."

'역시 라룽가는 나유그에 사는 존재로구나. 황제의 추격대가 아니야.'

탄다가 속으로 중얼거렸다.

"증조할머니가 뭐가 라룽가의 약점에 대해 얘기해주시지

는 않았니?"

니나가 아쉽다는 듯이 고개를 저었다.

"아니. 나도 알고 싶었어. 왜냐하면 어떤 마물이든 약점을 알면 없앨 수 있으니까. 하지만 증조할머니가 그러셨어. 약점을 알았다면 누구든 잠자코 그 아이가 죽게 놔두지는 않았을 거라고."

"그랬겠지."

탄다가 고개를 끄덕였다. 그러고는 니나의 어깨를 힘주어 두드렸다.

"고맙다. 덕분에 많은 것을 알게 됐구나. 니나에게는 이야기꾼의 소질이 있네. 언젠가 증조할머니처럼 훌륭한 이야기꾼이 될 거다."

니나가 기뻐하며 웃었다. 하지만 맞은편에 앉아 있는 노우야의 얼굴은 불안감으로 어두워져 있었다.

"하지만 탄다야. 다시 묻겠는데, 어째서 새삼스럽게 그런 이야기를 알고 싶어 하는 거냐?"

탄다는 모두의 얼굴을 둘러보고 나서 말했다.

"그래요. 짐작하시는 대로입니다. 사실은 또다시 늉가로임의 알이 태어난 것 같습니다. 그래서 그 알을 지키고 싶어서요. 하지만 제발 부탁드리는데, 절대로 이 사실을 다른 사람에게 말하지 말아주십시오."

"왜지?"

"황제의 성조가 늉가로임을 퇴치했다고들 알고 계시죠? 그러니까 만약 야쿠가 또다시 늉가로임의 알이 태어났다는 소문을 퍼뜨린다고 알려진다면, 소문을 퍼뜨린 사람들은 황제에 대한 반역죄로 참수형에 처해지거든요."

모두가 겁에 질린 표정으로 서로를 쳐다봤다.

"그러니까 발설하지 않는 편이 좋습니다."

노우야의 가족은 잠자코 고개를 끄덕이고, 입술에 왼손의 새끼손가락을 갖다 대는 '침묵의 맹세' 동작을 해보였다. 탄다가 니나 쪽으로 고개를 돌렸다.

"니나도 약속해야 한다. 절대로 말하지 않겠다고."

니나는 조금 아쉬워하는 표정이었다. 친구들에게 당장 떠벌리고 싶었던 것이다. 하지만 할아버지의 무서운 얼굴과 탄다의 얼굴을 보더니, 곧 입술에 왼손 새끼손가락을 갖다 대지 않을 수 없었다. 탄다가 미소를 지었다.

"탄다, 너도 맹세해라. 관리들에게는 절대로 우리가 이 이야기를 했다는 말을 하지 않겠다고."

노우야가 엄한 목소리로 말했다. 탄다는 고개를 끄덕이고 침묵의 맹세 동작을 취했다. 탄다는 침울해진 사람들에게 미

안한 마음으로 인사하고서 일어섰다. 그러나 대문을 나서려
는데, 별안간 뒤에서 니나의 목소리가 들렸다.

"탄다 아저씨! 또 한 가지 생각났어! 증조할머니가 했던 말
이."

탄다가 뒤돌아보니 니나가 눈을 반짝이며 서 있었다.

"라룽가는 겨울에는 오지 않는다고 했어. 아마도 동면하
는 거겠지. 산에 사는 짐승처럼."

손주의 이야기를 듣는 동안, 노우야도 뭔가를 떠올린 것이
리라. 깊이 고개를 끄덕였다.

"그렇다. 아버지의 형이 살해당한 것이 하지가 얼마 남지
않았을 때라고 했다. 그래서 할머니가 한탄하곤 했지. 그해
만은 겨울이 끝나지 않고 계속되기를 빌었다더구나."

탄다는 뜻하지 않은 횡재를 한 기분이었다. 이것은 매우
중요한 이야기다. 진심으로 감사를 전하고 깊이 고개 숙여
인사한 뒤, 탄다는 노우야의 집을 나왔다. 돌아갈 때는 뼈에
부딪치지 않도록 조심하면서 얌전히 금줄 밑을 빠져나갔다.
나지의 뼈가 바람에 흔들리고 있었고 그 바람에는 은은하게
눈 냄새가 섞여 있었다.

청무 산맥 너머 바르사의 고향 칸발 왕국 부근에는 이미
눈이 내리기 시작했을 것이다. 나뭇가지 틈새로 하늘을 올려

다보니 몹시 싸늘해 보이는 잿빛 하늘의 가장자리로 퇴색해 가는 단풍잎이 두드러져 보였다. 평소 같으면 우울하게 만들었을 게 분명한 겨울의 기척이 지금은 고맙게 여겨졌다. 탄다는 깊은 생각에 잠긴 채 산길을 걸었다.

5
토로가이와의 재회

챠그무가 땀을 뻘뻘 흘리고 있었다. 바르사는 허리에 손을
얹은 채 잠자코 챠그무를 바라봤다.

"고통스럽니?"

챠그무는 말도 할 수 없는 듯 고개만 끄덕였다. 탄다가 나
가고 나서 바르사는 집 앞 풀밭에서 챠그무에게 기본 무술을
가르치기 시작했다. '치키'라는 무술의 가장 기본적인 동작
으로, 바르사가 여섯 살 때 양아버지 지그로한테서 배운 기
술이었다. 조용히 호흡하면서 날숨과 들숨에 맞춰 천천히 찌
르기나 치기, 차기 공격을 한다. 오른손으로 찌를 때 왼손은
급소를 감싸는 식으로 공격과 방어가 일체를 이루어, 혼자서
도 연습할 수 있도록 고안된 것이다. 하지만 몇 동작을 20회

반복한 것만으로도 챠그무는 숨이 가빴다.

"흠, 이거야 원, 우선 몸을 만들어야겠구나. 네가 아직 어려서 뼈가 단단하지 않기 때문에 무리한 동작은 할 수 없지만, 조금 움직인 정도로 숨이 차는 건 곤란하지. 체력을 먼저 길러야겠다."

눈으로 떨어지는 땀을 닦으며 챠그무가 얼굴을 찌푸렸다. 땀방울이 눈에 들어가면 이렇게 쓰라리다는 것조차 처음 알게 됐다.

"어느 정도 수련을 해야 바르사처럼 될 수 있지?"

"20년."

바르사가 태연스럽게 대답했다.

"20년이라니! 그러면 너무 늦지 않느냐?"

"다시 말해보렴. '그럼 너무 늦지 않아?'라고 해라. 지금 같은 말투라면 입만 뻥끗해도 사람들한테 의심을 받게 될 거야. 그러고 싶지는 않겠지? 게다가 무술 수련이란 말이다, 어차피 열 살짜리 아이가 한두 달 벼락치기 한다고 해서 추적자들과 대적할 수는 없는 거야."

"그러면 왜 이런 것을 하는 것이냐⋯. 아니, 하는 거야?"

혀를 깨무는 듯한 표정으로 챠그무가 고쳐 말했다. 말귀가 밝은 아이다.

"이유는 간단하다. 안 하는 것보다는 하는 편이 도망칠 가능성이 커지기 때문이다. 알겠니? 근소한 차이가 생사를 가를 경우가 있단다. 가령 아주 잠깐이라도 상대의 기를 꺾으면 도망칠 확률이 높아진다. 네가 그렇게 해서 적에게 작은 틈이라도 만들어준다면 내가 너를 구할 가능성도 높아지는 것이고. 여하튼 안 하는 것보다는 하는 편이 낫다."

말을 마친 순간 바르사가 몸을 홱 돌려 단창을 쥐었다.

"누구냐!"

바르사가 정확히 창끝을 겨눈 덤불이 흔들렸다. 그리고 그곳에서 원숭이를 닮은 사람 형상이 부스스 나타났다. 바르사의 눈이 휘둥그레졌다.

"토로가이 님!"

늙은 주술사가 콧방귀를 뀌었다.

"흥. 뭐야, 너로구나. 여전히 험악한 물건을 들고서 위태로운 생활을 하는가 보구나. 뭐냐, 거기 있는 아이는?"

챠그무가 멍하니 서서 너덜너덜한 옷차림의 기묘한 노파를 바라보고 있었다. 아이를 쳐다보던 토로가이의 눈이 갑자기 가늘어졌다. 주술사는 말없이 바르사 옆을 지나치더니 챠그무의 정면에 서서 찬찬히 아이를 뜯어보았다. 이렇게 마주 서니 토로가이와 챠그무의 키가 거의 비슷해 보였다. 토로가

이가 마디진 손가락을 챠그무의 이마에 갖다 대려 하자, 챠
그무는 불쾌하다는 표정으로 한 걸음 물러섰다.

"움직이지 마라!"

토로가이가 말했다. 순간 챠그무는 토로가이의 말에 몸이 묶
인 것처럼 꼼짝도 할 수가 없었다. 토로가이가 조용히 챠그무
의 이마에 손끝을 대더니 가슴까지 훑어내려갔다. 챠그무는
문득 기묘한 착각에 사로잡혔다. 토로가이의 손가락 끝이 가
슴속으로 스윽 들어온 것만 같았다. 옷도, 살갗도, 속살까지도
뚫고서….

온몸에서 식은땀이 배어 나왔다. 통증은 전혀 없었다. 하
지만 구역질이 날 정도로 기분이 나빴다. 더 이상 참을 수 없
다고 생각했을 때, 돌연 토로가이의 손가락이 몸에서 멀어졌
다. 그 순간 몸이 자유로워지며 챠그무는 실이 끊긴 꼭두각
시인형처럼 쿵 하고 땅바닥에 주저앉고 말았다. 토로가이의
이마에도 땀이 흠뻑 배어 있었다.

"이럴 수가."

천천히 고개를 저으며 늙은 주술사가 바르사를 돌아봤다.

"이런 것이 운명이라는 거구나. 운명의 실이란 참으로 기
묘한 것이로다. 너, 제2황비한테 부탁을 받은 게냐?"

바르사가 고개를 끄덕였다. 머리 회전이 보통 빠른 노파가

아니다. 일일이 놀라고 있을 틈이 없다.

"사부님을 찾던 중이었어요. 이것이 운명이라면 저답지 않지만 운명이라는 녀석에게 감사하고 싶네요."

주술사가 히죽 웃었다.

"나 역시. 수고를 덜게 되었구나. 어쨌거나."

그녀는 잠시 말을 끊더니, 간신히 일어선 챠그무를 쳐다봤다.

"오래도 살았구나. 이 눈으로 물 지킴이 늉가로임의 알을 보는 날이 올 줄이야."

챠그무의 눈이 휘둥그레졌다.

"봐, 봤느냐? 이, 내 가슴속에 있는 것이 보였느냐? 어떤 '것'이 있었지? 가르쳐다오!"

토로가이는 물끄러미 챠그무를 쳐다보더니, 이어서 몸을 뒤로 젖히며 웃음을 터뜨렸다.

"그렇구나, 이 아이가 제2황자렸다! 그러니 사냥개들이 혈안이 되어 쫓을 수밖에."

한바탕 웃고 나더니 주술사가 정색을 하고서 챠그무를 바라보며 말했다.

"네 몸은 사그 이쪽 세계의 것이니 말이다, 너의 살 사이에 알이 있는 것이 아니란다. 나도 처음 봤다. 이런 식으로 살아 있는 사그의 생명체와 나유그의 생명체가 하나가 되다니. 내가 본 것은 푸르스름한 빛을 띠는 자그마한 알이었다. 단단한 껍질은 없다. 물고기 알처럼 부드러워 보였다."

챠그무의 얼굴이 일그러졌다. 살 사이에 있는 것이 아니라는 말을 들어도 역시 기분이 좋을 리 없었다. 토할 것 같은 느낌을 필사적으로 참으며, 챠그무가 고개를 저었다. 주술사는 그런 챠그무의 모습 따위는 전혀 신경 쓰지 않았다.

"넌 도대체 무슨 짓을 한 게냐? 어쩌다가 늉가로임의 알을 품는 처지가 되었느냐 말이다."

챠그무가 토로가이를 노려보며 대꾸했다.

"모른다. 전혀 기억나지 않는다. 나야말로 그대를 만나면 가르쳐달라 할 생각이었다. 왜 내가 그런 정령의 알 같은 것을 잉태하게 되었느냐고."

"나도 모르지. 아무리 주술사라도 모르는 것은 모르느니라. 흐음, 유감이로구나. 늉가로임의 알이 어떻게 잉태되는지를 어떻게든 알고 싶었는데. 뭐, 때가 되면 생각이 날지도 모르지. 그때를 기다리도록 하자. 그건 그렇고, 바르사, 멍청한 내 제자는 어디 있느냐? 네가 잡아먹은 게냐?"

바르사가 웃었다.

"그런 녀석을 잡아먹을 정도로 굶주리시는 않았어요. 탄다는…."

채 말을 마치기도 전에 바르사가 뒤를 돌아보았다. 또다시
덤불이 흔들리더니 탄다가 머리에 나뭇잎을 붙이고 나타났
다. 세 사람의 시선을 한 몸에 받자 탄다는 얼떨떨한 표정으
로 멈춰 섰다.

"왜, 왜 그래…. 아, 사부님! 찾고 있었는데!"

너무나도 절묘한 순간에 탄다가 나타나자, 바르사와 챠그
무와 토로가이는 엉겁결에 서로 얼굴을 마주 봤다. 토로가이
가 히죽 웃으며 챠그무에게 말했다.

"호랑이도 제 말 하면 온다는 말은 아무래도 진리인 것 같구
나."

그러고 나서 탄다에게 호통을 쳤다.

"그게 무슨 꼴이냐, 머리에 나뭇잎이나 붙이고 다니다니.
차림새가 그 모양이니까 네가 언제까지고 장가를 못 드는 게
다."

탄다가 한숨을 쉬었다.

"그러는 사부님도 온몸에 나뭇잎을 붙이고 계신데요? 제
색시 걱정을 할 게 아니라, 지금은 할 일이 많지 않을까요?
여하튼 차라도 마시고 뭔가 먹으면서 이야기하지요."

탄다가 나뭇잎을 털어내고는 집으로 들어갔다. 탄다가 정

성스레 우려낸 향기로운 차를 마시면서, 모두가 이제까지 있었던 일에 대해 대화를 나눴다. 어느 정도 이야기가 끝나자 바르사가 말했다.

"결국 늉가로임이란 깊은 물속에 사는 존재, 구름을 뱉어내는 정령, 아니 정령이라기보다도 생명체라고 할 수 있고, 어른이 되면 스스로는 못 움직이기 때문에 100년에 한 번 죽기 직전에 알을 사그의 생명체에 잉태시켜, 그 생명체로 하여금 바다까지 알을 갖고 가게 한다는 것이네. 그럼 이제부터 서둘러 바다로 가서 알을 떨어뜨려주면….."

토로가이가 고개를 저었다.

"안 된다. 아직 때가 아니다. 챠그무가 바다를 향해 움직이지 않지 않느냐. 꿈을 꾸며 물에 들어가려고 하는 것은 단순히 물속에 있었던 알의 기억을 좇을 뿐일 것이다. 어쩌면 사그의 물에 알이 적응하기 위해 융합을 시도한 것인지도 모르지만. 물이 끈적끈적했다고 했지? 알이 충분히 자라면 그런 식으로 사그의 물을 조종할지도 모르겠구나. 어찌 되었든 알이 충분히 자라 때가 되면 챠그무가 자연히 움직이기 시작할 것이다."

"하지까지 알을 지켜 무사히 낳으면, 정말로 내가 살 수 있을까?"

챠그무가 끼어들었다. 토로가이가 고개를 끄덕였다.

"그럴 거다. 상당히 오래전 이야기이지만, 나유그의 물의 민족에게 들었을 때는 늉가로임의 알이 자신을 품은 자를 해치는 일은 없다고 하더구나."

챠그무의 얼굴에서 두려운 기색이 살짝 가셨다. 탄다가 챠그무의 어깨에 손을 얹고는 미소 짓다가 갑자기 진지한 얼굴로 돌아가서 토로가이를 쳐다봤다.

"하지만 못 지켰을 때는 알이 라룽가에게 잡아먹히겠지요? 100년 전처럼. 이상하네요. 물론 그때는 심한 가뭄이 들었다고 하지만, 그렇다고 해서 그 이후로 100년 내내 가뭄이 계속되지는 않았어요. 사부님, 늉가로임은 정말로 구름을 낳는 정령일까요?"

토로가이가 어깨를 으쓱했다.

"나도 모른다. 하지만 뭐, 생각해보면 이 세상이 나요로 반도만 있는 건 아니지 않더냐. 이 세상 어디에나 구름은 떠 있지. 늉가로임도 단 하나가 아닐지도 모르고. 물고기, 새, 짐승. 같은 종류라도 알을 낳는 법과 기르는 법이 각기 다르듯이, 구름을 낳는 정령도 여러 가지가 있을 것이다. 그렇다 해도 이 나요로 반도에서는 100년에 한 번 사그의 아이에게 알을 잉태시키는 늉가로임이 제대로 돌아가지 못하면 심한 가뭄이 드는 것만은 분명하다. 지키지 않고 내버려둬서는 안 된다.”

“그야 물론이지요.”

탄다가 말했다.

“알을 지키는 것이 가뭄 때문만은 아니니까요. 챠그무의 목숨이 걸린 셈이니까.”

대화가 끊기고, 탄다가 모두의 찻잔에 차를 채웠다. 챠그무는 맛있다는 표정으로 차를 마시는 토로가이를 쳐다보며, 줄곧 이상하게 여기던 것을 물어보기로 마음먹었다.

“토로가이. 탄다가 나를 ‘정령의 수호자 늉가로차가’라고 했다. ‘늉가로임은 구름의 정령이니까’라고 하면서. 하지만 정령이란 신비롭고 강력한 힘을 지닌, 눈에 보이지 않는 영혼과도 같은 것이 아니냐? 별의 궁 박사는 정령이 삼라만상의 정기가 모여서 생긴 영혼이라고 가르쳐주었는데⋯. 알에서 태어나 알을 낳는 존재가 과연 정령일까?”

토로가이가 고개를 들었다.

“흠. 요고인은 그런 식으로 생각하는 게로구나. 애야, 나라나 언어가 다른 사람은 생각하는 방식도 다르다는 사실을 알아야 한다. 가령 바르사는 칸발 사람인데, 칸발인은 번개를 신으로 생각하시. 그렇시, 바르사?”

바르사가 고개를 끄덕였다.

"응. 이 세상 최초의 어둠이 소용돌이치며, 그 소용돌이에서 빛이 튀어나왔어. 그것이 번개신 요라무란다."

토로가이가 챠그무에게로 시선을 돌렸다.

"그런 식이지. 그리고 챠그무, 너는 요고인인데, 요고인은 태초에 '하늘'의 가장 강력한 정기가 모여서 태어난 거인이 곧 신이라고 생각하지? 이 거인이 어둠을 뒤섞는 동안 가벼운 하늘과 무거운 대지가 나뉘었다. 대지는 여신을 낳고, 그 여신과 거인이 관계를 맺어 최초의 인간이 탄생했다. 너의 선조가 태어난 것이다. 그렇지?"

챠그무가 고개를 끄덕였다. 챠그무에게 이 신화는 선조의 탄생을 설명해주는 가장 신성한 이야기다. 그 설명을 이 주술사가 부정하려는 것인가 싶어 챠그무는 무의식중에 방어하고 싶은 마음이 들었다. 토로가이가 챠그무의 표정을 보고 미소지었다.

"걱정하지 마라. 다른 나라의 신화를 무턱대고 무시할 정도로 바보가 아니다. 어느 나라 사람이나 모두 정신이 아득해질 정도로 오랜 세월에 걸쳐 이 세상의 진정한 모습과 내력을 알기 위해 노력해왔다. 그래서 요고인은 거인 신을 믿고, 야쿠는 태초에 '소용돌이치는 뱀'이 있었다고 믿지. 어느 쪽이 맞는지 나도 모른다. 정령 역시 요고인이 생각하는 정령과 우리 야쿠족이 생각하는 정령이 똑같지는 않다. 야쿠는 물, 흙, 불, 공기, 나무와 관련해 '위대한 힘'을 가진 존재를 정령이라 부른다. 비록 산에서 자라는 나무라 할지라도 수천 년 세월을 거쳐 위대한 힘을 갖게 된 나무는 정령이라고 생각하는 것이지. 비록 수천 년 전에는 아주 작은 싹에서 생겨났다 해도, 우리는 그 나무를 정령이라 부른단다."

"위대한 힘이란 어떤 걸 말하는 것이냐?"

챠그무의 질문에 토로가이가 한숨을 내쉬었다.

"이러저러한 것이 바로 위대한 힘이라고 설명할 수 있다면 좋겠지만, 그런 것이 아니란다. 나무 정령의 경우는 생명의 힘과 같지. 강한 정기를 갖고 있다. 그것을 우리는 위대한 힘으로 부르는 것이다. 늉가로임의 경우는 물을 다루고, 구름을 뱉어내고, 비를 내리게 하는 힘을 갖고 있다. 그러니까 정령이다. …그런 식이지."

진지하게 생각에 잠기는 챠그무의 얼굴을 보고, 바르사가 문득 웃음을 터뜨렸다.

"챠그무, 넌 20년 전의 탄다를 많이 닮았구나. 나 같은 경우는 그런 복잡한 이야기는 성미에 안 맞는데, 넌 이런 복잡한 이야기를 좋아하니 보지?"

챠그무가 고개를 갸웃했다.

"좋아하는 것은 아니야. 하지만 모르는 것이 있으면 확실히 알 때까지 생각하지 않으면 성에 차지 않거든."

아이의 대답에 탄다가 빙그레 웃었다.

"챠그무는 황자보다 학자가 어울리겠는데. 생각이라는 것과는 담 쌓은 바르사 같은 녀석이 황자라면 나라의 운명이 심히 염려스러울 거야."

바르사가 흥 콧방귀를 뀌었다.

"마음대로 떠들어. 그런데 아까 하던 이야기로 돌아가면, 뉸가로임이 어떤 존재든 간에 알 포식자 라룽가와 황제의 추격대, 이 둘로부터 챠그무를 지켜야 하는 셈이네."

토로가이가 가슴 언저리를 긁적였다.

"내가 보낸 글을 읽고 별을 해독하는 자들이 마음을 고쳐먹으면 좋겠지만. 하지만 야시로 마을의 여자아이가 뉸가로임에 대해 듣고 기억한다는 것은 정말 기쁜 일이구나. 그렇게 가느다란 실이라도 남아 있다니 얼마나 다행스러운 일이냐."

"하지만 왜일까요? 뉸가로임에 관한 일은 이 나라 농사와 아주 밀접하게 관련된 중대사입니다. 그런데 왜 이렇게 쉽게 사람들의 기억에서 사라져버린 걸까요?"

탄다의 말에 토로가이가 챠그무를 힐끗 보고 나서 말했다.

"제2황자 앞이라 황송하지만, 그건 정치적인 이유 때문일 게다. 늉가로임 이야기는 성조의 건국신화와 관련이 있다. 별을 해독하는 자들로서는 하늘과 땅의 모든 것을 손아귀에 넣고 싶은 욕심에, 백성들이 야쿠의 전설 같은 것을 믿게 해서는 곤란했겠지. 하지만 야시로 마을의 여자애처럼 나도 늉가로임에 대해 들은 적이 있다. 스승이던 가신이 늉가로임이라는 존재에 대해 가르쳐주셨지. 탄다도 나한테서 그 존재에 대해 들어 알고 있었을 거다. 유감스럽게도 전승된 지식은 완전하지 않다. 가장 중요한 라룽가 퇴치법조차 전해온 것이 없다. 그래도 정치를 맡은 자들의 눈을 속이며, 이렇게 중요한 지식은 가느다란 실처럼 이어지는 법이지."

챠그무가 미간을 찌푸리며 토로가이를 쳐다봤다.

"정말로 별의 궁의 현자들은 백성을 그런 식으로 조종한단 말이냐? 어떻게 그렇게 한다는 것이냐?"

"하지제 같은 경우를 예로 들 수 있지."

토로가이의 대답에 챠그무가 놀라며 눈을 가늘게 떴다.

"하지제라. 그건 성조가 물요괴를 퇴치하고 이 땅을 정화시킨 것을 경축하는 제사인데. 하지만 그렇다고 해서…."

토로가이가 고개를 저었다.

"야쿠에게 하지제는 본래 풍작을 기원히는 제사였나. 나

는 그 고대의 하지제야말로 늉가로임의 알을 무사히 돌려보
내는 방법을 전하는 것이었다고 생각한다. 나유그의 물의 민
족이 말하던, 알이 돌아가는 날이 바로 하지니까. 하지만 지
금의 하지제는 성조 토르갈 황제의 업적을 칭송하는 제사로
변해버렸다. 이제는 우리 주술사들마저도 예전의 하지제가
어떤 것이었는지 알 수가 없다. 그런 식이란다."

　두 사람의 대화를 차분하게 들으면서, 탄다는 오늘 오후에
불현듯 떠오른 그 기억을 되짚었다. 할아버지에게 나지의 뼈
가 소리 나게 해달라면서 불렀던 하지제 때의 노래.

　'나지, 날아라, 날아, 바다까지 날아가면 비가 내려 벼이삭
이 쑥쑥 자란다….'

　양쪽 강기슭에 세운, 기름을 바른 기둥 네 개. 그것이 검은
연기를 뿜으며 타오르는 모습. 요괴의 탈을 쓰고 미친 듯이
춤추는 자를 횃불로 몰아내는 사람들. 마른 곳에 몰린 요
괴를 칼로 베어 죽이는 영웅의 연극. 비가 내려 대지를 적시
기를 간절히 바라는 사람들의 노랫소리.

　탄다의 마음속에 잠시 어떤 생각이 떠올랐다. 하지만 그
생각의 정체를 확실히 파악하기도 전에 탄다는 다시 이야기
를 시작한 토로가이의 목소리에 정신이 팔리고 말았다. 탄다
가 끝내 떠올리지 못한 그 기억, 그것이 사실은 아주 중요한

실마리가 될 것이었다. 탄다는 이때 중요한 사실에 아주 가까이 다가간 것이다. 하지만 그 희미한 기억은 시간이 한참 지날 때까지 또다시 되살아나는 일이 없었다.

"별을 해독하는 자들도 이토록 중요한 것을 완전히 잊지는 않았을 것이다. 이런 경우에 위력을 발휘하는 것이 바로 문자, 문서다. 라룽가 퇴치법이 전해오고 있다면 별을 해독하는 자들의 책에 적혀 있을 것이다. 지난 200년 동안 별을 해독하는 자들이 본업보다 정치에 치중하느라 그 중요한 책도 벌레 먹어버렸을지 모르지만 말이다. 그래도 별을 해독하는 자들이 멍청이가 아니라면, 지금쯤 사안의 중요성을 깨달았을 게 분명하다. 함부로 황자를 죽이러 오지는 않을 것이야."

바르사가 끼어들었다.

"우리를 공격했을 때도 놈들은 챠그무를 죽이려고 하지는 않았어요."

챠그무가 놀라며 얼굴을 들었다. 바르사가 챠그무를 쳐다봤다.

"그래서 살 수 있었던 거야. 너는 눈치채지 못했겠지만, 놈들이 너를 충분히 죽일 만한 절호의 기회가 있었단다. 너를 죽이는 것이 목적이라면 그때 이미 처리했을 것이다. 그런데 놈들은 네가 상처 입지 않도록 일부러 위치를 바꿔 공격해

왔어. 그래서 나도 일단 도망쳐 놈들을 분산시킨 뒤 한 명이 너를 데리고 있을 때 너를 구한 거란다."

챠그무가 몸을 앞으로 내밀었다.

"그러면 역시 아바마마는, 그러니까 폐하는 나를 죽이려 하지는 않으셨구나."

바르사가 재빨리 탄다를 쳐다봤다. 토로가이가 입을 열기 전에 먼저 탄다가 말했다.

"물론 폐하도 될 수 있는 한 너를 죽이고 싶지는 않을 거야. 너를 죽이는 것은 최후의 수단이겠지. 하지만 말이야, 안심할 수는 없다. 폐하는 평범한 사람이 아니다. 부모의 정보다 나라의 안정을 우선적으로 생각해야 하지. 그러니까 안심해서는 안 된다."

탄다의 말에는 배려하는 마음이 담겨 있어, 챠그무는 순순히 그 말을 받아들였다.

"최악의 경우를 생각해두면 실수가 없다. 좀 더 깊은 산속에 있는 사냥굴로 빠른 시일 내에 옮겨 가는 편이 좋겠다."

토로가이와 탄다는 청무 산맥 안의 동굴에 항상 장작을 비롯해 상하지 않는 식량을 준비해둔다. 눈에 파묻히는 한겨울에도 그 사냥굴에 머물면 얼어 죽거나 굶어 죽을 일은 없다. 결국 이들은 가능한 한 빨리 이곳을 떠나 그 사냥굴로 옮겨 가기로 했다. 눈이 내리기 전에 사냥굴을 좀 더 머물기 편한 집으로 바꿔야 하기 때문이다.

다음 날 아침, 탄다가 마을로 필요한 것들을 사러 간 사이에 바르사는 챠그무를 데리고 밖으로 나갔다. 탄다가 놓아둔 덫을 돌아보고 덫에 걸린 사슴과 산토끼를 꺼내 먹기 좋게 손질했다. 오래 보관할 수 있도록 고기를 훈제시키는 작업으로 바쁘게 움직였다. 방금 전까지 살아 있던 산토끼의 껍질을 벗기는 일은 챠그무에게는 끔찍한 작업이었다. 시키는 대로 일을 하긴 하지만 아직 따뜻한 토끼의 온기가 생명을 느끼게 한 터라, 챠그무는 울상을 지으며 내키지 않는 기색으로 껍질을 벗겼다.

"상상하지 마라. 마음을 담으면 괴로워지는 법이지. 아무 생각도 하지 말고 손을 움직여라."

바르사는 포획물의 팔다리 관절 바깥쪽에 사냥칼로 칼집을 넣은 다음 뚝뚝 꺾었다. 내장 중에서도 먹을 수 있는 것과 버릴 것을 매우 신속하게 분류했다. 해가 지기 전에 바르사는 포획물 손질을 마치고, 고기를 모두 훈제용 오두막에 매달았다.

"이렇게 연기로 그을리면 오래도록 두어도 상하지 않는단다. 맛과 향도 좋아지고."

모두가 밤이 되도록 일손을 멈추지 않았다. 바르사는 벗겨낸 짐승 껍질을 무두질하기도 하고, 가져갈 물건을 자루에 담기도 했다. 탄다도 약초를 묶고 가루로 빻으며 분주히 일했다. 챠그무조차도 도움이 필요할 때마다 두 사람을 도왔지만, 토로가이만은 예외였다. 저녁 식사가 끝나자 토로가이는 탄다가 사다 준 술을 마시더니, 이윽고 화덕 옆 가장 따뜻한 자리에 벌렁 드러누워 코를 골며 잠들어버렸다. 잠든 노파의 얼굴에 무척이나 행복한 표정이 떠올랐다.

이틀 만에 짐 꾸리기가 모두 끝났다. 문단속을 마치자마자 이들은 산속 사냥굴을 향해 길을 떠났다.

제3장

부화

1
겨울의 사냥굴 생활

사냥굴이라는 말에 챠그무는 그저 자그마한 동굴을 상상했다. 하지만 도착하고 보니 짐작과는 많이 달랐다. 청궁천을 계속 거슬러 올라가 폭포를 넘어서 한참 깊숙이 들어가면 탄다의 집 주변과 매우 비슷한 작은 풀밭이 펼쳐지고, 그 안쪽으로 잿빛 암벽이 우뚝 솟아 있다. 암벽이긴 해도 넝쿨이 휘감고 있고, 우묵한 곳에 쌓인 약간의 흙에 나무들이 씩씩하게 뿌리를 내려 바위 표면을 뒤덮고 있다. 다만 가을이 깊어 겨울이 바싹 다가온 터라 지금은 나뭇잎이 떨어져 바위의 잿빛 표면이 많이 드러난 상태였다.

그 암벽 아래쪽에 자그마한 구멍이 뚫려 있었다. 딱 한 사람이 거우 지나갈 만한 작은 구멍이었다. 탄다가 횃불을 들고 안으로 들어가더니 잠시 후에 챠그무를 불렀다. 챠그무는 조심스럽게 안으로 발을 들이밀었다. 그러고는 깜짝 놀라지 않을 수 없었다. 궁의 대회의장 정도 될 만큼 거대한 동굴이 펼쳐진 것이다. 천장은 빛이 미처 닿지 않을 정도로 높았고, 횃불 정도로는 안쪽까지 다 볼 수조차 없었다. 동굴이란 것이 축축하지 않을까 걱정했는데 웬걸, 의외로 아늑하고 뽀송뽀송했다.

"우리는 여기를 현관이라고 부른다. 여기는 너무 넓어서 추우니까 이쪽으로 와라. 집으로 안내하지."

탄다의 목소리가 동굴에 울려 퍼졌다. 챠그무는 황급히 탄다의 뒤를 따라갔다. 조금 더 들어가 횃불을 비추자 다시 작은 동굴 입구 세 개가 모습을 드러냈다. 맨 왼쪽 입구에는 판자문이 있었다.

"잘 들어라. 오른쪽 동굴로는 혼자 들어가지 마라. 아주 깊은 데다 여러 갈래로 갈라지거든. 잘못 들어갔다가는 못 나올 수도 있다. 가운데 동굴은 조금 들어가면 샘이 나온다. 맛있는 물이 나오지. 그리고 왼쪽이 우리 집 입구다."

덜커덩거리며 판자문을 떼어내고서 탄다가 안으로 들어갔다. 챠그무는 앞쪽으로 희미한 빛이 들어오는 것을 발견했다. 다섯 발자국쯤 걸어 들어가니 뻥 뚫린 공간이 나타났다.

챠그무는 저도 모르게 탄성을 질렀다. 타원형 동굴의 벽은 매끄럽고 뽀송뽀송했다. 벽 왼편 위쪽에 연기를 빼내는 구멍이 세 개 뚫려 있어, 거기서 햇빛이 들어왔다. 통나무를 잘라서 늘어놓아 바닥을 댔고, 그 위에 등심초를 엮어 만든 돗자리를 깔았다. 한가운데에 화덕이 있었으며, 안쪽에는 자그마한 단지가 다양하게 늘어선 선반과 커다란 병이 세 개 있었다. 습기를 막기 위해 기름종이로 꼭꼭 싸둔 이불도 있었다.

"아늑해 보이는구나!"

"그렇지? 겨울잠을 자는 동굴인 셈이지. 자, 도와줘야 한다. 이불을 말리고 청소를 하고, 할 일이 산더미다."

그로부터 이틀간 바르사 일행은 겨울잠에 대비해 바삐 일했다. 모든 준비가 끝난 셋째 날 아침, 토로가이가 탄다를 데리고 시그마노 협곡을 향해 길을 떠났다. 알 포식자 라룽가에 대해 알아보기 위해 '흙의 민족' 주치로가이를 만나러 간 것이다.

"눈이 내리기 전에 시그마노에 도착하겠지만, 주치로가이는 이미 겨울잠에 들어갔을지도 모른다. 어쨌든 일단 가보도록 하지. 바르사, 정신 차려서 알을 지켜야 한다."

토로가이의 말에 챠그무가 뾰로통해졌다. 마치 알만 중요하고 챠그무는 아무래도 상관없다는 말투로 들렸기 때문이다. 탄다가 웃으며 챠그무를 쳐다봤다.

"화내지 마라, 화내지 마. 사부님은 약 올리는 것을 즐기시니까. 거기 걸려들어서 사부님을 즐겁게 할 필요 없잖아? 바르사, 조심해라."

바르사가 팔짱을 끼고는 눈썹을 치켜올려 보았다.

"알았어. 너도 조심해. 눈이 내리기 전에 돌아올 수 있을까?"

"글쎄 모르겠다. 하지만 우리 걱정은 하지 않아도 돼."

두 사람이 길을 떠나자 주위가 갑자기 고요해졌다. 챠그무가 바르사를 올려다봤다.

"왠지 쓸쓸하네."

"그렇구나. 다른 사람보다 갑절은 소란스러운 사람들이라서. 하지만 할 일이 잔뜩 있다. 쓸쓸해할 여유가 없어. 우선 너를 훈련시켜야지."

챠그무가 낙심한 듯한 표정을 지었다.

바르사의 가르침은 엄격했지만, 결코 무리를 하게 하지는 않았다. '힘내, 힘내' 하고 부추기지도 않았다. 그저 담담하게 가르칠 따름이었다. 하루하루가 쏜살같이 지나갔다. 바르사는 항상 추적자의 기척에 신경을 곤두세웠지만 황제의 추격대가 동굴까지 오는 것 같지는 않았고, 라룽가라는 무시무시한 존재의 기척도 없었다.

아침에 눈 뜨고 나서부터 밤에 잠들 때까지 할 일이 많았다. 새소리가 맑게 들려오는 숲에 있을 때나 바르사와 화덕의 불을 쬐는 밤 같은 때, 챠그무는 종종 이제까지의 모든 것이 환영인 것 같은 묘한 기분에 사로잡히곤 했다. 고작 한 달정도밖에 지나지 않았는데, 제2궁에서의 생활이 머나먼 과거처럼 느껴지는 것이다. 이전처럼 '돌아가고 싶어 하는 꿈'을 꾸는 일은 없어졌고, 굳이 여기서 이렇게 바르사와 지내는 이유를 생각하지 않으면 자기가 정령의 알을 품고 있다고는 전혀 느낄 수 없는 날들이 계속되었다. 저녁 무렵 석양이 비치는 숲에서 혼자 섶나무 가지를 주우면서, 챠그무는 종종 생각에 잠겼다. 그리고 그 생각은 언제나 한 지점에 이르렀다.

'왜 나일까?'

이 세상에 사람이 얼마나 많이 있던가. 그런데 어째서 다른 사람이 아니라 자기가 알을 잉태하게 된 것일까? 가장 먼저 머릿속에 떠오른 대답은 '황자니까'였다. 하지만 그렇다면 성조의 신화에 나오는 야쿠족 아이는 어찌 된 것인가? 100년 전 그 아이도 야쿠족이지 않았는가? 틀림없이 황자 신분과는 관계가 없을 것이다. 게다가 자기는 이미 황자가 아니다.

이런 생각을 할 때마다 가슴에 통증이 일면서 묘한 기분에 휩싸였다. 아바마마와 어마마마의 자식이라는 사실이 절대 변하지 않는 것처럼, 황자라는 지위도 절대 변할 리가 없다고 예전에는 생각했다. 하지만 황자에서 평민으로 신분이 바뀌는 것이 얼마나 간단한 일이던가? 신분 따위는 얼마든지 변할 수 있는 것이다.

묘하게도 이렇게 섶나무 가지를 줍는 지금의 자신이 챠그무는 싫지 않았다. 오히려 스스로 옷을 입지도 않고 몸도 남이 씻겨주던 궁에서의 자기는 무슨 생각을 하며 살았던 것일까 하고 이상하게 여겨지기까지 했다. 섶나무 가지를 묶으면서 챠그무는 어느새 장작 모으는 일에 익숙해졌다는 것을 깨달았다. 처음에는 끈을 묶을 줄도 몰랐는데, 이젠 친친 감아 묶는 재빠른 손놀림.

'잘하는데.'

챠그무가 미소 지었다.

'이렇게 스스로 뭔가를 한다는 게 더 좋다. 사사건건 남의 지시나 간섭을 받는 것은 따분한 일이니까. 황자라는 역할에 묶여 있는 것은 싫다.'

장작을 짊어지고 일어서서 하늘을 올려다보니, 구름이 담홍빛으로 물들고 있었다. 문득 가슴 언저리가 아파 오면서 챠그무의 얼굴에 어두운 그림자가 비쳤다.

'하지만 나는 여전히 정령의 수호자라는 역할에 묶여 있구나.'

어느 것이든 자기가 선택한 역할은 아니다. 그런 생각이 들었다. 황자로 태어나고 싶어 태어난 것은 아니다. 정령의 수호자 능가로차가의 경우는 더더욱 그렇다. 그러자 묵직한, 주체할 길 없는 분노를 느끼며 챠그무는 또다시 처음 생각으로 되돌아갔다.

왜 나일까?

🎴

탄다와 토로가이가 길을 떠난 지 열흘째 되는 날, 한숨과도 같은 은밀한 소리와 함께 눈이 내리기 시작했다. 눈이 소복소복 하염없이 내려 대지를, 나무를, 만물을 뒤덮었다. 부엌일을 돕느라 챠그무는 태어나서 처음으로 손이 부르텄다. 밤에 화덕 불에 손을 쬐던 챠그무가 당황하며 손을 내렸다. 튼 살이 찌를 듯이 아팠던 것이다. 바르사가 그런 챠그무를 보고서 손을 잡아당겼다.

"어디, 이리 내놔봐. 이거 봐라, 아주 제대로 텄구나."

씩 웃으며 일어선 바르사가 안쪽 선반을 뒤적거리더니, 곧 연고를 가져와 챠그무의 손에 발랐다. 바르사의 손은 어마마마의 손과는 전혀 달랐다. 무술 수련으로 굳은살이 단단히 박혀 있었고, 투박하고 꺼칠했다. 하지만 그 뽀송뽀송하고 따뜻한 손에 닿은 순간, 챠그무의 가슴에 까닭 모를 슬픔 같은 것이 치밀어올랐다. 스스로도 영문을 알지 못한 채 하염없이 눈물을 흘렸다. 바르사가 말없이 챠그무의 손을 어루만졌다. 밖에는 눈보라가 치고 있을 것이다. 하지만 눈에 파묻힌 이 집은 따뜻하고, 땅속에 있는 듯 고요했다.

"눈이 싫어."

챠그무가 투덜댔다.

"소리를 빨아들여버리거든. 숨도 쉴 수 없게 만들어."

바르사가 챠그무의 손을 가볍게 털고 나서 놔주었다.

"그럼 숨을 쉴 수 있도록 옛날이야기라도 해줄까?"

챠그무의 얼굴이 갑자기 환해졌다.

"어떤 이야기?"

"머나먼 북쪽 나라 이야기야. 그 나라의 왕을 섬기던 의사의 딸 이야기지."

바르사가 탁탁 튀는 불꽃을 응시하며 이야기를 시작했다.

"청무 산맥을 넘어서 북으로 북으로 계속 올라가면 칸발 왕국이 나온단다. 칸발 왕국은 이 나라와 달라서 수확이 풍성한 논밭이 없지. 있는 것이라곤 1년 내내 눈에 덮인 험준한 산봉우리와 바위투성이인 경사지뿐이지. 사람들은 메마른 땅을 경작해 소박하게 곡식과 감자를 기르고, 바위산에서 칸 발 염소를 방목하며 살아간단다. 바위산에는 커다란 독수리가 살고 있는데, 쥐나 바위턱에서 떨어진 염소 같은 것을 잡아먹지. 이 독수리는 짐승 뼈에 있는 골수를 무척 좋아해, 높은 하늘에서 바위로 뼈를 떨어뜨려 쪼갠 다음 골수를 빼먹는단다. 아아, 지금도 귀에 남아 있구나. 타악 타악 하고 뼈가 바위에 부딪치는 소리와 골짜기의 메아리. 내 고향 칸발은 그런 나라란다."

바르사가 이야기를 계속했다.

"그렇게 가난한 나라인데도 왕에게는 자식이 많았다. 왕비가 넷이었고, 왕자 넷과 공주 다섯이 태어났지. 왕자들이 자라서 성년이 되자 당연한 것처럼 '누가 다음 왕이 될 것인가'를 두고 싸우기 시작했다. 어디에나 있는 이야기지. 차남인 로그삼은 특히 무서운 남자였단다. 그는 일단 장남 나그루를 왕좌에 앉혀두고, 나그루에게 아이가 생기기 전에 독살해버렸다. 하지만 아무도 나그루가 독살당했다고는 생각하지 않았다. 나그루는 선천적으로 병약했고, 그해 겨울에 감기 걸렸다가 악화된 것을 성에 사는 사람이라면 누구나 알았기 때문이지.

하지만 나그루가 독살된 것을 아는 사람이 범인인 로그삼이외에 두 명 더 있었다. 하나는 왕의 주치의인 카르나 욘사, 또 하나는 로그삼의 무술사범이자 카르나의 친구인 지그로무사. 카르나 욘사는 로그삼이 딸을 죽이겠다고 협박해 나그루 왕에게 독약을 먹인 거란다. 카르나의 아내는 바로 전해에 죽어서, 카르나는 여섯 살짜리 딸과 둘이 살고 있었거든. 로그삼은 무서운 남자다, 강도에게 당한 것처럼 꾸며 딸을 죽이고도 남을 사람이다, 그렇게 생각했기에 카르나는 딸을 살리기위해서 로그삼의 명령에 따라 왕을 독살한 거야. 하지만 카르나는 독살에 성공하면 하는 대로 이 비밀을 아는 자신과 딸도머지않아 살해당할 것이라고 예상하고 있었다. 그래서 왕에게 독약을 먹이자마자 친구 지그로에게 딸을 데리고 도망쳐달라고 부탁했지.

카르나의 딸을 데리고 도망친다는 건 지그로에겐 일신의파멸을 의미했다. 그렇지 않겠니? 왕가의 무술사범이라는지위도, 이제까지의 생활도 전부 버리고 도망가야 했으니까. 게다가 자신의 비밀을 쥐고 있는 지그로를 로그삼이 가만 놔둘 리가 없지. 하지만 지그로는 친구의 부탁에 고개를 끄덕였단다."

바르사의 눈에 슬픈 빛이 잠시 어른거렸다.

"그 이후로 끔찍한 도피생활이 시작되었다. 계속해서 쫓아오는 로그삼의 자객들과 싸우면서, 지그로는 여자아이를 데리고 도망치는 생활을 이어갔지. 그러다가 두 사람은 카르나가 도적의 습격으로 죽었다는 소문을 듣게 되었단다. 그딸은 마음이 찢어질 듯이 슬펐단다. 로그삼을 증오했지. 언젠가 반드시 자기 손으로 그 몸을 갈기갈기 찢고야 말겠다고 다짐했다.

그날부터 딸은 지그로에게 무술을 가르쳐달라고 부탁했다. 처음에는 지그로가 승낙하지 않았어. 무술은 남자에게나 적합해서, 아무리 노력해도 여자의 몸으로는 한계가 있다는 것이었다. 사실 지그로가 무술을 가르치려 하지 않은 데는 이유가 있었단다. 그 딸이 피로 물든 인생을 살게 만들고 싶지 않았기 때문이지. 무술을 아는 자는 아무래도 싸울 일이 많아지는 법. 이상하게도, 마치 뭔가에 빨려 들어가듯이, 이런저런 이유로 결국 부딪히고 싸우게 되고 만다. 하지만 결국 지그로가 뜻을 꺾었어. 두 가지 이유로 그 딸에게 무술을 가르치기로 마음을 바꾸었지. 하나는 자기가 행여 자객에게 살해당해도 그 딸이 혼자서 도망쳐 살아갈 수 있도록. 또 하나는 그 딸에게 무술에 재능이 있다는 사실을 발견했기 때문이야."

"무술에 재능이 있다는 것은 어떻게 알 수 있지?"

"여러 가지 있겠지. 그 딸의 경우는 한 번 본 동작을 그대로 흉내 내는 재능이 있었어. 그리고."

바르사가 검지를 세우고는 물었다.

"챠그무, 넌 검지로 점 하나를 아주 빠르게 몇 번이고 찌를 수 있겠니?"

챠그무가 바르사의 말대로 검지로 화덕가의 검게 그을린 곳을 톡, 톡, 톡 찔러 보였다. 의외로 어려웠다. 빨리하려 할수록 손이 흔들려 한 점을 계속 찌르기가 쉽지 않았다. 바르사가 갑자기 챠그무가 찌르던 점 옆의 아주 작은 점 하나를 검지로 찌르기 시작했다. 엄청난 속도였다. 손가락이 보이지도 않을 정도였다. 게다가 꽤 멀리서 찌르는데도 손가락 끝이 마치 빨려 들어가듯이 한 점에 가 닿았다. 바르사가 손을 멈추고 말을 이었다.

"그 딸은 천성적으로 이런 것을 아주 잘했단다. 몸이 가벼웠고, 여느 남자아이 이상으로 성격도 거칠었어. 지그로는 '이 녀석은 타고난 무사로구나'라고 말하며, 아이가 무술을 익히는 것이 운명임에 틀림없다고 납득하게 되었지. 이렇게 해서 그 딸에게 무술을 가르쳐가면서 도피생활을 이어나갔다. 1년, 2년, 그렇게 세월이 흘렀지. 먹고살기 위해서 더러운 일을 해야 할 때도 있었다. 지그로는 부랑배들에게 고용돼 노름판의 호위무사를 한 적도 있지. 그 딸은 심부름꾼 일을 하고, 심할 때는 구걸도 했단다. 그렇게 살아가면서도 한곳에 오래 머물 수는 없었다. 자객이 찾아내고야 마니까. 아무리 조심하고 또 조심해도 자객은 쫓아왔단다."

바르사의 눈에 차오른 슬픈 빛이 더욱 짙어졌다.

"지그로는 강했다. 어떤 자객도 지그로를 당해내지 못했지. 하지만 말이야, 자객을 죽일 때마다 지그로가 가슴이 찢어지듯 슬퍼한다는 사실을 그 딸은 알고 있었다. 왜냐하면 자객들은 대개 지그로의 옛 친구들이었거든. 같이 무술을 배운 동료였던 거야. 자객들도 지그로와 싸우고 싶지는 않았겠지. 하지만 왕의 명령을 거슬렀다가는 가족 모두가 몰살당하니까. 그러니까 피를 토할 것 같은 심정으로 지그로를 없애러 왔던 거야. 지그로는 자객 친구를 여덟 명 죽였어. 그 딸과 자신을 지키기 위해서. 로그삼이 갑작스러운 병으로 죽고 그 아들이 왕이 되어 더러운 비밀을 감출 필요가 없어질 때까지 15년 동안 말이다. 지옥 같은 15년이었지. 여섯 살이던 그 딸이 어느새 스물한 살 처녀가 되어 있었다. 이미 지그로마저도 두 번 대결하면 한 번은 질 정도로 어엿한 무사가 되어 있었지."

긴 이야기가 끝났을 때, 장작은 거의 다 타서 벌건 숯으로 변해 있었다. 어둑어둑해진 집에 적막이 되돌아왔다. 챠그무가 중얼거렸다.

"그 딸이 바르사로구나."

"…그래. 그 딸이 나야."

"그래서,"

주저하며 챠그무가 말했다.

"지그로가 바르사를 위해 죽인 여덟 명과 같은 수의 사람을 구하겠다는 맹세를 한 거로구나."

바르사의 눈이 휘둥그레졌다.

"탄다로구나? 그런 이야기 한 사람은. 그럼 이 이야기를 알고 있었니?"

챠그무가 당황하며 고개를 저었다.

"아니. 탄다에게 왜 바르사와 결혼하지 않느냐고 물었더니, 탄다가 그랬어. 바르사가 여덟 명의 목숨을 구하겠다는 맹세를 했다고. 그것이 끝날 때까지 누구의 아내도 되지 않을 거랬어. 그뿐이야."

바르사는 한숨을 쉬며 쓴웃음을 지을 뿐 아무 말도 하지 않았다. 그 옆얼굴에는 가슴이 철렁할 정도로 깊은 슬픔이 배어 있었다. 챠그무는 문득 진심으로 바르사가 가엾다고 생각했다. 그리고 자기에게 이런 마음이 있다는 데 놀랐다. 이토록 강한 바르사를, 어떤 무사도 못 당하는 귀신처럼 강한 바르사를 가엾게 여기다니.

하지만 지금 바르사의 옆얼굴에선 바라지도 않은 가혹한 운명에 휘말려 상처받은 소녀의 그림자가 보였다. 운명에 농락당하는 고통을 알기 전의 챠그무였다면 절대로 보지 못했을 것이, 지금의 챠그무에게는 견딜 수 없이 애달프게 훤히 보인 것이다. 별안간 챠그무의 가슴에 바르사에 대한 동정이 샘솟았다. 무슨 말인가 해야겠다고 생각했지만, 어떤 말도 떠오르지 않았다. 챠그무는 입에서 나오는 대로 중얼거렸다.

"바르사."

"응?"

"내가 몇 명째야?"

바르사는 웃기만 할 뿐 대답하지 않았다. 단지 챠그무를 꼭 껴안으며 말했다.

"지그로가 죽을 때 내가 귓전에 대고 말했지. 아버지가 지은 죄는 내가 갚을 테니까 안심하고 잠들라고 말이야. 여덟 사람의 목숨을 구할 테니까 안심하라고. 그랬더니 지그로가 쓴웃음을 지으며 말하더구나. 사람을 구하는 것은 죽이는 것보다 어려운 일이니 그렇게 허세 부리지 말라고. 지그로의 말이 옳았어. 싸우는 사람을 구할 때는 다른 사람에게 상처를 입히게 마련이지. 사람 하나 구하는 사이에 두 사람, 세 사람의 원한을 사게 되는 거야. 이제는 덧셈도 뺄셈도 할 수 없게 돼버렸단다. 지금은 그냥 살 따름이야."

눈보라가 이틀간 계속되다 사흘째 새벽에야 그쳤다. 하늘이 맑게 개어 쌓인 눈이 눈부실 정도로 빛났다. 점심때가 지날 무렵, 새로 내린 눈을 밟으며 탄다가 돌아왔다.

"토로가이 사부님은 어떻게 된 거야?"

바르사의 물음에 탄다는 빙긋이 웃었다.

"산속에서 겨울을 보내기는 싫으시다는 거야. 도읍에는 보는 눈이 많으니까, 서쪽의 온천마을 탄갈에서 겨울을 보내시겠대. 눈이 녹기 전에는 여기로 돌아오시기로 했어."

"나 원 참. 하기야, 이 동굴에서 같이 겨울을 보내는 것보다는 낫겠네. 그런데 만나러 간 흙의 민족 주치로가이는 만났어?"

"아니. 아쉽게도 헛걸음했어. 아무도 속 시원하게 대답해 주지 않더라고. 겨울이 와서 잠들어버린 건지, 같은 곳에 사는 알 포식자 라룽가에 대해 얘기하고 싶지 않은 건지는 모르겠지만 말이야. 봄이 올 때 다시 가보는 수밖에."

탄다가 화덕 앞에 앉아 뜨거운 차를 마시면서 미소 지었다.

"왜 웃어?"

바르사가 미간을 찌푸렸지만, 탄다는 말없이 고개를 저었
다. 웃은 이유를 말하면 바르사가 또 밖으로 나가버릴 것이
다. 이제부터 기나긴 겨울 동안, 바르사와 여기서 지낼 수 있
다는 사실이 기뻐서 저절로 웃음이 새어 나오고 말았다는 걸
안다면.

2
비밀 창고에서 잠자던 수기

슈가에게 이 겨울은 유달리 잊기 힘든 계절이 되었다. 성도사로부터 비밀 창고의 열쇠를 받은 뒤 모든 일상과 수행을 중단하고, 비밀 창고 안에 200년 이상 잠들어 있던 대성도사 나나이의 수기를 해독하는 작업에 몰두했기 때문이다.

비밀 창고로 통하는 분은 성도사의 방에 있는 '돌바다신'에 있었기 때문에, 다른 성독박사들은 슈가가 하루 종일 성도사가 시킨 일을 하느라 그 방에 머문다고 생각했다. 하루에 두 차례 아침과 저녁을 먹으러 식당에 갈 때마다 슈가는 선배나 동료들로부터 차가운 시선을 받기도 하고, 고의로 무시하는 따돌림을 당하기도 했다.

사람이란 참으로 한심한 존재라는 생각이 들었다. 평생의 업으로 하늘의 이치를 알고자 하는 사람들이 출세의 계단을 오르는 슈가를 시샘하느라 애태우는 것이다. 만약 반대 입장이었다면 자기도 저런 얼굴을 할까, 스스로에게 묻지 않을 수 없었다. 한편으로는 그렇지 않을 거라고 생각하기도 했지만, 다른 한편, 역시 몹시 시샘했을 거라는 생각도 들었다. 그렇다 해도 슈가는 그 정도 일에 신경 쓸 사람은 아니었다.

비밀 창고에서 발견한 대성도사 나나이의 수기를 어렵사리 읽어나가는 동안, 슈가는 차츰 그 문헌에 빠져들어 끼니마저 잊을 정도가 되었다. 비밀 창고에서 나와 다른 성독박사들의 차가운 시선과 마주치고서야 문득 현실로 돌아오는 경우도 있었다. 그만큼 나나이의 수기에는 흡입력이 있었다.

햇빛이 전혀 들지 않는 지하의 비밀 창고는 바람구멍만 몇 개 뚫린 좁은 땅굴이었다. 슈가는 거기에 굵은 초를 열 자루나 갖고 들어가, 거울을 활용해 방을 밝게 만드는 데 성공했다. 가능하면 화로도 들여오고 싶었지만 밀폐된 땅굴에서 숯을 피우면 자칫 독이 나와 죽을지도 모른다. 어쩔 수 없이 오싹할 정도로 한기가 드는 지하에서 솜옷을 끼어 입고 촛불의 약한 온기에 의지할 수밖에 없었다.

대성도사 나나이의 수기는 얇은 석판에 빼곡히 새겨져 있었다. 처음에 나나이는 아마 천이나 가죽에 먹으로 썼을 것이다. 그것을 후세의 누군가가 오랜 시간을 들여 지워지지 않도록 석판에 새긴 것이다. 정신이 아득해질 정도로 힘든 작업이었음에 틀림없다. 석판의 분량이 수백 장에 달했기 때문이다.

수기는 나나이의 추억으로부터 시작됐다. 별 해독과 미래 예측을 배우던 소년 시절, 천도를 배우던 나날들. 수기는 무척 치밀했는데, 슈가는 글을 한참 읽고서야 비로소 나나이가 어째서 이런 정도까지 상세하게 기록했는지를 깨달았다.

세월은 반드시 사실을 왜곡시킨다. 꾸미기 위해서, 혹은 신화로 만들기 위해서. 나나이는 살아생전에 이미 자신이 머지않아 이 나라 창세 신화의 주인공이 될 것을 알고 있었다. 그래서 나라의 초석을 다지기 위해 흔히 왜곡되는 신화와 별도로, 자기가 진짜로 체험한 사실들을 은밀히 후세에 남기고자 한 것이다.

마침내 슈가는 이 수기가 왜 그토록 비밀에 부쳐졌는지도 깨닫게 되었다. 수기에 등장하는 성조 토르갈 황제는 엄청난 겁쟁이에다 주관이라곤 없는 나약한 남자였던 것이다. 그는 어리석은 왕권 투쟁에 환멸을 느껴 물러난 것이 아니었다. 단지 언제 살해당할지 모른다는 두려움으로부터 도망쳤을 따름이다. 하지만 나나이는 이 토르갈의 나약함, 특히 순종적인 면에 주목했다. 다루기 쉬운 인형, 왕의 옷을 걸친 인형으로서 토르갈을 선택한 것이다.

나나이가 나요로 반도로 이주한 이유는, 예전에 바다를 건너서 이 반도를 탐험하며 돌아다닌 성독박사에게서 이 반도가 무척 풍요롭고 안온하며 적의 공격을 막기에도 유리한 지형이라는 말을 들었기 때문이다. 또 한 가지, 나나이는 그 성독박사가 전해준 야쿠의 우주관에 무척이나 마음이 끌렸다고 한다. 눈에 보이는 세상 사그와 보이지 않는 세상 나유그가 서로를 떠받치며 활기찬 세계를 이루는 야쿠의 우주관 말이다. 그렇기 때문에 나나이는 이 땅에 건너왔을 때 야쿠족이 모두 산으로 도망쳐버린 것을 아쉬워했다. 그러나 그는 무능한 황제를 이끌고 나라를 건설해야만 했다. 한가롭게 야쿠족을 찾으러 갈 수는 없었다. 수기 안에는 나나이의 불만이 곳곳에 적혀 있었다. 가끔은 제발 머리를 쓰라고 토르갈 황제를 채근하는 부분도 있다. 슈가는 한 나라를 건설한다는 장대한 작업에 열중하면서도, 자기도 모르게 불만을 터뜨리기도 하는 나나이의 성품에 친근감을 느꼈다.

수기는 고대 요고 문자로 적혀 있어서 제대로 읽기에 노력이 많이 들었다. 나나이의 진두지휘하에 도읍이 건설되기 시작한 부분까지 해독하다 보니, 어느새 해가 바뀌고 겨울이 거의 지나고 있었다. 그리고 슈가는 미처 알아채지 못했지만 새해는 평년보다 눈이 훨씬 적어, 성독박사들이 예상한 대로 차츰 가뭄의 징조가 나타나기 시작했음을 확인했다.

슈가가 비밀 창고에서 지내는 동안 밖에서는 또 한 가지 커다란 변화가 일어났다. 열네 살인 제1황자 사그무가 초겨울에 걸린 감기가 악화되어 위중해진 것이다. 성도사는 의사와 함께 제1궁에 틀어박혀 제1황자를 살리기 위해 전력을 다하고 있었다. 황제에게 아들은 아직 제1황자 사그무와 제2황자 챠그무뿐이다. 제3황비는 공주만 낳았기 때문이다.

"성도사여, 만약의 경우라는 것도 있다. 챠그무를 어떻게 하면 좋겠느냐?"

황제가 얼굴을 찡그리며 성도사에게 물었다. 목소리가 매우 은밀했다. 챠그무도 황제에게는 소중한 아들이다. 평민 부자지간처럼 살을 맞대고 부대끼며 살지는 않았지만, 그래도 귀여운 자식임에는 틀림없었다.

황제는 황제 역할을 충실히 수행하기 위해 무던히 애쓰는 사람이다. 그래서 챠그무가 물요괴를 잉태한 것을 알았을 때, '황제라면 이렇게 해야 한다'라는 당위를 내세워 당장 챠그무를 제거해버리기로 결심한 것이다. 하지만 그 기세가 한

풀 꺾이고 나니 챠그무의 모습이 그를 괴롭히기 시작했다.

"초조함은 금물입니다, 폐하. 사태의 추이에 따라 대처할 방도는 얼마든지 있습니다. 걱정 마십시오. 어찌 되었든 지금은 사그무 황자를 살리는 데 온 힘을 다하겠습니다. 하지만 사냥꾼들에게는 챠그무 황자를 찾아서 한시라도 빨리 궁으로 모셔오도록 지시하겠습니다."

성도사가 황제를 위로했다.

황제 곁에서 물러나 별의 궁으로 돌아가는 도중, 성도사는 발걸음을 멈추고 밤하늘을 올려다봤다. 은모래를 뿌린 듯한, 숨이 멎을 정도로 아름다운 별들이 총총히 펼쳐져 있었다. 성도사는 가슴속에 통증과도 같은 뭔가가 끓어오르는 것을 느꼈다.

'꽤 오래 별을 관측하지 않았구나. 점성술사가 별을 해독할 틈이 없다니.'

자기는 더 이상 진정한 의미에서 점성술사라 할 수 없다는 생각이 들었다. 등을 들고 길을 밝히는 시종의 뒤를 따라 성도사가 다시 천천히 걸음을 떼었다.

'나는 점성술사가 아니라 이 나라가 나아갈 길을 비추는 자가 된 것이다.'

분주한 상황으로 인해 오랫동안 느낀 적이 없던, 어깨에 짊어진 막중한 책임감이 피로와 함께 되살아나는 것을 느꼈다. 별의 궁으로 돌아오니 미리 기별을 넣어 불러둔 가카이가 방에서 기다리고 있었다.

"대가뭄 예언을 발표할 준비는 갖추었느냐?"

성도사가 묻자 가카이가 고개를 끄덕였다. 천계에 나타난 가뭄의 징조가 확실해져 올해 대가뭄이 들 것이 틀림없다고 판단했을 때, 성도사는 가카이에게 전국에 대가뭄 예언을 발표하라고 지시한 것이다.

"여기, 각 마을 촌장들에게 알릴 내용을 정리해두었습니다."

성도사가 고개를 끄덕이며 가카이가 내미는 종이를 받아 들었다. 글을 읽기 시작한 성도사의 눈빛이 곧바로 차가워졌다. 그는 곧 종이에서 눈을 떼고 가카이를 뚫어지게 쳐다봤다. 가카이의 이마에 땀이 배어났다

"내가 지시한 내용과는 다르구나. 나는 논을 5분의 1 이하로 줄이고, 가뭄에 강한 시가 감자와 얏샤(잡곡)를 심으라 전하라고 명령했을 것이다. 그런데 어찌하여 네 마음대로 벼를 남기는 비율을 3분의 1로 바꾸었느냐?"

가카이는 진땀을 흘렸지만 시선을 피하지 않고 성도사의 눈을 똑바로 맞받았다.

"송구합니다. 하지만 곳간 관리자가 강력하게 반대했습니다. 논을 5분의 1로 줄여버리면 나라 재정이 위태로워진다며…."

벼는 이 나라 세금 가운데 가장 비중이 큰, 따라서 가장 중요한 작물이다. 각 마을로부터 세금으로 거두어들인 쌀은 나라의 곳간으로 모이고, 거기서 일정한 양이 상인들의 손으로 넘어가 돈으로 바뀐다. 쌀은 매해 나라의 재정을 조달하는 곡물이었다. 그렇기 때문에 국가 재정을 책임지는 곳간 관리자가 강력히 반대 목소리를 내리라는 것 정도는 성도사도 애당초 예상하던 일이다. 성도사는 한숨을 내쉬었다. 역시 가카이는 성도사가 될 그릇이 아닌 것인가.

"곳간 관리자는 당연히 그렇게 말할 것이다. 나라 재정을 축내지 않는 것이 곳간 관리자의 역할이니까. 하지만 가카이, 별을 해독하는 중대 역할을 하는 네가 왜 그 말을 그대로 따르는 것이냐?"

가카이의 얼굴에 불만스러운 표정이 떠올랐다.

"그건… 저희도 나라 지키는 것을 최우선으로 생각하기 때문입니다."

성도사가 천천히 고개를 저었다.

"그토록 오랜 세월 이 궁에서 별을 해독하면서 도내체 무엇을 배웠느냐? 천공의 별과 지상에 사는 모든 존재가 눈에 보이지 않는 실로 복잡하게 얽혀 움직여가는 장대한 광경을 충분히 봐왔으면서 아직도 나라에 무슨 일이 일어날지 읽지 못한단 말이냐? 곳간 관리자만이 아니라 재정을 관리하는 관료들은 모두 어떻게든 나라 재정을 지키려 할 것이다. 돈을 조금이라도 축낼 바에는, 평민 100~200명 정도는 굶어 죽어도 상관없다 할 것이야. 그것이 나라를 위하는 일이라고 하겠지. 상인들에게서 달콤한 물을 빨아먹는 관리들은 더더욱 그렇게 말할 것이다. 바로 그렇기 때문에 우리 성독박사가 필요한 것이다. 우리는 다른 자들보다 훨씬 오래 생각하고, 훨씬 넓은 세상을 본다. 그런 안목을 갖고 있기에 나라를 올바른 방향으로 이끌어갈 수 있는 것이다. 지금 돈이 아깝다고 무리하게 벼를 심게 하면, 가을에 바싹 말라 죽은 벼와 굶주림으로 괴로워하며 죽어가는 사람들의 원성으로 가득 찰 거라는 사실을 모른단 말이냐? 그 원성이 비록 조용할지라도 깊이 쌓이면 언젠가 나라를 뒤흔들 것이다."

가카이는 잠자코 고개를 숙인 채 성도사의 말을 들었다. 성도사는 가타부타 토를 달 수 없을 만큼 낮은 어조로 말했다.

"예언을 다시 써서 당장 전국에 전하라. 알겠느냐?"

가카이는 고개를 끄덕일 수밖에 없었다.

3
변화의 시작

사냥굴로 옮겨 온 지 어느새 넉 달 가까이 지나, 마침내 산에 눈이 녹기 시작한 어느 날 아침이었다. 챠그무에게 묘한 변화가 일어났다. 평소 잘 일어나던 챠그무가 좀처럼 일어나지 않는 것이었다.

"아니, 챠그무, 언제까지 자려는 거냐?"

바르사가 이불을 벗기려 하자 챠그무가 게슴츠레한 눈으로 바르사를 올려다봤다.

"바르사, 나 힘들어. 몸이 무거워."

바르사가 챠그무의 이마에 손을 대고는 고개를 갸웃거렸다.

"감기라도 걸렸나? 열은 없는 것 같은데. 탄다, 잠깐 이리 와 봐!"

물을 끓이던 탄다가 고개를 들어 두 사람을 향했다.

"챠그무가 몸이 안 좋다고 하는데."

탄다가 챠그무의 이부자리 옆에 앉더니 챠그무의 혀를 살피고 귀 밑을 만졌다. 그러고 나서 챠그무의 가느다란 손목을 잡고 맥을 짚었다. 가만히 맥을 재던 탄다가 이윽고 입을 열었다.

"음. 맥박이 느려졌구나. 챠그무, 나른한 것 말고 뭔가 다른 변화는 없니?"

"졸려. 땅속으로 끌려 들어가는 것 같아."

여기까지 말하는가 싶더니 챠그무는 그대로 눈을 감고 잠들어버렸다. 탄다와 바르사가 서로의 얼굴을 마주 보았다.

"그 알 때문이라고 생각해?"

"글쎄다. 단순히 감기라 치기에는 상태가 이상하긴 해. 이제 곧 봄이기도 하고, 알이 자랄 테니 챠그무의 몸에 변화가 일어나기 시작하는 건지도 모르지."

"어떡하지? 깨우는 게 좋지 않을까? 이대로 안 깨어나면…."

"침착해. 물 지킴이 늉가로임 때문이라면 챠그무에게 해는 없을 거야. 알 포식자 라룽가라면 뭔가 다른 기미가 느껴질 테고. 살기는 전혀 느껴지지 않는데, 넌 뭔가 느끼겠니?"

바르사가 잠자코 챠그무 주위의 기척을 살폈다.

"아니. 살기는 못 느끼겠어. 하지만 상대는 사람이 아니잖아. 눈에 보이지 않는 나유그의 존재라면 내 감 따위는 소용없지 않을까?"

"그렇지는 않을 거야. 사그에 사는 챠그무를 공격하기 위해서는 나유그의 존재라도 사그에 나타나야만 하지. 100년 전에도 아이의 배를 가른 발톱이 목격되었어. 사그에 나온다면, 기척이 전혀 없을 수는 없을 거야. 어찌 되었든 잘 살펴보는 편이 좋을 것 같구나."

탄다가 손바닥을 눈에 대고 비빈 뒤 눈을 가늘게 뜨더니 중얼중얼 알아듣기 어려운 혼잣말을 시작했다. 그러고 나서 이불을 살짝 걷어 올리고 챠그무의 가슴 부근에 손을 얹었다. 숨죽이고 지켜보던 바르사의 눈에 갑자기 탄다의 손이 희미해졌다. 자세히 보니 챠그무의 가슴도 탄다의 손과 마찬가지로 희미해지기 시작했다. 그 희미한 손과 가슴이 스윽 하나가 된 것처럼 보였다. 탄다는 가슴에서 손을 뗌과 동시에 마치 물속에서 수면으로 떠오른 사람처럼 심호흡을 했다.

"괜찮아?"

바르사가 탄다의 얼굴을 들여다보자, 탄다는 바르사의 얼굴 안에서 손을 허우적거렸다.

"아아, 힘들다, 힘들어."

그러고 나서 바닥에 벌렁 나자빠져 잠시 양손으로 얼굴을 가리고 있더니, 얼마 지나 호흡이 안정된 뒤에야 몸을 일으켰다.

"역시 알이 변화하고 있어. 제법 커져서 안에서 뭔가가 고동치는 것이 보일 정도야."

바르사가 미간을 찌푸렸다.

"있잖아, 탄다. 나는 역시 좀 걱정스러운데 말이야. 그런 식으로 몸 안에서 다른 생명체를 키워도 과연 챠그무가 괜찮을까? 왜 있잖아, 구멍벌에게 알을 낳게 한 벌레처럼, 챠그무가 해를 입어 죽거나 하는 일은 없을까?"

탄다가 땀으로 이마에 달라붙은 머리카락을 쓸어 올리며 고개를 저었다.

"그런 일은 없을 거야. 사그에 있는 챠그무의 몸은 별로 약해지지 않았어."

"하지만 몸이 무겁다며 잠들었잖아."

"챠그무가 몸이 무겁다거나 졸리다는 것은 오히려 알의 성장에 따라서 몸이 자연스레 적응해가는 과정일 거라고 생각해. 지금 내가 피곤해하는 걸 봤지? 주술을 배우고 있는데도 불구하고, 사그와 나유그에 동시에 걸치게 되면 무척 지치거든. 챠그무의 경우는 항상 몸이 양쪽 세계에 걸쳐 있을 텐데도 지금까지 아무렇지도 않았어. 몸이 자연스레 그런 상황에 대응하고 있었다는 얘기가 아닐까? 하지만 알이 성장해서 새로운 단계로 접어들고 그 상태에 익숙해지려면 아마도 엄청난 체력이 필요할 거야. 잠든 것은 쓸데없는 체력 소모를 막기 위해서라고 나는 짐작해."

탄다는 미심쩍은 눈으로 자신을 바라보는 바르사를 향해 웃어 보였다.

"너, 내 말을 못 믿는 거지? 하지만 사부님도 그렇게 말씀하셨어. 늉가로임이 낳은 알이 어떻게 사그 사람의 몸에 들어가는지, 어떻게 들어갈 사람을 선택하는지는 아직 몰라. 하지만 이 세상은 참으로 잘 돌아가고 있어서, 움직이지 못하는 꽃에게는 벌레가 다가가서 꽃가루를 수정하고, 움직이지 못하는 나무에게는 짐승이 그 열매를 먹어 씨를 멀리 운반해주지. 그런 식으로 아마도 챠그무는 늉가로임의 알을 운반하기에 적합한 뭔가를 갖고 있을 거라고 하셨어. 사부님은 자기가 아는 것의 10분의 1도 이야기해주지 않는 분이지만, 어떤 위험이 있다면 틀림없이 나에게 말해주셨을 거야. 그러니까 괜찮아. 걱정하지 않아도 돼."

바르사가 찬찬히 탄다이 얼굴을 살폈다. 진히 긴장하는 빛이 없었다.

"너, 이상할 정도로 침착한데."

"이런 일이 일어날 거라고 생각해왔으니까. 그러지 말고 아침이나 먹자. 챠그무 일은 흘러가는 대로 맡길 수밖에 없어."

바르사는 한숨을 쉬고 탄다의 말을 따랐다. 탄다의 이야기를 들어도 마음 한구석 어두운 곳에 도사리고 있는 불안은 사라지지 않았다. 탄다나 토로가이는 주술사다. 늘 정령 같은 것을 상대하며 살아온 사람들이다. 하지만 바르사는 다르다. 그렇기 때문에 늉가로임인가 하는 구름을 뱉어내는 정령이 사람에게 해를 입히지 않으리라고 순순히 믿을 수가 없었다.

두 사람은 보글보글 끓는 냄비에서 죽을 떠 소금으로 간을 맞춘 뒤 먹기 시작했다. 하지만 탄다는 곧 바르사가 젓가락을 멈추고 멍하니 불꽃만 바라보는 것을 알아차렸다.

"바르사."

"응?"

"어두운 얼굴을 하고 무슨 생각 하는 거야?"

"그냥. 겨울이 지나가는구나 하고 생각한 것뿐이야."

"아아. 이번 겨울은 좋았어. 챠그무와 셋이서 일도 하고 놀기도 하고. 노우야 어르신 할머니의 말씀처럼, 이번 겨울만은 쭉 계속되면 좋으런만. 하지만 봄은 오고야 말지."

"조용한 나날과는 이제 이별이네. 라룽가도 깨어날 테고, 결전의 순간이 다가오는구나."

탄다가 바르사를 응시했다.

"그렇지. 이제부터는 피비린내 나는 싸움이 시작되겠지."

탄다는 마치 말하는 김에 덧붙인다는 듯 말을 이었다.

"이 싸움에서 살아남으면, 계속 셋이서 이번 겨울처럼 살지 않을래?"

바르사의 눈이 흔들렸다. 탄다가 조용히 말했다.

"나는 계속 기다려왔어. 너도 알 거야. 나는 네가 맹세를 지킬 때까지 기다리려고 했어."

탄다의 눈에 문득 분노인지 슬픔인지 알 수 없는 빛이 떠올랐다.

"하지만 기다리고 기다려도 너는 안 돌아오는 것이 아닐까? 피비린내 나는 싸움이 네 인생이 되어버린 거 아냐? 어느 틈엔가 넌 싸우기 위해서 싸우는 것처럼 보여."

바르사는 아무런 대답도 하지 않았지만, 내심 고개를 끄덕이고 있었다. 이미 싸우는 일이 뼛속까지 스며들어 평화로운 나날이 계속되는 생활을 상상조차 할 수 없게 되어버렸다. 이렇게 겨울날을 보내면서도 이따금 누구하고는 맞붙고 싶은 충동을 느끼곤 했다. 이래서야, 싸움닭과 다를 게 뭐란 말이냐.

"어떻게 하면 좋을까?"

바르사가 쓴웃음을 지었다.

"너 혹시 좋은 약이라도 갖고 있어?"

탄다의 입가에 쓸쓸한 미소가 떠올랐다. 그는 고개를 저었다.

"내가 바로 그 약이라고 생각지 않는다면 기다려도 소용없겠구나."

탄다는 이렇게 대답하고 일어서서 밖으로 나가버렸다. 남겨진 바르사는 보글보글 끓는 죽을 가만히 바라보았다. 가슴 속에서 묵직한 슬픔이 끓어오르는 듯했다. 뒤따라가서 탄다의 팔을 잡을까 하는 생각도 했다. 하지만 바르사는 일어서지 않았다. 눈을 감고 손으로 얼굴을 감쌀 뿐이었다.

'바보 같으니라고. 이런 일로 고민하게 할 때가 아니잖아. 중요한 시점이라고 했는데도.'

눈에 뜨거운 것이 배어 나왔지만, 바르사는 눈을 질끈 감은 채 꼼짝 않고 있었다. 탄다는 어디로 가버렸는지 점심때가 되어도 돌아오지 않았다. 바르사는 묵묵히 평소에 하던 일을 해치우고 조용히 하루를 보냈다.

챠그무가 눈을 뜬 것은 저녁 무렵이었다. 바르사가 장작을 안고 사냥굴로 들어가자 때마침 챠그무가 신음하며 눈을 떴다.

"챠그무? 몸은 좀 어떠니?"

챠그무는 잠시 아무것도 안 보이는 듯 멀뚱한 표정으로 바르사를 바라보았다.

"왜 이렇게 어둡지, 바르사?"

목소리에 별로 기운이 없었다.

"저녁때가 가까워졌거든. 너 오늘 하루 종일 잠만 잤어. 아직 힘드니?"

챠그무가 고개를 저었다. 그러고는 일어나 앉더니 갈라진 목소리로 청했다.

"목이 말라."

바르사가 물을 따라주자 챠그무는 벌컥벌컥 소리를 내며 그릇을 비웠다.

"괜찮니?"

"응. 하지만 왠지 머리가 멍한 것 같아."

"계속 자서 그래. 몸이 괜찮은 것 같으면 잠시 밖에 나가서 바람이라도 쐬고 와라. 좀 상쾌해질 테니까."

챠그무가 고개를 끄덕이고는 꾸무럭꾸무럭 옷을 살아입

고 밖으로 나갔다. 바르사가 화덕의 불씨를 추슬러 새 장작을 넣으려 할 때, 밖에서 챠그무의 비명 소리가 들려왔다. 바르사는 얼른 단창을 들고 밖으로 뛰쳐나갔다. 희한하게 도 아무 낌새도 느껴지지 않았다. 인기척도, 살기도 없었다. 단지 동굴 출구에 밝은 석양빛을 쬐며 거무스름하게 그림 자가 된 챠그무가 보일 따름이었다. 챠그무는 몸이 굳은 채 손을 입에 대고 바들바들 떨고 있었다. 팽팽하게 매여 있던 가느다란 실이 금방이라도 끊어질 것만 같은 긴장감이 전 신에 가득 차 있었다.

"챠그무! 왜 그러니?"

챠그무가 뒤돌아봤다. 그 얼굴에서 바르사는 섬뜩한 기 운을 감지했다. 챠그무는 눈을 치켜올린 채 정체 모를 공포 로 얼굴이 굳어 있었다. 바르사는 얼른 챠그무를 끌어안았 다. 주위에는 아무것도 없다. 수상한 기척도 없다. 그러나 품에 안긴 챠그무의 몸은 지금이라도 손 안에서 사라져버 릴 것처럼 묘하게 덧없이 느껴졌다. 이유는 알 수 없었다. 하지만 현기증이 났다. 바르사가 눈을 깜박거렸다. 풍경이 희미해지며 흔들리는 듯했다.

"바르사!"

쿵 하고 배 속까지 울리는 소리가 바르사를 쳤다. 탄다의 목소리가 들려왔다. 지금까지 들은 적 없을 만큼 강하고 힘차게 기합이 들어간 목소리였다.

"배에 기합을 넣어! 챠그무에게 끌려가선 안 돼. 챠그무는 나유그로 끌려가는 거야. 네가 이 사그에 챠그무를 붙들어매는 말뚝이 되어줘야 해, 바르사!"

바르사는 애써 정신을 차린 뒤 조용히 심호흡을 하고, 아랫배에 기를 모았다. 기가 안정되고 배에 뜨거운 기운이 모이면서 차츰 현기증이 사라졌다. 챠그무가 피리 소리 같은 숨소리와 함께 가느다란 비명을 질렀다.

"떨어진다, 떨어질 것 같아! 도와줘!"

"챠그무."

탄다의 목소리가 울렸다. 마치 큰북 소리처럼 묵직하고 깊은 울림으로 챠그무의 몸을 쳤다.

"침착해라. 괜찮다. 너는 나유그를 보고 있는 것이다."

"땅바닥이 없어! 여기는 깊은 골짜기의….'

말은 이어지지 않았다. 챠그무는 눈을 꼭 감고 소리를 지르기 시작했다. 바르사가 아이를 안은 팔에 힘을 주었지만 챠그무의 외침은 멈추지 않았다.

"어떻게 하면 좋지? 탄다!"

바르사가 소리치자 크고 따뜻한 팔이 바르사와 챠그무를

감쌌다. 탄다가 챠그무의 귓가에 나지막이 속삭이기 시작했다. 그것은 말이 아니라 소리였다. 파도가 밀려왔다 밀려가는 듯, 마음을 가라앉히는 울림이 탄다의 입에서 챠그무의 귀로 전해졌다.

이윽고 챠그무의 겁에 질린 고함이 멈췄다. 떨리는 몸이 조금씩 진정되기 시작했다.

"침착해라, 챠그무. 네가 보는 골짜기는 네가 서 있는 곳이 아니다. 너는 나유그의 풍경을 보고 있는 것이다. 들리니? 네 몸은 여기 사그에 단단히 발을 붙이고 있어. 괜찮아, 떨어지지 않아."

그렇게 말하면서 탄다는 팔을 풀고는 바르사와 챠그무로부터 떨어졌다.

"챠그무. 마음을 가라앉히고 정신 차려서 바르사의 팔을 느껴라. 어때, 느낄 수 있어?"

챠그무가 고개를 끄덕였다.

"바르사의 몸에 의지해서, 바르사의 몸에 닿은 곳에서부터 네 육신을 느껴가는 거야. 천천히. 팔, 등, 가슴, 배…, 자, 발이다. 발을 느낄 수 있니?"

챠그무가 또다시 끄덕였다.

"발밑에 있는 지면을 느껴라. 어떠냐? 딱딱한 지면이 닿는 걸 느낄 수 있느냐?"

챠그무의 몸이 진정되는 것이 바르사에게도 느껴졌다. 서
서히 힘이 빠지더니, 마치 허공으로 떠오를 듯 발돋움하던
몸이 지면에 발을 붙이고, 서서히 땅에 체중을 싣는 것을 알
수 있었다.

"타, 탄다, 땅바닥이야!"

"그렇지? 마음을 이쪽으로 되돌려라. 풍경을 떠올리는 거
야. 너는 겨우내 우리와 함께 지낸 사냥굴 입구에 서 있는 거
야."

챠그무가 조용히 눈을 떴다. 얼굴이 땀으로 흠뻑 젖어 있
었다.

"내가 보이니, 챠그무?"

비로소 탄다와 마주친 시선이 흔들림을 멈추고 천천히 고
정되었다.

"응, 보여."

"이제 괜찮다. 걱정하지 않아도 돼. 갑자기 나유그가 보이
게 되어서 끌려간 거야. 이제 괜찮아. 헤엄치는 거나 마찬가
지야. 한 번 헤엄치는 법을 터득하면 나중에는 왜 그렇게 힘
들어했을까 생각할 정도로 능숙해지지. 마찬가지란다. 이제
네 마음은 나유그가 보이는 자신에게 익숙해졌을 거나. 사그

만 보고 싶으면 그렇게 할 수도 있을 거야. 어떠냐?"

챠그무가 이마에 흐르는 땀을 닦았다.

"응."

크게 한숨을 내쉬는 챠그무 옆에서 바르사도 겨우 긴장을 풀었다. 탄다가 바르사를 보며 진지하게 말했다.

"네가 바로 옆에 있어서 정말 다행이었어. 너는 언제든 즉각 위험과 마주할 수 있잖아. 보통 사람 같으면 그렇게 갑자기 정신을 차려서 말뚝이 되어주지 못했을 거야. 너라는 말뚝에 매달렸기에 챠그무가 살아난 거지. 챠그무 혼자였다면 정신이 이상해졌을지도 몰라."

"네가 소리쳐서 깨어난 것뿐이야. 몰랐네, 네가 그 정도의 기합을 넣을 수 있다니. 조금만 더 노력했으면 훌륭한 무사가 되었을 텐데."

탄다는 '말도 안 돼' 하는 표정을 지었다. 그러고는 챠그무의 등을 밀어 사냥굴 안으로 들어가라고 재촉하며 말하기 시작했다.

"오늘 아침에 보니 알이 꽤나 컸더구나. 그래서 지금 같은 일이 일어났을 거다. 이제부터는 자꾸만 이상한 일이 일어날 테니까, 아까처럼 두려워하지 말고 우선 마음을 가라앉히는 법을 익혀야 한다. 그런 순간이 생사를 가를지도 모르니까."

챠그무가 입술을 꽉 깨물며 고개를 끄덕였다. 얼굴은 아직도 땀에 흠뻑 젖어 있었다. 챠그무는 애써 구역질을 참는 듯 한두 차례 침을 삼키더니 다시 와들와들 떨기 시작했다. 급기야 신음하며 가슴을 마구 쥐어뜯기도 했다. 챠그무는 봇물이라도 터진 듯 느닷없이 비명과도 같은 절규를 토해냈다.

"싫어! 싫어! 싫어!"

눈물이 튀었다.

"빌어먹을! 왜 나야! 왜 이런 처지가 되어야 하냐고! 죽어버려, 알 따위는! 왜 제멋대로 내 몸에 들어오고 난리야!"

허공을 차고 암벽을 치며 날뛰는 챠그무를 바르사가 등 뒤에서 들어 올려 휙 내던졌다. 풀밭에 나뒹군 챠그무가 방어태세를 취하며 일어서더니 소리치며 덤벼들었다. 바르사가 몸을 낮추는가 싶더니 그 순간 챠그무가 또다시 풀밭으로 나가떨어졌다. 덤벼들고 내동댕이치고, 숨이 차서 움직일 수 없을 때까지 챠그무는 계속 덤벼들었다. 결국 일어날 수 없는 지경이 되자 챠그무는 풀밭에 벌렁 나자빠진 채로 흐느꼈다.

한바탕 울고난 뒤 천천히 일어나던 챠그무는 바르사를 보고 놀라움을 감추지 못했다. 바르사가 울고 있었던 것이다. 바르사는 눈물도 닦지 않고 말없이 챠그무의 팔을 잡더니 함께 굴 안으로 들어갔다. 탄다는 굴 앞에 그대로 서 있나.

지금의 광경이 탄다의 뇌리에 오래전 기억을 또렷이 되살려 주었다. 그리고 그 기억이 가슴을 찌른 것이다. 소리 지르고 울면서 덤벼드는 어린 바르사, 그런 바르사를 받아 내던지던 지그로. 그때 어린 바르사의 가슴속에 들어 있던 것은 지금의 챠그무와 마찬가지로 터뜨릴 대상조차 없는 분노가 아니었을까. 참혹한 운명을 억울하게 짊어지고 고통스럽게 생활해야만 했던 것에 대한 분노. 거기까지 생각하고서 탄다는 안심했다.

'어쩌면 바르사가 싸움을 그만두지 못하는 것은, 피비린내나는 싸움에서 벗어나지 못하는 것은, 그 분노가 아직 마음 깊은 곳에서 끓고 있어서가 아닐까?'

탄다는 아무래도 그런 생각을 떨칠 수가 없었다. 챠그무가 잠든 뒤, 탄다는 망설인 끝에 바르사에게 물었다.

"그래? 너도 그 생각을 했구나."

바르사가 타다 남은 장작불을 보며 나지막이 말했다.

"분노라. 그래, 맞아. 분노가 계속 웅어리져 있는 것은 분명해. 이 장작불처럼 말이야."

가슴을 문지르면서 바르사가 말했다.

"하지만 챠그무의 공격을 막으면서 나는 조금 다른 생각을 했어. 당시 지그로가 어떤 심정으로 내 공격을 막아냈고 나를 내던졌는지를 처음 안 거지."

바르사는 지그로의 심정을 어떻게 알았는지에 대해서는 더 이상 말하지 않았다. 다만 갑자기 눈을 들어 탄다를 보더니 살짝 미소 지을 뿐이었다.

"역시 넌 무사가 아니로구나. 분노라니, 그것이 내가 싸움터에서 벗어날 수 없는 이유라고 생각했다니."

바르사가 깊이 한숨을 쉬었다.

"그렇다면 좀 더 간단할 텐데. 탄다, 나는 말이야, 싸움을 정말로 좋아하는 거야. 그래서 싸우는 것을 그만둘 수가 없는 거지. 참혹한 운명에 대한 분노처럼 그럴듯한 이유 때문이 아니야. 나는 벼슬을 곧추세우고 의미 없는 싸움을 계속하는 싸움닭이나 마찬가지야."

그날 이후 챠그무는 무뚝뚝하고 우울한 상태로 지내는 시간이 많아졌다. 줄곧 초조한 듯이 사소한 일에 화를 내고는 사냥굴을 뛰쳐나가 밤까지 돌아오지 않을 때도 있었다. 하지만 바르사도 탄다도 아무 말 하지 않고 내버려두었다.

며칠 후 어느 날 오후, 챠그무가 장작 몇 개를 주워 손에 들고 돌아왔다. 바르사는 나뭇가지에 토끼를 매달고 껍질을 벗기는 중이었다. 챠그무는 문득 바르사가 지기 딘김을 사용하고 있는 것을 발견했다. 불현듯 챠그무의 가슴에 분노가 벌컥 치밀어 올랐다. 스스로도 영문을 알 수 없는 걷잡을 수 없는 분노였다. 휘어진 대나무가 툭 퉁겨나가버리는 것과 비슷했다. 챠그무가 장작을 내려놓더니 바르사에게 달려들어 단검을 빼앗으려고 했다.

"돌려줘! 왜 함부로 내 단검을 쓰는 거야!"

바르사가 챠그무의 손을 붙잡아 곧장 한 손으로 가볍게 풀밭에 내동댕이쳤다. 챠그무가 신음하며 일어서려고 하자 바르사가 몸 위로 올라탔다. 목을 오른손으로 누르고 가슴을 무릎으로 누르고 있었다. 바르사는 챠그무의 눈을 주시했다.

"이제 도망치는 건 슬슬 포기하지."

챠그무가 이를 악물었다. 바르사는 계속 챠그무의 눈에서 시선을 떼지 않았다. 챠그무가 몸을 떨며 숨을 들이마셨다. 눈에 눈물이 가득했다.

"울고 싶지? 주체할 수 없을 정도로 가슴속이 무겁고 슬프고, 그런가 하면 몹시 화가 나서 억누를 수가 없지?"

바르사가 중얼거리듯이 말했다.

"하지만 엉뚱한 화풀이로는 기분이 풀리지 않아. 그 정도로 바보는 아닐 텐데. 그렇게 하면 할수록 점점 허무감만 쌓여 더욱 초조해질 따름이야. 그쯤에서 도망치는 걸 그만두고 되돌아보는 게 어때? 화가 치밀어오르는 이유가 뭔지를."

챠그무가 눈을 감았다. 고여 있던 눈물이 한쪽으로 흘러내렸다. 챠그무가 흐느끼면서 중얼거렸다.

"제장."

바르사가 챠그무를 놓고 일어섰다. 챠그무는 드러누운 채로 팔로 얼굴을 가렸다. 바르사는 토끼를 손질하던 곳으로 돌아가 껍질을 마저 벗기고, 단검을 깨끗이 씻어서 칼날을 갈기 시작했다. 그때 챠그무가 뒤에 와 멍하니 섰다. 바르사는 칼날을 응시한 채로 조용히 말했다.

"날을 갈면 칼이 잘 들지. 확실히 그렇지. 이런 식으로 만사에 원인과 결과가 확실하게 맞아떨어지면 좋으련만."

햇빛에 비춘 날이 번쩍거렸다.

"착하고 온화하게 살아온 사람이 빈둥거리며 부모에게 없혀살아온 바보 녀석에게 살해당하는 일도 있단다. 이 세상은 원래 공평함과는 거리가 먼 곳이야."

챠그무가 바르사 옆에 쭈그리고 앉았다.

"나도 옛날에는 말이야, 자주 화가 치밀어오르곤 했다. 그러면 지그로에게 화풀이를 했지. 내가 무슨 짓을 한 것도 아닌데 왜 아버지가 살해당하고, 춥고 배고픈 생활을 하면서 여기저기 떠돌아다녀야 하는지 항상 화기 났다. 좀 더 나이

를 먹으니 지그로에게 화풀이조차 할 수 없게 되었다. 지그
로야말로 단지 아버지의 친구였다는 이유만으로 이렇게 힘
들게 살아야만 하는, 나보다 훨씬 불행한 사람이라는 걸 깨
달았기 때문이지. 더더욱 견딜 수가 없어졌어. 죄책감까지
더해졌으니까."

챠그무의 가슴 한가운데가 싸하게 아파 왔다. 동시에 부끄
러웠다. 생각해보면 바르사에게 자신은 돈을 받고 지켜야 하
는 대상일 뿐이다. 그런데도 어느 틈엔가 아무렇지 않게 떼
를 쓰고, 화풀이를 해도 괜찮은 사람으로 여기게 되었다. 부
모도 아닌데. 챠그무의 마음에 거리감이 싹튼 것을 알아채기
라도 한 듯, 바르사가 갑자기 뒤돌아보며 미소를 지었다.

"열여섯 살 때 지그로에게 헤어지자고 했단다. 이미 내 몸
은 지킬 수 있었다. 자객에게 져서 죽더라도 그게 내 인생이
라고 여겼지. 이미 지그로에게는 충분히 도움을 받았고, 이
제 괜찮으니까 타인으로 돌아가 부디 자기 삶을 살라고 했
지."

챠그무가 입 안에서 웅얼거렸다.

"지그로는 뭐라고 했어?"

"이제 적당히 인생을 계산하는 것은 그만두자고 하더구
나. '불행이 얼마 있었고 행복이 얼마 있었다, 그때 엄청난

돈을 나한테 빌렸다…, 그런 식으로 생각하는 것은 그만두자. 돈 계산을 하듯이 지나온 세월을 계산하면 허망할 따름이다. 나는 너하고 이렇게 사는 게 싫지 않다. 그것뿐이다'라고 하더구나."

바르사가 단검을 헝겊으로 닦아 챠그무에게 돌려줬다.

"그런 말을 들었는데 나도 참 바보지. 이제까지 계속 남의 목숨을 돈으로 환산하며 호위무사를 해왔으니. 그러니까 몇 차례 목숨을 구해주었어도 전혀 후련해지지 않은 거야."

바르사가 챠그무의 어깨에 손을 얹었다.

"하지만 지금은 꽤 후련해졌어. 너의 호위무사를 하며 처음으로 지그로의 심정을 이해하게 되었지."

바르사의 손이 주는 묵직한 느낌이 기분 좋았다. 챠그무는 한숨을 크게 쉬고, 그러고 나서 숨을 들이마셨다. 정신이 번쩍 들 정도로 상쾌한 신록의 냄새가 가슴속에 퍼졌다.

챠그무의 몸에 변화가 일어나고 두 달이 지났다. 산에서도 눈이 사라졌고, 나무의 초록빛은 나날이 짙어졌다. 바람마저도 부드러워지고 향기로웠다. 바르사는 챠그무의 몸에 잇달아 변화가 일어날 거라고 각오하고 있었는데, 예상과 달리 좀처럼 다른 일은 일어나지 않았다. 따끈따끈한 흙냄새를 풀

풀 풍기며 토로가이가 돌아왔을 때도 챠그무 몸속 알에는 거의 변화가 없었다.

"그렇지, 쉴 새 없이 변했다가는 챠그무의 몸이 견뎌내지 못하지. 이제 한 달 정도 있으면 또다시 커다란 변화가 일어날 거다."

지나간 이야기를 들은 토로가이가 이렇게 말했다.

"그런데 넌 이제 전혀 황자님 같지가 않네. 완전히 평범한 어린아이가 됐구나."

챠그무가 뾰로통한 얼굴로 토로가이를 쳐다봤다. 그리고 문득 이 노파의 얼굴이 꽤 아래에 있다는 생각이 들었다.

"어라? 토로가이 님, 키가 줄었나?"

"바보 같은 소릴. 이 이상 줄면 어쩌라고. 네가 자란 거지."

바르사가 새삼스럽게 챠그무를 보며 깜짝 놀라는 표정을 지었다.

"정말이네, 키가 많이 자랐구나."

"해가 바뀌었으니 챠그무도 열두 살인가? 이제부터가 남자가 가장 많이 변할 때지."

탄다의 목소리를 들으면서 바르사는 문득 오래전 일을 떠올렸다. 어리고 자그마한 탄다를 늘 동생처럼 생각했는데, 열두 살을 넘긴 무렵부터 탄다의 키가 갑자기 크기 시작해 어느 틈엔가 바르사를 추월한 것이다. 어른 같은 목소리로 말하게 된 탄다를 바르사는 묘한 기분으로 바라봤었다. 뭔가가 결정적으로 변해버린 것을 그때 느꼈다.

토로가이는 오자마자 탄다를 끌고 또다시 길을 떠났다. 다시 나유그의 '흙의 민족' 주치로가이를 만나러 간 것이다. 하지만 이번에도 완전히 헛걸음을 치고 말았다. 나유그의 흙의 민족들에게 알 포식자 라룽가는 두려운 존재이면서 동시에 떠받드는 흙의 정령이기도 한 것이다. 나유그의 흙의 민족들은 입을 꽉 다물고 아무 말도 해주지 않았다.

두 사람이 야시로 마을로 돌아왔을 무렵에는 이미 봄도 지나고 초여름이 다가와 있었다. 매미 소리가 산과 들에 메아리쳤다. 숲을 빠져나가 강기슭에 이르러, 탄다는 저도 모르게 그 자리에 멈춰 서고 말았다. 소름이 돋을 것 같은 광경이 펼쳐진 것이다. 평소 같으면 이미 모내기를 마쳐 푸릇푸릇 벼가 물결쳐야 마땅할 논이 전혀 그렇지 않았다. 벼는 희읍스름했으며 논바닥은 짝짝 갈라져 있었다. 강에서 가장 가까운 작은 논에만 둑을 따라 물이 있었고, 거기에만 간신히 얼마 안 되는 푸른 벼이삭이 흔들렸다. 고작 그 정도로는 도저히 마을 사람들을 먹여 살릴 수 없는 노릇이다.

"이럴 수가."

탄다가 중얼거리자 토로가이도 심각한 눈초리로 논을 쳐
다보며 말했다.

"아아. 이대로 가다가는 올가을에 목숨 부지 못 할 사람이
많겠구나."

경사면에 만든 계단식 밭에서 한 사내가 내려왔다. 탄다
일행을 발견하고 손을 흔들더니 발걸음을 재촉해 다가왔다.
능가로임 이야기를 해준 니나의 아버지 유가였다.

"토로가이 님이로군요! 탄다 씨도 오랜만이네요."

꾸벅 머리를 숙이고 나서 유가는 논으로 시선을 돌렸다.

"처참하죠."

유가의 얼굴에는 수염이 덥수룩했으며 표정도 어두웠다.
재앙이 다가오는 것을 뼈저리게 느끼면서도 아무것도 하지
못하는 사람의 초조함이 꽉 다문 입에서 느껴졌다.

"어디나 다 이렇다더군요. 봄부터 여태까지 병아리 오줌만
큼도 비가 오지 않았으니까요. 쨍쨍, 쨍쨍, 해님만 계속 내리
쬐고."

그렇게 내뱉고 나서 그는 당황한 어조로 황급히 태양신에
게 사죄했다. 그러고는 잠시 두 사람이 있다는 사실도 잊은
듯이 논을 응시하더니, 이윽고 시선을 탄다 쪽으로 되돌렸다.

"탄다 씨. 탄다 씨가 우리 니나하고 이야기한 게 바로 이것

이었군요. 할아버지 형님의 몸에 들어 있었다고 하는 그 나유그의 구름 정령 이야기, 사실이었구나."

탄다가 끄덕였다. 유가는 얼굴을 찡그리며 봇물 터진 듯 이야기하기 시작했다.

"아아, 빌어먹을! 이런 가뭄은 태어나서 처음이야, 정말로. 할아버지들도 이렇게 심한 가뭄은 처음이라고 하더군. 가뭄에 흉작은 어쩔 수 없다고 하지만, 그래도 한도가 있지. 벼는 전부 글렀어. 이 논의 벼도 계속 이런 상태라면 언젠가 못쓰게 되지. 새해 초에 별의 궁에서 가뭄에 대비하라는 지시를 내리기에, 서둘러서 가뭄에 강한 시가 감자와 얏샤 밭을 늘렸지만 그것도 얼마 안 남았어. 우리네는 가난해서 상인들이 모아둔 쌀이나 보리를 살 수 있는 것도 아니고. 특히 지금은 오래 보관되는 식량 가격이 천정부지로 치솟고 있어서…. 돈이 아무리 있어도 소용없다며, 갖고 있는 식량을 팔지 않는 상인도 있다더군."

한숨을 쉬며 유가가 두 사람을 쳐다봤다. 눈이 충혈되어 있었다.

"어떻게 비를 내리게 해줄 수 없겠나? 당신들 주술로 말이야. 이대로 가다간 갓 태어난 내 아들은 아마도… 가을을 못 넘길 거네."

유가의 눈에 눈물이 슬쩍 비쳤다. 토로가이가 유가를 보며 딱 한마디 했다.

"우리도 최선을 다하고 있다네."

4
시그사루아를 따라서

나나이의 수기를 해독하던 슈가가 석판에서 '늪가로임'이라는 기묘한 단어와 마주친 것은, 이미 봄도 지나고 여름의 기척이 감돌 무렵이었다.

"늪가로임…은, 구, 구? 아아, 그렇구나, 구름이다. 구름을, 나… 낳는, 정? 정령이다. 100년에, 한 번, 알을 낳아…."

소리 내 읽던 슈가는 문자를 쫓는 손가락 끝이 떨리는 것을 주체할 수가 없었다. 이거다. 바로 이것이 성조의 건국신화에서 물요괴 야쿠의 주술사가 '알'이라고 부른 것이다. 슈가는 과거에 알던 것과 전혀 다른 신화를 천천히 더듬어가기 시작했다.

이 땅에 머지않아 심한 가뭄이 들 것을 알리는 전상 세계의 징조. 나나이는 도읍 건설을 신뢰할 만한 부하에게 맡기고, 야쿠족을 만나기 위해 산속으로 들어간다. 거기서 그는 가슴에 '늉가로임'의 알을 품은 소년과, 그 아이를 지키기 위해 애쓰는 야쿠족 사람들을 만난 것이다. 그들은 이것이 천지의 움직임에 사람이 도움을 줄 수 있는, 100년에 한 번 찾아오는 행복한 때라 이르며 나나이에게 '사그'와 '나유그'에 대해 가르쳐준다. 늉가로임의 알은 겨울을 넘기면 차츰 성장하기 시작하고, 이에 따라 알을 품은 자에게도 변화가 일어난다. 그와 거의 비슷한 시기에 마치 뱀이 새의 알을 노리듯이 나유그의 알 포식자 라룽가도 움직이기 시작한다.

알을 지키기 위한 나나이와 야쿠족의 필사적인 움직임을 쫓아가는 동안, 슈가는 차츰 식은땀을 흘리기 시작했다. 무언가 엄청난 잘못을 하고 있었다는 사실을 깨달은 것이다.

'지금이 무슨 달이지?'

슈가가 석판에서 눈을 들어 어두운 천장을 올려보았다. 시간 감각이 혼란스러운 상태여서 슈가는 잠시 필사적으로 기억을 더듬어야만 했다. 마지막으로 식사를 한 것이 언제였더라. 기억을 떠올려봐. 그때 밖은….

"큰일 났다. 벌써 '매미 우는 달'이 아닌가! 하지까지 앞으로 스무 날도 남지 않았구나. 그렇다면 라룽가가 이미 황자를 쫓기 시작한 걸까?"

슈가는 차분히 앉아 있을 수 없는 지경이 되었다. 석판 한 장을 해독하는 데는 빨라도 한나절, 길면 꼬박 하루도 걸린다. 나나이와 야쿠족이 어떻게 라룽가를 퇴치해 눙가로임의 알을 지켰는지를 알기까지는 열흘은 족히 걸릴 것이다. 슈가는 스스로를 다그치며 주의를 주었다.

'초조해하지 마라. 성도사님은 이미 사냥꾼들에게 황자를 뒤쫓으라고 명령하셨다. 지금 내가 할 일은 한시라도 빨리 하나라도 더 많이 알아내는 것이다.'

슈가는 침식을 잊은 채 석판에 달라붙어 정신없이 문자를 쫓았다. 그렇게 이틀이 더 지났을 때, 그는 중대한 사실 한 가지를 발견하고서 석판에서 눈을 들었다. 머리가 깨질듯이 아팠지만 신중하게 고민한 뒤, 휘청거리는 걸음으로 사다리에 매달려 지상으로 올라갔다.

성도사는 마침 침실로 돌아와 쉬려던 참이었다. 성도사는 방바닥에 있는 돌바닥실의 출입구를 밀어 열고 나오는 슈가를 보고 놀랐다.

"슈가! 어떻게 된 게냐, 그 얼굴은. 창백하구나."

슈가가 비틀거리며 그 자리에 털썩 주저앉았다. 성도사는 슈가를 부축하면서 들릴 듯 말 듯 속삭이는 슈가의 입에 귀를 댔다. 힘겹게 뱉어내는 이야기를 들으며 성도사의 눈이 반짝이더니, 이윽고 크게 고개를 끄덕였다.

"그렇겠구나. 잘했다, 슈가. 사냥꾼에게 그렇게 전해 앞질러 가라고 하지. 이번에는 틀림없이 잘해낼 거다."

성도사가 젊은이의 등을 문지르며 말했다.

"수기를 읽는 것도 중요하지만 일단 좀 쉬거라. 네가 쓰러지면 그때는 비밀을 해독할 사람이 없어지고 만다."

슈가가 충혈된 눈을 들고 속삭였다.

"한시가 급합니다. 성도사님께서 대신 읽어나가시면 안 될까요?"

성도사가 잠시 생각하더니 잠시 후에 고개를 저었다.

"유감스럽지만 나도 시간이 없구나. 황자의 목숨을 구하기 위해서 나도 자지도 쉬지도 못했다. 오늘 하룻밤만 간신히 잘 시간을 얻었다. 내일 아침부터는 또다시 황자 곁에서 간병을 해야만 하느니라."

슈가가 어쩔 수 없이 고개를 끄덕였다. 오랫동안 제대로 먹지도 자지도 않았기 때문에 정신이 멍했다. 완전히 지친 상태였다. 그러나 어쩔 도리가 없다.

"오늘 밤은 여기서 쉬어라. 이부자리를 준비해주지. 나를 기다리지 말고 먼저 자도록 해라."

슈가는 성도사가 침실을 나간 것까지는 기억했지만, 그 후에 곧바로 쓰러져 잠들어버렸다. 잔심부름 하는 노인이 이부자리를 갖고 와 요에 눕혀준 것도, 한참 뒤에 성도사가 돌아온 것도 슈가는 알지 못했다.

❧✳❧

토로가이와 탄다가 돌아온 지 닷새째 되는 날, 챠그무에게 다음 변화가 일어났다. 하지가 임박한 무더운 아침이었다. 챠그무가 노곤하다며 잠들었지만 이번에는 당사자인 챠그무를 비롯해 누구도 당황하지 않았다. 오히려 올 것이 왔다는 느낌이었다고나 할까. 게다가 이번 변화는 요전만큼 오래 끌지 않았다. 그저 몇 시간 잠들었을 뿐으로, 눈을 뜨더니 자기 안에 묘한 욕구가 생겨난 것을 느꼈다고 털어놓았다.

"뭔가가 부르는 느낌이 들어. 예전 같은, 왜 있잖아, 돌아가고 싶다는 느낌, 그것과 비슷하지만, 여하튼 어디론가 가지 않으면 안 된다는. 누군가가 부르는 것 같아."

"누가 부르는 거지?"

바르사의 질문에 챠그무가 난감한 표정으로 고개를 저었다.

"뭐라고 할까. 사람이 부르는 느낌은 아니야. 눈에 보이지 않는 실이 당기는 것처럼, 그쪽으로 가지 않으면 안 된다는 느낌이 드는 거야."

토로가이가 입을 열었다.

"그건 이런 느낌일 것이다. 토부랴(물고기의 일종)가 청궁천에서 태어나 일단 바다로 나갔다가 다시 청궁천을 거슬러 올라오는 것처럼, 물 지킴이 늉가로임의 알이 필요한 것을 그런 식으로 호소하는 것이지. 철새가 본능적으로 하늘의 이동 경로를 알듯이, 늉가로임의 알도 태어나기 전부터 필요한 것을 아는 거겠지. 그래서 어디로 가고 싶은 게냐?"

챠그무는 망설이지 않고 한 방향을 가리켰다. 토로가이가 눈썹을 찌푸렸다.

"그래? 바다일 거라고 생각했는데 방향이 다른 것 같구나. 아무래도 바다로 가기 전에 해야 할 일이 있는 듯하다. 뭐, 알의 뜻을 따를 수밖에."

바르사를 비롯해 모두가 급히 서둘러 사냥굴을 청소했다. 챠그무를 따라 길 떠날 채비를 갖추는 것이었다. 화덕의 재를 깨끗이 치운 뒤 텅 비어 썰렁해진 방을 둘러보자니 챠그무는 마음이 허전하고 쓸쓸해졌다. 챠그무가 짐을 짊어지는 바르사를 올려다봤다.

"있잖아, 바르사."

"응?"

"무사히 알이 태어나서 내가 쓸모가 없어지면 여기로 다시 돌아올 수 있어? 다시 바르사와 탄다와 함께 살 수 있어?"

바르사의 얼굴에 복잡한 표정이 떠올랐다. 탄다가 마침 밖으로 나간 것이 다행스러웠다.

"그럴 수도 있겠지."

애매모호한 말투로 대답한 바르사가 챠그무의 등을 밀었다.

"자, 가자."

"응."

챠그무는 작년 가을 처음 만났을 무렵과는 비교도 안 될 만큼 튼튼해졌다. 몸도 다리도 강해졌고 혼자서 불도 피울 수 있으며, 바르사와 탄다가 끈기 있게 가르친 덕분에 혼자 산속에 남아도 어떻게든 살 수 있을 정도로 생존 지식도 몸에 익혔다.

챠그무는 일행과 함께 산길을 걸으며 이따금 묘한 풍경을 바라보았다. 보려고 마음만 먹으면 아주 자연스럽게 나유그의 풍경이 눈앞 풍경과 겹쳐 보였다. 나유그의 풍경은 사그보다 훨씬 험하고 삭막했다. 거무튀튀한 산이 하늘을 뚫을 듯 치솟아 있고, 산 정상으로 안개가 스멀스멀 피어올랐다. 사람이 걸을 수 있는 길이라곤 없고 인기척조차 없는 풍경이었다. 사그에서 골싸기를 내려다보면서 버랑길을 걸을 때 눈

아래로 보이는 골짜기와 나유그의 골짜기를 포개보니, 나유그의 골짜기는 마치 바닥이 없는 것처럼 깊고 어두웠다. 그 눅눅하고 어스레한 어둠의 밑바닥에 이따금 뭔가가 움직이는 기미가 보이기도 했다. 하지만 나유그의 풍경은 무섭지만은 않았다. 문득 가슴이 시릴 정도로 아름답기도 했다. 나유그의 물은 청옥처럼 파랗고 한없이 깊었다. 꽃은 마치 생명력을 자랑하듯 흐드러지게 피어 있었다. 공기는 가슴이 뻥 뚫릴 정도로 맑고 달콤했다.

"앗, 챠그무! 정신 차리고 걸어야지!"

바르사에게 팔을 붙잡히고서야 챠그무는 가슴이 철렁했다. 나유그에 있는 바위를 피하려다 하마터면 낭떠러지에서 발을 헛디딜 뻔한 것이다. 몹시 당황한 챠그무는 나유그로부터 시선을 돌렸다.

밤이 깊어 모닥불을 지피고 모깃불 삼아 풀을 던져넣으며 챠그무가 나유그 이야기를 하자, 탄다가 무척 부러워했다.

"좋겠다, 챠그무는. 그거 최곤데. 어떤 주술사도 너처럼 그렇게 쉽게 나유그를 볼 수 없거든. 아아, 나도 너처럼 나유그를 보고 싶다."

오른손을 베개 삼아 누운 토로가이도 맞장구를 쳤다.

"맞는 말이다. 이런 어린 녀석에게 보여주긴 아깝지."

바르사가 끼어들었다.

"챠그무, 그렇게 나유그가 보일 때 알 포식자 라룽가의 기척은 느껴지지 않니?"

"아니, 전혀."

바르사가 탄다에게로 눈을 돌렸다.

"하지도 가까워졌고 챠그무도 이렇게 움직이기 시작했어. 라룽가라는 것이 곧바로 나타날 거라고 생각했는데 전혀 기척이 없네."

"그러게 말이야. 도리어 기분 나쁜데."

토로가이가 콧방귀를 뀌었다.

"바보 같은 소릴. 나오지 말아달라고 부탁해도 언젠가는 나올 거다. 너희들도 꼬맹이도 정신 차리고 두루 살펴봐야 한다."

그 말대로 기척이 없다고 해서 방심할 수는 없다. 바르사와 탄다는 불침번을 정해 교대로 눈을 붙였다.

청무 산맥 안에서 서쪽으로 향한 지 나흘째 되는 날 청궁천 상류로 나왔다. 이끼가 끼어 축축한 바위 사이로 맑은 물이 흐르는 광경을 본 순간, 챠그무는 왠지 가슴이 고동치는 것을 느꼈다. 바위에 부딪쳐 흰 물보라가 이는 강에서부터 물 냄새가 훅 다가왔다.

"유량이 무척 적네."

바르사가 중얼거렸다. 바위에 남은 물의 흔적으로 물이 평소의 3분의 1 정도밖에 차지 않았다는 것을 알 수 있었다. 강렬한 햇살에 허옇게 드러난 바위가 섬뜩했다. 바르사 일행은 오랫동안 가뭄에 대해 이야기하면서 걸었지만 챠그무의 귀에는 들어오지 않았다.

'이쪽이다. 틀림없어. 가까워지고 있어.'

챠그무는 왠지 입 안에 침이 고였다. 그때 탄다가 뒤에 걸어오는 바르사를 돌아봤다.

"점심 무렵까지는 청지(淸池: 푸른 연못)에 도착하겠지? 이 계절이면 청지에는 시그사루아가 피어 있을 거야."

"시그사루아?"

바르사가 우물우물 중얼거렸다. 어떤 기억이 스쳐 간 것이다.

'뭐더라? 왜 지금….'

하지만 아무래도 기억해낼 수가 없었다.

챠그무의 발걸음이 점점 빨라졌다. 바르사와 탄다, 토로가이가 서로 마주 봤다. 아무래도 챠그무가 가고자 하는 곳이 바로 청지가 아닐까 하는 생각이 든 것이다. 아니나 다를까, 나무 사이로 자그마한 연못이 보이자 챠그무가 내달리기 시작했다. 평소 같으면 누구랄 것 없이 챠그무를 말렸을 것이다. 달릴 때는 주위의 기척을 감지할 수 없기 때문이다. 하지만 여기까지 오는 동안 쫓기는 기미는 전혀 없었고, 무엇보다도 챠그무가 뭘 하려는지에 정신이 팔려서 토로가이조차도 경계를 게을리하고 말았다.

청지는 풀밭으로 둘러싸인, 꽤 넓은 연못이었다. 탄다가 말한 대로 물가 수면에는 둥근 초록 잎이 달린 시그사루아의 자그마한 흰 꽃이 만발해 있었다. 시그사루아는 향기가 독특해, 마치 여름날 비가 갠 직후의 바람 냄새와도 같은 후텁지근한 물 냄새가 났다. 그 냄새를 맡은 순간 바르사에게도 어떤 기억이 떠올랐다.

'이거다. 이 냄새!'

챠그무를 데리고 제2궁에서 도망친 날 아침, 다리 밑에 있는 토야의 오두막에서 푸르스름한 빛을 내뿜으며 강으로 가려고 비틀거리던 챠그무를 꼭 껴안았을 때 챠그무의 몸에서 풍기던 바로 그 냄새였다.

챠그무는 바르사나 탄다에게 보이는 것과는 다른 풍경을 보고 있었다. 챠그무 눈에 비치는 것은 호수처럼 넓은, 짙은 청색 거울과도 같은 수면이었다. 나유그의 풍경에 사그 청지의 풍경이 겹쳐 보였다. 나유그의 호수에 바람이 지나가면 사그의 청지에도 물결이 일었다. 챠그무는 시그사루아 쪽으로 다가가더니 깊숙이 숨을 들이마셨다. 지금 챠그무에게는 그 냄새가 참을 수 없을 정도로 맛있었다. 챠그무는 흔들리는 청지의 시그사루아 가운데서 두 세계에 동시에 존재하는 시그사루아 한 그루를 발견하고, 그 꽃을 따 정신없이 입에 넣었다. 자그마한 꽃에서 상상할 수 없을 정도로 많은 꿀이 나와 목구멍을 타고 흘러내렸다. 온몸에 신비로운 온기가 퍼졌고 챠그무는 마치 술에 취한 듯이 물가에 주저앉아버렸다. 바르사와 탄다, 토로가이는 처음부터 끝까지 이 모습을 소리 없이 지켜보았다. 그러던 중 문득 바르사가 창을 쥔 손에 힘을 주었다.

"바르사, 안 된다."

토로가이가 속삭였다.

"알고 있어. 보기 좋게 포위당하고 말았구나. 하지만 창으로 빠져나갈 생각은 하지 마라."

"왜요?"

눈치챈 것을 알아차리지 못하도록 챠그무에게 시선을 고정한 채 바르사가 날카롭게 물었다.

"우리가 오기 전부터 여기에 덫을 놓았다는 것은 곧 별을 해독하는 자가 200년 전의 기록을 발견했다는 뜻일 게다. 기록이 있었다면 라룽가 퇴치법도 알았을 거다. 나는 그걸 알고 싶다."

"하지만 이 살기. 챠그무는 몰라도 우리는 죽일걸요."

"그것도 알고 있다. 그러니까 챠그무를 인질로 삼도록 하
자."

바르사가 탄다를 보았다. 무술에는 문외한인 주제에 탄다
의 배짱은 감탄스러울 정도여서, 약간 긴장하긴 했지만 이미
각오한 얼굴이었다.

"상대는 여덟 명. 환술은 사부님이 써먹어서 수법이 알려
졌으니 효과가 없을 거다. 사부님의 말을 따르는 수밖에 없
을 것 같다."

결국 바르사도 고개를 끄덕이고, 챠그무 위로 몸을 숙였다.

"챠그무, 들리니?"

챠그무가 게슴츠레한 눈으로 바르사를 올려다봤다.

"황제의 추격대에게 포위당했다. 네 목숨을 빼앗을 생각
은 없는 것 같지만, 우리를 죽이려는 계략이다."

그제야 챠그무의 눈에 긴장하는 빛이 비쳤다.

"그러니까 네가 인질이 되어주어야겠다. 우리를 믿어주겠
니?"

챠그무가 입술을 꽉 깨물며 고개를 끄덕였다. 꿈에 취한
챠그무에게도 어렴풋이 나무들 사이로 사람의 그림자가 몇

개씩이나 어른거리는 것이 보였다. 챠그무 일행을 둘러싼 사냥꾼 넷이 정확하게 이들을 향해 길이가 짧은 단궁을 겨누고 있었다. 단궁은 비거리가 신통치 않지만 속도가 빠르고 연속발사가 가능해, 이렇게 숲속처럼 비좁은 곳에서는 유용한 무기다. 바르사에게 상처를 입었던 진은 바람총을 겨누었으며, 바르사로 인해 얼굴에 생긴 상처가 생생한 윤은 살기를 감추려 들지도 않고 양손에 장검과 단검을 쥐고 노려보았다. 젠은 맨손이었다. 하지만 무릎을 살짝 구부린 자세 어디에도 빈틈이 없었다. 이들 모두 바르사의 실력을 잘 알고 있었다. 더 이상 털끝만큼도 방심해서는 곤란했다.

대장 몬이 신호를 보내자 진, 젠, 윤이 원을 좁혀가기 시작했다. 셋은 화살이 지나갈 공간을 몸으로 가리지 않도록 유의하며 걸음을 옮겼다. 발밑 어디에 돌이 있는지도 꿰뚫고 있는 것만 같았다. 바르사는 창으로 빠져나가려 하지 말라는 토로가이의 말을 무시할 생각은 없었다. 하지만 어디를 어떻게 공격하면 이 포위망을 벗어날 수 있을지 쉬지 않고 궁리하는 중이었다.

'어렵겠는데.'

토로가이가 옳았다. 이 정도의 실력자 여덟이라면 아무리 계산해도 승산이 없다. 차라리 혼자 도망친다면 어떻게든 될

지 모르겠지만. 사냥꾼들이 막 공격을 시작하려는 순간, 토로가이가 외쳤다.

"거기서 멈춰라!"

대기가 얼어붙었다. 사냥꾼들은 살기를 품은 채 움직임을 멈추고 몬을 쳐다봤다.

"주술사여, 더 이상 환술은 통하지 않을 것이다."

맑고 침착한 목소리로 몬이 말했다.

"같은 수법을 두 번 쓸 정도로 멍청이는 아니다."

토로가이가 히죽 웃었다. 늙은 주술사의 얼굴에는 여유가 있었고, 사냥꾼들은 그만큼 신중해졌다. 이 요괴 같은 노파가 무슨 짓을 할지 모른다는 불안감을 떨치지 못한 것이다. 토로가이는 이들의 이런 심중까지도 전부 꿰뚫고 있었다.

"잘 들어라. 우리는 여기서 싸울 생각이 없다. 사실대로 말하자면 그럴 처지가 아니다. 우리는 한시라도 빨리 성도사를 만나야만 한다."

몬은 내심 당황했다. 이런 전개는 전혀 예상치 못한 것이다. 하지만 대장답게 당혹감을 얼굴에 드러내는 우는 범하지 않았다.

"수작 부리지 마라. 주도권은 우리에게 있다. 너희들에겐 선택의 여지가 없다."

"좋다. 그렇다면 마음대로 해라. 다만 우리 세 사람이 죽거나 다치는 것을 황자가 보는 순간, 황자의 심장은 멈출 거라는 사실은 알아둬라. 우리가 황자의 시야에서 사라져도 마찬가지다. 그래도 괜찮다면 얼마든지 너희 말을 따르기로 하지."

"쓸데없는 허세는!"

토로가이가 비싯 웃음을 날렸다. 오싹 소름이 끼칠 정도로 무시무시한 미소였다.

"정말로 쓸데없다고 생각한다면 한번 해보시지. 자, 덤벼보라고. 이 토로가이가 황자에게 건 주술을 시험하고 싶거든 해보란 말이다."

몬은 자신들이 불리하다는 것을 금세 깨달았다. 이 녀석들은 황자의 가치를 너무나 잘 알고 있다. 그리고 사냥꾼은 황자가 다칠 가능성이 있는 위험한 시도는 할 수 없었다. 여기까지 생각한 몬은 얼른 자존심을 버렸다. 그리고 차분하게 대응했다.

"주술사여, 스스로 이겼다고 생각하는구나. 그렇게 생각해도 좋다. 우리의 임무는 황자마마를 성도사님 곁으로 모셔가는 것이다. 순순히 따라오겠다니 좋다. 수고를 덜게 되었으니 마다할 리 있겠는가. 다만 별의 궁은 너희의 촌스러운 주술 따위에 눈 하나 까딱하지 않는 성스러운 궁이라는 것을 명심해라."

몬이 신호를 보내자 사냥꾼들은 빈틈을 보이지 않고 바르사 일행을 포위한 채 움직이기 시작했다. 바르사는 오른손에 단창을 들고, 왼손으로 아직 비틀거리는 챠그무를 안고 걷기 시작했다. 이 자리에서 바르사에게 복수하려던 사냥꾼들은 피를 못 본 것이 억울해 이를 갈았지만, 그런 속내를 겉으로 드러낼 만큼 어리석지는 않았다. 이때까지만 해도 이들은 별의 궁까지 아무 일 없이 갈 수 있을 거라고 믿고 있었다.

5
공격해 오는 발톱

바르사 일행은 완벽하게 포위된 채 걸어야 했다. 선두에 진, 좌우에 윤과 젠, 뒤쪽에 몬이 자리 잡고 있었다. 나머지 사냥꾼은 보이지 않았다. 길이 없는 숲을 걷기란 결코 쉬운 일이 아닐 텐데, 아무래도 다른 사냥꾼들은 사방에 흩어져 길이라고 할 수 없는 길을 찾아가고 있는 듯했다. 쏟아지는 매미 소리가 이명처럼 포위해 왔다.

챠그무는 아직도 몽롱한 상태였다. 바르사의 팔을 붙잡고 산길을 걷고 있다는 정도는 알고 있었지만, 이따금 사그의 풍경이 완전히 사라지고 나유그의 풍경만 보이곤 했다. 몸에서 시그사루아의 향기가 물씬 풍겨 숨이 막힐 것 같았다. 다만 나유그에 있는 몸에서만 나는 냄새인지라 바로 옆에 있는 바르사조차도 냄새는 전혀 느끼지 못했다.

시그사루아의 꿀은 물 지킴이 늉가로임의 알이 성장하는 데 촉진제 역할을 한다. 시그사루아 냄새는 알이 부화를 위해 성장하기 시작했음을 나타내는 징표였다. 챠그무가 발을 딛는 곳마다 대지에도 냄새가 배어들었다. 그리고 이 냄새를 민감하게 포착한 존재가 있었다.

바르사의 살갗에 갑자기 소름이 돋았다. 마치 찬물을 뒤집어쓰기라도 한 것처럼 목덜미의 솜털이 곤두섰다. 몬이 달려들 생각인가 싶어 방어태세를 취했지만 이내 그게 아니라는 사실을 깨달았다. 사냥꾼들도, 토로가이와 탄다도, 마치 증기처럼 대지로부터 배어 나온 그 기미를 느꼈지만 아무도 어디에서 기인한 것인지 알 길이 없었다.

조금 전까지만 해도 시끄러울 정도로 울어대던 매미가 울음을 뚝 그쳤다. 갑작스러운 정적이 째질 듯 드높은 소리보다도 훨씬 더 팽팽한 긴장감을 유발했다. 챠그무는 심장을 쥐어뜯기는 듯한 공포에 사로잡혔다. 자신을 쳐다보는 눈이 있었다. 나유그에서 뭔가가 자기를 쳐다보고 있었다. 똑바로 나유그를 보아야 한다고 생각했지만, 챠그무는 두려운 나머지 반사적으로 눈을 감고 말았다.

"마, 마르사!"

챠그무가 자지러지며 바르사에게 매달렸다. 바르사는 땅을 향해 단창을 거머쥐고, 필사적으로 기척을 살폈다.

'이, 이럴 수가! 알 포식자 라룽가라는 것이 하나가 아니었구나!'

땅속으로부터 살기가 솟아 올라왔다. 이쪽에도, 저쪽에도.

챠그무의 발밑에서 뭔가가 번쩍인다고 감지했을 때, 바르사는 이미 창을 날리고 있었다. 창이 딱딱한 것에 닿는 듯하다가 이내 그 감촉이 사라져, 바르사는 허무하게 지면에 박힌 창을 빼내야만 했다.

그 순간 여기저기서 사람 키 높이 정도의 거대한 발톱이 나타났다. 잡초도, 넝쿨도, 나무뿌리마저도 가차 없이 베며 발톱이 사방팔방에서 챠그무를 향해 돌진해 왔다. 이를 겨냥해 내려치려던 윤의 검이 금속성 소리를 내며 부러져 날아갔다. 발톱이 시나간 사리에는 오른발을 깊이 찢긴 윤이 신음하며 몸부림치고 있었다.

바르사가 재빨리 양손으로 챠그무의 허리띠를 잡아 공중으로 던져올렸다. 챠그무는 발톱 끝에 살짝 긁히며 공중으로 날아올랐다. 온몸에 잔가지가 부딪쳤다. 손을 뻗자 굵은 가지가 닿았다. 챠그무가 필사적으로 가지를 붙잡았지만, 금방이라도 꺾일 듯 휘어버렸다.

바르사의 민첩한 동작에 사냥꾼들의 간담이 서늘해졌다. 바르사는 지면을 향해 창을 찌르는가 싶더니 어느새 뛰어올라 창고달을 밟고는, 챠그무가 매달린 가지 위쪽으로 비스듬히 난 나무 아귀로 날아올랐다. 그러고는 챠그무의 목덜미를 움켜쥐고 힘껏 위로 끌어올렸다. 그 순간 챠그무의 발밑으로 사방에서 다가오던 발톱이 갑자기 자취를 감췄다. 흙덩이가 부슬거리며 흩날리더니 순식간에 사라진 것이다. 땅속으로 들어간 것이 아니라 사라진 것이었다.

탄다와 토로가이는 나유그를 볼 수 있도록 입 속으로 주문을 외웠다. 그리고 두 사람은 이곳이 부드러운 수렁이라는 사실을 알아챘다. 시야 가득 수렁이 펼쳐져 있었다. 그 수렁 속으로 거대한 거미를 닮은 라룽가가 움직이고 있었다. 아니, 거미보다는 말미잘이나 불가사리와 비슷했다. 진흙을 헤치며 나아가는 여섯 개의 발 이외에도 등에 발톱 여섯 개가 벌어져 있었으며, 발톱으로 둘러싸인 입에는 채찍처럼 생긴 가느다란 촉수가 움직여댔다. 하지만 거기까지가 고작이었다. 토로가이와 탄다는 이쪽 세계로 의식을 되돌리고는 소리쳤다.

"모두 나무로 올라가라! 빨리."

딘다가 무슨 말인지 몰라 칼을 쥐고 우두커니 서 있는 진에게 달려들어, 또다시 나타난 발톱에 찢기기 직전에 진의 몸을 들이받았다. 탄다의 옆구리에서 피가 튀었다. 바르사는 이 모습을 보고 새파랗게 질렸다.

"꼭 붙잡고 있어야 한다. 여기서 움직이면 안 돼. 알았지?"

챠그무에게 그렇게 일러둔 뒤 바르사가 지면으로 뛰어내렸다. 이때 챠그무를 혼자 두고 탄다를 구하러 간 결정을 두고두고 후회하게 되리라곤 생각조차 하지 못한 채. 이 순간에는 오로지 탄다를 구해야 한다는 생각밖에 떠오르지 않았다. 바르사는 탄다에게 달려가더니 옆구리 아래로 손을 넣어 일으켰다.

"윽."

신음하며 탄다가 바르사를 돌아봤다.

"괜찮아. 나는 괜찮아! 나에게 신경 쓰지 마, 챠그무를 지켜야지!"

탄다가 바르사를 밀어내려 했지만, 바르사는 아랑곳하지 않고 탄다의 허리에 손을 감아 일으켜 달리기 시작했다. 라룽가의 목표는 챠그무였다. 바르사는 나무 위에서 라룽가의 움직임을 지켜보며, 라룽가의 발톱이 챠그무를 중심으로 둥근 형태를 그리며 나타나는 것을 파악했다. 그 원 밖으로 나간다면 굳이 달려들지는 않을 것이다. 그렇게 판단했기 때문에 탄다를 안고 달리기 시작한 것이다.

하지만 바르사가 눈을 뗀 사이, 하필이면 그 잠깐 동안 챠그무의 몸 안에서 세 번째 변화가 일어나기 시작했다. 시그사루아의 꿀로 인해 성장이 빨라진 늉가로임의 알은 부화를 향해 새로운 단계로 접어들며 알을 품은 챠그무에게 더욱 강력한 영향력을 미치기 시작한 것이다. 이전의 변화보다 훨씬 빠르고, 챠그무에게는 그만큼 공포스러운 변화였다.

챠그무는 갑자기 손끝과 발끝의 감각이 사라지는 것을 느끼고 흠칫했다. 마치 빈혈이라도 일으킨 것처럼 감각이 사라져갔다. 이어서 나무줄기에 매달려 있는 손가락에도, 그리고 손에도 나무껍질의 거친 감각이 느껴지지 않게 되었다. 주변 소리가 서서히 멀어지고 눈앞마저 캄캄해졌다.

공포가 가슴을 옥죄었다. 어떻게든 소리치려 했지만 목소리도 나오지 않았다. 설명할 길이 없는 느낌, 마치 몸속으로 쪼그라들어 점점 작아져가는 것 같은 기묘한 느낌이었다. 바깥 세계를 느끼던 오감이 점차 둔해지더니 마침내 완전히 사라져버린 것이다. 끝없는 어둠 속으로 챠그무의 의식이 빨려 들어갔다.

그러나 대신 다른 어떤 의지가 챠그무의 몸을 움직이기 시작했다. 저음에는 너무나 두려워 미쳐버릴 것만 같았지만,

차츰 두려움마저 사라지기 시작했다. 이윽고 챠그무의 의식은 거의 수면 상태와 가까워졌다. 그는 강인한 소년이었다. 필사적으로 졸음과 싸우듯이, 사라져가는 자신과 끈질기게 싸웠다. 그런 노력 덕분이었을까, 아니면 차츰 또 하나의 의지와 타협을 이룬 것일까? 챠그무는 순간적으로나마 깊은 물속에서 수면으로 떠오르듯이, 바깥 세계에서 벌어지는 상황을 띄엄띄엄 느끼게 되었다.

챠그무는 흔들리면서 뒤로 날아가버리는 지면을 보았다. 그다음에는 넝쿨이 뒤엉킨 가지를 붙잡은 자기의 오른손이 보였다. 그 모습이 사라진 뒤에는 유량이 줄어 강바닥의 바위가 드러난 수면이 바짝 다가오는 것도 보았다. 물보라가 일었다. 물 냄새 때문에 몸속 깊은 곳으로부터 서서히 뜨거운 힘이 솟구쳤다. 이 기억을 마지막으로 챠그무의 의식은 오랫동안 신비로운 세계를 떠다니게 된다.

바르사가 안전한 지면에 탄다를 눕혀놓고 돌아서자마자 본 것은, 마치 원숭이처럼 믿을 수 없을 정도로 날렵하게 공중으로 뛰어올라 나뭇가지를 이리저리 옮겨다니는 챠그무의 뒷모습이었다. 바르사는 순간 어안이 벙벙해져 멍하니 서 있었다. 오랫동안 수련한 바르사도 그 정도로 가볍게 나뭇가지를 타지는 못한다. 챠그무의 동작은 인간의 동작이 아니었다.

곧바로 정신을 차린 바르사는 챠그무가 사라진 쪽으로 내달리기 시작했다. 눈앞에는 발톱들이 벽을 이루며 벌컥벌컥 솟아오르고, 흙덩이가 빗발치듯 쏟아져내렸다. 눈에 흙이 들어가는 것을 막기 위해 손으로 얼굴을 가리면서, 바르사는 재빨리 발톱을 피해 빠져나갔다.

여기저기서 비명 소리가 들렸다. 라룽가에게, 챠그무를 지키는 사람들은 말하자면 맛있는 알을 지키는 어미닭 같은 존재였다. 이들을 먼저 죽이지 않으면 알을 못 먹는다는 것을 본능적으로 알고 있었다.

하지만 불행히도 사냥꾼들은 나유그라는 세계가 있다는 사실조차 알지 못했다. 그들은 성도사로부터 라룽가라는 요괴가 황자를 공격할지 모른다는 얘기를 들은 적은 있지만, 그 요괴가 이런 식으로 나타났다 사라지는 존재라고는 상상하지 못했다. 만약 무술에 뛰어난 사람들이 아니었다면 눈 깜짝할 사이에 몰살되고 말았을 것이다. 하지만 역시, 이들은 전멸되지 않았다. 어떤 자는 탄다의 고함 소리를 듣고 나무로 올라갔고, 어떤 자는 맞서 싸우려고 했다. 하지만 보였다 싶으면 어느새 사라지는 발톱을 상대로는 싸우려야 싸울 도리가 없었다.

바르사는 전력을 나해 챠그무의 뒤를 쫓있으나, 언제 덤벼들지 모르는 발톱과 느닷없이 채찍처럼 휘감아드는 촉수를 필사적으로 경계해야 했다. 그 바람에 챠그무와의 거리는 점차 벌어지고 말았다. 바르사는 이를 악물고 달렸다. 문득 둘러보니 더 이상 흙덩이가 날아오지 않았다. 발톱이 나타나는 원형 밖으로 나온 것 같았다. 바르사는 깜짝 놀랐다.

'라룽가는 챠그무가 도망친 것을 모르고 있다. 지면에서 떨어져 있는 사람은 못 쫓아가는 건가?'

등 뒤에서는 아직 라룽가가 미친 듯이 날뛰고 있었다. 바르사가 멈춰 서서 눈으로 챠그무를 쫓았다. 하지만 어디에도 챠그무의 모습은 보이지 않았다. 바르사는 숨을 죽이고 계속 기척을 살폈다. 비로소 저 먼 곳 어디선가 희미하게 물로 풍덩 떨어지는 소리가 들렸다.

'청궁천? 그렇구나, 강으로 갔구나!'

달리고 또 달려 강가로 나온 바르사는 너무 놀란 나머지 그 자리에 멈춰 서고 말았다. 마치 연막이라도 친 것처럼 물 안개가 자욱해, 상류는 희부옇게 보일 뿐이었다. 짙은 물안개에 가려 챠그무의 모습은 찾을 수가 없었다.

"챠그무!"

바르사가 목청껏 소리쳤지만 목소리는 허무하게도 안개 속으로 빨려 들어갔다. 아무리 소리쳐 불러도 돌아오는 대답은 없었다. 바르사는 이를 악물었다. 아주 잠시 탄다에게 정신을 돌렸을 뿐인데, 단지 그 정도로 이런 엄청난 결과를 초래할 줄이야. 바르사는 깊은 후회로 괴로워하며 우두커니 서 있었다.

6
나나이 수기의 결말

몬은 말없이 주위의 참혹한 광경을 둘러봤다. 윤은 오른발을 잘렸고, 사방에 흩어져 있던 사냥꾼 둘이 무참히 당했다. 나머지 둘도 무시할 수 없는 부상을 입었다. 챠그무가 사라진 것을 알아차렸는지 마침내 라룽가가 사라진 뒤에, 둘러보니 부상 없이 서 있는 것은 자신과 진과 젠뿐이었다.

토로가이가 품에서 독한 술을 꺼내 바늘과 실을 적셨다. 이렇게 소독한 도구로 우선 탄다의 옆구리를 재빨리 꿰맸다. 그러고 나서 다른 사람들을 치료하기 위해 옮겨 갔다. 탄다는 극심한 통증과 싸우면서도 몸을 일으켜 토로가이를 돕기 시작했다.

"탄다, 바르사와 챠그무의 모습이 안 보이는구나. 너는 그

둘을 찾도록 해라."

토로가이가 강한 어조로 다그쳤지만 탄다는 고개를 저었다.

"찾을게요. 하지만 이 두 사람은 지금 처치하지 않으면 목숨이 위태로워요. 바르사라면 한동안은 제가 없어도 버텨낼 수 있을 거예요."

토로가이는 고개를 끄덕이더니 더 이상 아무 말도 하지 않았다. 부상이 없는 진과 젠, 그리고 대장 몬도 분담해 동료들의 상처를 살피기 시작했다. 응급처치가 막 끝날 무렵, 탄다가 숲속에서 걸어나오는 사람을 발견하고는 당황하며 일어섰다. 바르사였다. 바르사는 어두운 표정으로 황급히 다가오더니, 지면에 꽂힌 채로 있던 단창을 쑥 뽑았다.

"바르사! 챠그무는 어떻게 된 거야? 함께 있었던 거 아냐?"

바르사가 흘끗 탄다를 보고는 짧게 고개를 저었다.

"무슨 일이 있었던 거지?"

바르사가 탄다에게 다가가 얼굴을 찌푸리며 한숨을 쉬었다.

"몰라. 제멋대로 달아나버렸어."

바르사가 자초지종을 이야기했다. 토로가이와 사냥꾼들도 다가와 이야기를 듣고 있었다. 마침내 이야기가 끝나자 토로가이가 입을 열었다.

"물을 조종한 거로구나. 전에도 그런 일이 있었다고 그랬지?"

"예. 하지만 그때는 챠그무가 잠들었거나 정신을 잃었을 때였어요."

토로가이의 눈이 가늘어졌다.

"어쩌면 챠그무는 의식이 없는 상태일지도 모르겠다."

"예?"

"처음에는 잠잘 때처럼 의식이 없을 때만 늉가로임의 알이 의지한 대로 챠그무를 조종했지. 그다음 변화를 보인 뒤에는 챠그무가 깨어 있을 때도 알의 충동을 자기 충동으로 느꼈고, 나유그를 자유자재로 볼 수도 있게 되었지."

"그럼 알한테 새로운 변화가 일어나서…."

탄다가 중얼거렸다. 토로가이가 끄덕였다.

"알이 챠그무의 몸을 완전히 조종하는지도 모르겠다. 하지까지 앞으로 이틀, 부화까지 앞으로 이틀이라는 뜻이다. 무사히 세상에 나오기 위해서 알이 챠그무의 몸을 완전히 뜻대로 조종하기 시작한 게다."

바르사가 느닷없이 창고달로 지면을 내리쳤다. 모두 깜짝 놀라서 바르사를 쳐다봤다.

"빌어먹을! 늉가로임이 뭐라고! 구름의 정령이 도대체 뭐

하는 거란 말이냐!"

바르사가 아득바득 이를 갈았다.

"챠그무에게 무슨 일이 생기면, 라룽가에게 잡아먹히기 전에 내가 밟아서 뭉개주지! 제멋대로 남의 목숨을 갖고 놀다니!"

토로가이가 탄다를 흘겨보았다. 그 시선은 마치 '이 무시무시한 단창술사의 분노를 누그러뜨리는 일은 네 몫이다'라고 말하는 듯했다. 탄다가 어깨를 들먹이는 것도 보지 않은 채, 토로가이는 어느새 몬에게로 시선을 옮겼다. 시선을 받은 몬이 늙은 주술사를 힐끗 쳐다봤다.

"자네, 그 발톱을 봤지? 성도사가 어떻게 지시했는지 모르겠지만, 네 눈으로 본 저것이 바로 토르갈 황제가 퇴치했다는 요괴다. 황자의 몸에 들어 있는 구름 정령의 알을 노리는 거다."

토로가이가 요령껏 자초지종을 얘기했다. 사냥꾼들은 잠자코 토로가이의 이야기에 귀를 기울였다. 마음에 품고 있던 의문을 풀어주는 놀라운 이야기였다. 토로가이는 이렇게 끝맺었다.

"그러니까 나는 성도사를 만나 저 요괴를 퇴치하는 법을 물어야만 한다. 하지만 황자가 걱정이구나. 바르사도 탄다도 웬만해서는 당할 녀석들이 아니지만, 하나라도 많은 편이 나은 상황. 너희 가운데 황자 찾는 걸 도울 사람은 없느냐?"

"말하지 않아도 그럴 생각이다."

몬이 신음하듯이 말했다. 진이 앞으로 한 걸음 나와 섰다.

"대장님. 제가 가겠습니다."

"저도 가겠습니다."

젠이 알아듣기 힘든 목소리로 가세했다. 몬이 고개를 끄덕였다. 둘이 짝을 지으면 만일의 사태 때 연락을 취하러 달릴 수가 있다. 자신은 이제까지의 모든 경위를 황제와 성도사에게 보고해야만 한다. 해야 할 일을 알게 되니 그다음은 신속했다. 몬이 척척 명령을 내렸다.

"부상이 심한 자는 여기 남는다. 타가와 슨, 너희는 여기서 부상자를 간병하며 밤을 지내도록 해라. 나와 주술사는 이제부터 노읍을 향해 달릴 것이다. 도읍에 도착하는 대로 즉각 지원병을 보내겠다. 이 주술사의 말이 확실하다면 그 발톱 요괴는 황자마마를 노리는 것이니 너희를 공격하지는 않을 것이다. 알겠느냐?"

사냥꾼들이 고개를 끄덕였다. 진과 젠은 바르사 일행과 걷기 시작했고, 몬은 토로가이와 함께 도읍을 향해 달렸다. 이들은 무시무시한 속도로 달렸다. 평지를 뛰듯 산속을 내리달린 것이다. 도읍까지는 약 50난(약 55킬로미터), 게다가 산길이기 때문에 사냥꾼들도 한나절은 걸리는 거리였다. 토로가이는 절대 일흔을 넘긴 노인이라고는 생각할 수 없는 체력을 지니고 있었지만, 그래도 도읍까지 계속 달리는 것은 무리였다. 저녁이 가까워질 무렵, 몬은 마침내 결심을 하고 지친 토로가이를 등에 업었다.

몬은 머릿속으로 위독한 제1황자를 생각했다. 늉가 어쩌고 하는 것의 알 따위는 아무래도 상관없지만, 만약 제1황자가 운명하신다면 제2황자는 황제의 뒤를 이을 황태자가 되는 것이다. 절대로 죽게 놔둘 수는 없다. 캄캄한 산길을 달리면서 몬은 다시 생각했다. 200년 전 자기의 선조도 바로 저 요괴를 퇴치하기 위해 이렇게 산길을 달렸을까 하고.

두 사람이 도읍에 도착한 것은 완전히 날이 밝을 무렵이었다. 태평하게 몬의 등에서 잠들었던 토로가이는 기력을 꽤 회복한 상태였지만, 체구 작은 노인이라도 사람을 업고서 50난 산길을 달린 몬은 금방이라도 쓰러질 지경이었다.

두 사람은 비밀의 방으로 안내되었으나 성도사를 만나지는 못했다. 제1황자의 병세가 더욱 악화되어 전혀 틈이 나지 않은 것이다. 한참을 기다리며 토로가이가 끊임없이 욕설을 퍼붓는 사이, 젊은 성독박사 하나가 방으로 내려왔다. 슈가였다.

몬은 슈가를 보고 놀라지 않을 수 없었다. 오랫동안 지하 창고에서 수기 해독에 집중해온 슈가는 안색이 창백하고 볼이 푹 꺼졌으며, 마치 병자처럼 야위어 있었다. 몬이 이제까지의 경위를 전부 털어놓자 슈가가 고개를 끄덕이며 경청했다. 이윽고 슈가가 입을 열었다.

"늦지 않아서 다행이다. 너희를 청지로 보낸 것은 옳은 일이었구나."

그러고 나서 추한 주술사 노파를 응시하며 덧붙였다.

"당신이 토로가이로구나. 한번 만나고 싶었다."

토로가이가 콧방귀를 뀌었다.

"그래서? 라룽가 퇴치법은 알아냈나?"

슈가가 어두운 얼굴로 고개를 저었다. 토로가이가 못마땅하다는 듯 신음했다.

"몰라? 모른다고?"

다짜고짜 비난당하자 슈가의 얼굴에 발끈 노기가 서렸다. 그러나 아주 잠깐이었을 뿐, 곧 초조함과 피로만 남았다.

"모른다기보다는 없다는 게 옳다. 대성도사 나나이도, 성조 토르갈 황제도 라룽가를 퇴치한 적이 없으니까."

토로가이가 입을 떡 벌렸다.

"퇴치하지 않았다고? 그럼 어떻게 해서 늉가로임의 알이 무사히 태어난 거지?"

"야쿠의 주술사여. 나나이의 수기는 고대 요고 문자로 적혀 있어서 나로서는 완벽하게 해독할 수 없는 부분도 있다. 알이 태어난 부분까지는 해독한 상태다. 라룽가라는 것이 나유그 땅의 진흙 속에 사는 생물인 것 같다는 사실까지는 알아냈다. 하지만 도저히 알 수 없는 문자나 이름이 너무 많아 몹시 난해하구나."

토로가이가 몸을 앞으로 내밀었다.

"야쿠와 관련 있는 이름이 많지 않더냐? 나한테 그 부분을 들려주면 좋겠구나. 그러면 뭔가 알 수 있을지도 모르니까."

슈가가 끄덕였다. 몬은 슈가가 그 수기라는 것을 가지러 돌아갈 거라고 생각했는데, 놀랍게도 슈가는 눈을 감더니 문제의 부분을 기억에 의존해 읊어나가기 시작했다.

"청지로 갔던, 늉가로임의 알을 품은 야쿠의 아이 시그루는 청지의 시그사루아를 먹는다. 걸어가는 아이를 뒤따라 걷기 시작한 나나이와 야쿠의 주술사들은 잠시 후에 갑자기 라룽가에게 공격당한다…."

고대 요고어의 운율에 맞춘 어조를 그대로 현대어로 바꿔 슈가가 이야기를 이어갔다. 몬은 어제 일어난 일이 그대로

200년 전에도 일어났음을 듣고 오싹 소름이 돋았다.

"…시그루, 나무 위로 도망쳐, 간신히 무사할 수 있었다. 야쿠의 주술사, 주술에 의지해 나유그를 보더니 '여기는 불길한 땅이다'라 말하고, 시그루를 업고 그 땅에서 도망쳤다. 주술사는 라룽가가 알의 냄새를 쫓는다고 한다. 시그루의 발에서 나유그의 땅으로 전달되는 냄새를 라룽가는 쫓아간다고 한다. 그렇기에 시그루를 등에 업은 것이다."

토로가이가 무릎을 탁 쳤다.

"그렇구나. 냄새로구나! 바로 그 시그사루아의 꿀 때문에 알에 냄새가 배게 된 것이로구나! 젠장."

토로가이의 혼잣말에는 아랑곳하지 않고 슈가는 계속 읊어나갔다.

"…하지가 다가와, 시그루, '사난'의 땅에 이르다. 아름답고 푸른 샘, 청궁천의 수워지다. 작은 샘이지만 기품이 진 국토를 휩쓴 이 여름, 그 맑은 물은 하고많은 생물의 젖줄이 되어 새 천 마리, 네발짐승 천 마리가 이 샘에서 갈증을 해소했다. 그러나 사난은 나유그의 땅에서는 수렁일 뿐. 광대무변의 수렁이다. 이곳이 라룽가의 은신처다. 용감한 시그루, 사난에 발을 들여놓았다. 우리는 예부터 전해온 대로, 커다란 횃불 네 개로 사난을 둘러싸 라룽가의 습격을 막으려 했다.

하지만 늉가로임의 알을 품은 시그루의 영향으로 수원지에 흰 물안개가 껴, 횃불을 붙이려 해도 좀체 붙지 않았도다. 아아, 한탄스럽구나, 나의 무력함이! 시그루, 라룽가에게 몸이 찢겨나갔도다….”

“뭐라고!”

토로가이가 얼굴을 번쩍 들었다.

“시그루가 죽었느냐! 죽어버렸느냐 말이다!”

슈가가 어두운 얼굴로 끄덕였다.

“이것이 신화에 나오는, 물요괴의 알을 품은 아이가 수원지로 피를 흘려보내는 이야기의 기원이 된 듯하다. 그래, 아이는 죽었다.”

토로가이가 이를 악물었다.

“젠장. 어떻게 된 거지. 내가 일전에 나유그의 물의 민족에게 물었을 때는 야쿠의 아이가 죽지 않고 알을 돌려보냈다고 했는데.”

“그래? 그렇다면 그 이야기에서는 어떻게 해서 라룽가의 손에서 도망친 것이냐?”

“물의 민족도 거기까지는 모른다 하더군. 나유그와 사그 사이에 머무는 게 몹시 힘든 일이어서 그렇게 오래 이야기할 수도 없었고.”

슈가가 천천히 고개를 저었다.

"그렇다면 과거에는 살아남은 아이가 있었을지도 모르겠구나. 200년 전의 아이는 죽었지만 말이다."

"그럼 알은? 늉가로임의 알은 잡아먹혔느냐?"

슈가가 신음했다.

"그게, 그렇지가 않다. 야쿠의 주술사여, 당신은 '나지루'라는 생명체를 아는가? 생명체인지, 바람의 이름인지조차 모르겠다만."

"나지루? 나지루라…. 모른다. 무엇이냐, 그것이?"

슈가가 눈에 띄게 실망하는 기색을 모두가 알 수 있었다.

"모르는구나. 당신한테 물으면 알 거라고 생각했다. 이것을 알면 무슨 일이 일어났는지 좀 더 확실히 알 수 있을 것 같았는데."

"미안하다. 실망하고 있는 것은 피차일반이니. 여하튼 어떤 대목에서 '나지루'라는 게 나오는지 얘기해다오."

슈가가 고개를 끄덕였다. 그는 또다시 눈을 감고 수기를 읊기 시작했다.

"야쿠의 주술사, 목숨을 걸고 라룽가의 발톱 안으로 스스로 뛰어들어 찢어진 시그루의 몸에서 태어난 알을 집어 하늘로 던져 올렸도다. '나지루'가 다가와 알을 입에 물더니 남쪽을 향해 하늘을 건너가다. 보아라, 저것이 바로 하늘의 이치. 알은 나지루의 도움으로 바다에 이르러, 깊은 바다로 돌아가 하늘에 구름을 뱉다…. 아아, 이것이 바로 하늘의 이치. 사그의 하늘에 떼구름이 떠올라 달콤한 비, 땅을 적시도다."

토로가이가 생각에 잠겼다가 잠시 후에 입을 열었다.

"…그렇구나. 그래! 아아… 알았다. 그랬구나. 젠장!"

늙은 주술사의 머릿속에서 따로 놀던 실마리들이 하나로 연결되었다. 그리고 휘몰아치는 후회에 토로가이가 신음했다. 슈가가 몸을 기울이며 물었다.

"알아차렸느냐? 가르쳐다오. 나지루란 무엇이냐?"

토로가이가 얼굴을 들더니 주먹으로 바닥을 내리쳤다.

"이렇게 바보 같을 수가! 이제까지 이런 것도 모르면서 무슨 주술사라고!"

사나운 표정의 노파는 슈가를 노려보면서, 나지루가 의미하는 것과 함께 지금 묘사한 내용에 들어 있는 라룽가 퇴치법에 대해 빠른 어조로 설명했다.

설명을 마치자 슈가의 얼굴이 창백해졌다. 기를 쓰고 나나이의 수기를 해독했으면서도 이토록 중요한 사실을 놓치다니! 제각기 다 문제가 있었다. 토로가이는 성독박사들의 책략에 대해 지나치게 억측했고, 슈가는 야구의 진승에 너무

무관심했다. 그렇기 때문에 둘 다 하지제에 숨겨진 중요한 의미를 간파하지 못한 것이다.

"내 실수로다. 여기에서 사난까지는 너무 멀구나. 그 방법이 옳다 해도 그들에게 전할 방법이 없는데. 늦기 전에 알릴 방법이 없어!"

주술사가 일어섰다.

"딱 한 가지 방법이 있다. 성공할지 어떨지는 모르겠지만 해보는 수밖에 없지."

"어떤 방법이냐?"

"나유그에 사는 물의 민족에게 전갈을 보내는 것이다. 나의 제자라면 틀림없이 의미를 알아차릴 것이다."

영문을 모르는 채 불안한 표정으로 배웅하는 슈가를 향해 토로가이가 갑자기 몸을 돌렸다.

"이렇게 별을 해독하는 자들과 얘기를 나눌 기회가 좀처럼 없으니 지금 말해두겠는데, 이번에는 반드시 하찮은 정치적 목적을 위해서 진실을 감추는 일을 저지르지 않기를 바란다. 100년 뒤 사람들에게 또다시 이런 일을 겪게 하는 것만큼은 도저히 참을 수 없으니까."

슈가가 잠시 눈을 감았다. 그러고 나서 곧 눈을 뜨더니 똑바로 토로가이를 쳐다봤다.

"그리하고 싶다. 진심으로 그렇게 생각한다. 만일 내가 성도사가 되는 날이 온다면 약속하겠다, 야쿠의 주술사여. 기필코 진실을 전승하기 위해 방법을 찾을 것이다."

꽉 다물었던 토로가이의 입가가 살짝 느슨해졌다. 그제야 문득 생각난 듯 슈가가 말을 이었다.

"나도 당신에게 부탁하고 싶은 것이 있다. 대성도사 나나이도 흥미를 가지셨다는, 야쿠의 지혜를 나에게도 가르쳐주었으면 한다."

토로가이의 눈이 휘둥그레졌다.

"뭐? 별을 해독하는 자가 참으로 재미있는 말을 하는구나. 좋지, 자네가 나에게도 '천도'라는 것을 가르쳐준다면."

슈가의 눈에 놀라워하는 기색이 번졌다.

"그 나이에도 아직 새로운 것을 배운다는 건가?"

"물론이지. 하지만 자네는 조심하게나. 야쿠의 지혜에 흥미를 가진다는 사실이 알려지면 좋을 일이 없을 걸세. 성도사가 될 수 없을지도 몰라. 요령껏 하게나.

또 한 가지, 야쿠의 지혜를 알기 위해서는 우리를 살려두어야 한다는 전제가 따른다. 신화를 만드는 일에는 자신 있지 않은가? 황자의 위신을 손상시키지 않도록 우리도 포함시켜서 서둘러 이야기를 꾸며내기 바란다. 이선 자네가 성

도사가 될 때까지 기다릴 수 없는 일이다. 당장 손을 써야 할
것이다."

　슈가는 잠자코 토로가이를 쳐다보더니 곧 고개를 끄덕였다.

　"최선을 다하지."

7
구름이 꾸는 꿈

　토로가이와 몬이 출발한 뒤, 바르사 일행은 청궁천으로 나와 챠그무가 하류로 향했는지 상류로 향했는지를 확인하고 있었다. 해 저물 무렵 어둑어둑한 강가에는 더 이상 물안개가 보이지 않았다.

　"물 지킴이 늉가로임의 알은 바다에서 성장하지 않던가? 그렇다면 청궁천을 떠내려가 강어귀를 향했다고 생각하는 편이 자연스럽지 않을까?"

　바르사의 말에 고개를 끄덕이려다가, 탄다는 문득 강기슭의 점 하나에 시선을 멈췄다.

　"저거, 저걸 봐. 불을 피운 흔적 아냐?"

　탄다가 가리킨 강기슭의 바위 그늘을 유심히 쳐다보더니,

바르사가 초조해하며 고개를 끄덕였다.

"그런 것 같아. 그래서 어쨌다는 거야? 챠그무가 피웠을 리도 없고. 그보다도."

바르사의 말을 무시하고 탄다는 모닥불을 피운 흔적으로 달려갔다. 쭈그리고 앉아 그 흔적을 찬찬히 들여다보고는, 그 자세 그대로 꼼짝하려 들지 않았다. 바르사가 혀를 차며 사냥꾼들의 눈치를 살피고 탄다 곁으로 달려갔다.

"탄다!"

탄다가 천천히 고개를 돌려 바르사를 올려다봤다.

"바르사, 알았어. 챠그무는 사난 쪽으로 갔어."

"사난?"

탄다가 무릎의 진흙을 털며 일어섰다.

"수원지라는 뜻이야. 야쿠의 말로 사난. 자, 봐. 이 모닥불에는 부정을 없애기 위해 소금을 뿌린 흔적이 있어. 이건 하지제를 위해서 사난으로 물을 길으러 간 마을 사람이 피운 불이야. 하지제라… 젠장."

탄다가 평소와 전혀 다른 매서운 눈초리로 바르사를 바라본 뒤 그 뒤에 선 사냥꾼에게 눈길을 돌렸다.

"이런 멍텅구리 같으니라고. 물은 흙에게 지고, 흙은 불에게 진다…, 주술의 기본이 아닌가. 물의 정령인 늉가로임은 흙의 정령인 알 포식자 라룽가에게 취약하다. 그리고 흙의 정령인 라룽가는 불에 약한 것이 틀림없다! 나도 사부님도 하지제가 황제와 성도사에 의해 완전히 바뀌어버렸다고 믿었기 때문에, 이렇게 단순한 것이 보이지 않았던 거야. 빌어먹을. 하지제에 왜 커다란 횃불을 피울까! 그 횃불을 빙빙 돌리며 요괴를 쫓는 그 동작이 바로 라룽가 퇴치의 상징이었어!"

"아아….."

세 사람의 입에서 동시에 탄식이 새어 나왔다. 미친 듯이 춤추는 물요괴, 커다란 횃불을 든 남자 넷이 요괴를 사방으로 둘러싸고 횃불을 휘휘 돌려 막다른 곳으로 몰아넣는다. 막다른 곳으로 몰린 물요괴에게 쐐기를 박는 것은 토르갈 황제 모습을 한 영웅이다. 반도 각지에서 연출되는 하지제의 그 연극이 모두의 뇌리에 떠올랐다.

"성조 토르갈 황제의 전설에서 물요괴는 수원지에서 함락되지."

탄다가 라룽가의 공격을 받은 숲을 돌아보고는 손가락질하며 말했다.

"늉가로임에게 지배당한 챠그무가 만약 강어귀 쪽으로 갈 생각이었다면, 저 숲에서 저쪽으로 도망쳤을 거야. 그런데 바르사, 네가 챠그무를 쫓아간 것은 이 방향이었어."

탄다의 손가락이 그 경로를 죽 따라가다가 일직선상에 있는 방향을 가리켰다.

"수원지로구나."

날이 저물어 강변이 어둠에 휩싸여도, 바르사 일행은 상류를 향해서 걷고 또 걸었다. 밤이 되어도 보름달에 가깝게 차오른 달이 강변을 훤히 비추어, 바르사 일행처럼 산길에 익숙한 자들로서는 걷기에 힘들지 않았다. 하지만 이들은 밤이 깊어지기 직전에 발을 멈춰, 밤이 되면 추위가 매서워지는 강기슭을 피해 숲속으로 들어갔다. 모닥불을 피우고 야영할 준비를 한 것이다. 마음은 조급했지만 실력을 최대한 발휘하기 위해서는 무턱대고 서두르기보다 적절하게 쉬는 것도 중요하다는 탄다의 의견을 따른 것이다.

바르사가 나뭇가지를 꺾어 불을 지폈다. 여름이라고는 해도 산속의 밤은 쌀쌀했다.

"어쩌다가 참으로 묘한 조합이 되고 말았군."

바르사가 모닥불을 둘러싸고 자리 잡은 남자들을 둘러보며 작은 목소리로 중얼거렸다. 진과 젠은 말없이 말린 고기를 씹고 있었다. 둘 다 목숨을 걸고 치열하게 격투를 주고받은 사내들이다. 마음속에 쌓인 것이 있을 거라 생각했지만,

지금의 이들의 얼굴에 분노나 살기는 전혀 없었다. 진이 말린 고기를 꿀꺽 삼키고는 탄다를 쳐다봤다.

"네 정체는 무엇이냐? 생김새로 보면 야쿠의 피가 흐르는 듯한데, 토로가이와 마찬가지로 주술사냐?"

"못난 제자지. 아직 덜떨어진 주술사인 셈이다. 내 이름은 탄다다. 알지도 모르겠지만, 이쪽은 무시무시한 단창술사 바르사이고."

"그러고 보니 아직 서로 이름조차 모르고 있었구나. 나는 진. 이쪽은 젠이다."

탄다가 피식 웃었다.

"2 님과 3 님이라니."

진이 입가에 쓴웃음을 머금었다.

"그렇지. 지금 우리는 사냥꾼이니까. 지금은 그것이 우리 이름이지."

잠시 망설인 후에 진이 덧붙였다.

"일전에 네가 밀어주지 않았으면 라룽가라는 녀석의 발톱에 당했을 거다. 고마웠다."

탄다가 잠시 어안이 벙벙한 듯 있다가 '아아' 하고 고개를 끄덕였다.

"신경 쓰지 마라. 누군지 알고 밀었던 건 아니니까."

진의 미소가 가벼워졌다.

"언젠가 빚은 갚도록 하지. 그건 그렇고, 주술사라면 너는 그 요괴의 모습을 봤느냐?"

탄다의 얼굴이 흐려졌다.

"아주 잠깐. 사부님이 말씀하신 대로 이 세상은 둘로 나뉘어 있지. 야쿠는 여기를 '사그'라고 하고, 라룽가가 있는 세상을 '나유그'라고 부른다. 저 부근은 나유그에서 수렁이었다. 내가 봤을 때 라룽가는 그 수렁 속을 여섯 개의 발로 헤치면서 움직이고 있었지. 무지무지하게 큰, 거미와 말미잘을 합친 것 같은 생명체로, 등에 거대한 발톱 여섯 개가 입을 둘러싸듯이 나 있었어. 그 한가운데에는 입이 있고 채찍처럼 생긴 촉수가 몇 개나 뻗어 나온 모양새였다."

바르사가 입을 열었다.

"어떻게 챠그무를 발견했다고 생각해?"

황자의 이름을 함부로 부르자 진과 젠이 흠칫했지만, 바르사는 개의치 않고 이야기를 계속했다.

"놈은 확실히 챠그무를 발견하고 덤벼들었지. 하지만 챠그무가 나뭇가지를 타고서 강으로 도망쳐도 놈은 눈치채지 못했어. 그렇다면 지면에 닿아 있느냐 아니냐에 달린 걸까?"

"아마도 그럴 거야. 라룽가는 흙의 정령이야. 놈의 움직임으로 보아서는 수렁이나 흙 속에선 자유자재로 움직여도, 딱딱한 암반이 연이은 곳에서는 움직이기 힘든 게 분명해. 챠그무가 강으로 뛰어든 후에 물안개가 자욱했다고 했지? 늉가로임의 알이 챠그무의 몸을 움직이고 있다면, 챠그무는 물을 조종해서 라룽가로부터 달아나려고 할 거야. 수원지에서 무슨 일이 일어날지는 전혀 알 수가 없어. 하지만 여하튼 우리가 생각해둘 것은 어떻게 해서 라룽가의 발톱으로부터 챠그무를 지키느냐지."

가령 불을 쓴다 해도 라룽가의 본체는 나유그에 있다. 나유그에 있는 몸을 공격할 수 있다면 더할 나위 없겠지만, 주술사인 탄다조차도 나유그에 가는 것은 불가능하다.

"입이 있었다고 했지? 그렇다면 이쪽 세계에 있는 챠그무를 먹기 위해서는 이쪽 세계로 나와야 한다는 의미일 거야. 그 순간을 노리는 수밖에 없겠다."

"아니, 모를 일이야. 그 촉수로 붙잡은 다음에 나유그로 사라질지도 모르니까."

결국은 어떻게 해서 발톱과 촉수로부터 도망칠 것인가에 논의가 집중되었다. 모두 무술이나 전술에 있어서는 지지 않는 자들이다. 논의는 빠른 속도로 진행되었다. 어떻게 불을 쓸 것인가? 이들은 몇 가지 방법을 궁리했다.

마침내 얘기가 끝나자 탄다가 두 손으로 천천히 얼굴을 문질렀다. 버석버석 수염 부비는 소리가 났다.

"제기랄, 몹시 피곤하구나. 하루가 참 길고 험했다. 너희들은 강한 사람들인가 보다. 난 완전히 녹초가 되었는데. 미안하지만 먼저 자도 될까?"

바르사가 미소 지었다.

"좋고말고. 교대하는 걸로 하자. 피로가 쌓이면 치명적이니까."

첫 보초는 바르사가 맡아, 제각기 되는대로 땅바닥에 기름종이를 깔고 닥치는 대로 뒤집어쓰더니 순식간에 잠들어버렸다. 그다지 시끄럽게 떠든 것이 아닌데도 한순간 사위가 적막에 휩싸였다. 산들바람이 불어와 머리 위 나뭇가지를 살짝 흔들고 지나갔다. 나뭇가지 사이로 보이는 푸른 밤하늘에 달빛이 괴괴했다. 챠그무는 어디서 저 달을 보고 있을까. 혼자 두려움에 떨거나 외로워하지는 않을까. 바르사는 한숨을 쉬며 나무에 몸을 비스듬히 기댔다.

챠그무를 만난 것은 작년 가을. 그날로부터 아직 여덟 달 정도밖에 지나지 않았다니 믿어지지 않았다. 바르사는 가만히 얼굴을 훔쳤다. 손이 차가웠다.

먼 옛날, 어머니를 사랑하고 아버지를 사랑했다. 그리고 지그로를 사랑했다. 하지만 진심으로 사랑했던 이들은 모두 이 세상에 없다. 바르사는 깊이 잠든 탄다의 옆얼굴을 지켜보았다. 그리고 전혀 볕에 그을지 않은 챠그무의 얼굴, 앳된 티가 남아 있는 얼굴을 생각했다. 다시 한 번 깊은 한숨이 흘러나왔다.

⁂

청궁천으로 뛰어든 챠그무는 계속 강 속에 머물렀다. 그렇다고 계속 청궁천을 헤엄친 것은 아니다. 챠그무는 해가 지기 전에 뭍으로 나와 사그의 강변과 숲을 걸었다. 단지 그가 걷는 곳이 전부 나유그에서는 강물속이었을 뿐이다. 건너편 강기슭이 보이지 않을 정도로 폭이 넓고, 무서우리만치 물이 맑은데도 바닥이 전혀 보이지 않을 만큼 깊은 강이었다.

챠그무는 꿈을 꾸는 듯한 심정으로 사그와 나유그의 풍경을 동시에 보았다. 몸은 제멋대로 사그의 바위나 나무뿌리를 피하며 전진한다. 사그의 숲속으로 나유그의 물고기가 헤엄치고, 발밑의 지면이 물속처럼 훤히 들여다보였다. 숨이 멎을 정도로 아름다운 남빛 물이 저 멀리 빛이 미치지 않는 어둠까지 이어져 있었다.

적막하고 한없이 맑은 풍경 속을 챠그무는 하염없이 걸었다. 멀리 오른쪽으로 나유그의 강기슭이 보였다. 티 없이 맑은 물이 찰싹거리며 흰 자갈밭을 씻어내고, 얕아진 강바닥에서 올라온 짙푸른 수초가 사그의 나무뿌리 틈새로 이리저리 흔들렸다.

문득 정신을 차리고 보니 발밑의 심연으로부터 구불거리면서 뭔가 떠올랐다. 수초처럼 생긴 머리카락, 미끈미끈한 살갗, 물고기와 흡사한 눈과 입. 그리고 그 입에서 목소리가 새어 나와 '루루루' 하고서 챠그무의 마음에 울려 퍼졌다.

"아아, 정령의 수호자 늉가로차가여, 조금만 기다리면, 조금만 기다리면 된다. 해가 지고 다시 해가 뜨면, 세상에 나올 때가 될 것이다."

나유그 세계의 '물의 민족' 요나로가이가 챠그무 주위를 기쁜 듯이 헤엄쳤다. 깊은 물속 여기저기서 수많은 요나로가이들이 모여들었다. 이들이 물갈퀴 달린 손으로 흥겹게 수면을 치자 사그의 지면 틈새로 물보라가 반짝이며 흩어졌다.

"무사히 늉가로임이 되어 늉가로차가의 품에 안긴 알이여. 빨리 구름을 뱉어 저 너른 땅으로 달콤한 물을 내려주어라…."

날이 저물어 강이 어둠에 휩싸일 때까지 이들은 챠그무 주위를 계속 헤엄치고 다녔다. 밤이 깊어지자 챠그무는 커다란 나무 밑 고사리 덤불에 드러누웠다. 달빛이 하얗게 비추는 수면으로 깊은 물속에서 반딧불 같은 빛이 떠올라 둥실둥실 모였다가는 스윽 흩어져갔다. 경이로운 빛의 난무를 바라보던 챠그무도 어느샌가 깊은 잠에 빠져들었다.

그날 밤 챠그무는 꿈을 꾸었다. 늉가로임의 알이 태어나기 전에 혼미한 상태에서 꾸는 꿈과 잘 어우러지는 꿈이었다. 늉가로임의 영혼이 알을 품은 자에게 보내는 단 한 가지 선물이기도 했다. 정령의 수호자인 늉가로차가가 아니면 볼 수 없는 구름 정령의 꿈이었다.

챠그무는 꿈에서 도읍의 궁전보다도 훨씬 큰 조개가 되어 있었다. 일곱 가지 빛깔을 띤 단단한 껍질 속에서 챠그무는 어떤 세계를 꿈꾸었다. 깊은 물속에 엎드린 채로, 몸으로 스며드는 대지의 미지근한 온기가 배 속을 순환해 온몸으로 퍼져나갔다. 다양한 생명이, 반도의 사그와 나유그 두 세계에 사는 모든 생명이 소용돌이치며 빛나는 강이 되어 그의 꿈속으로 흘러 들어왔다 흘러 나갔다. 강한 생명 약한 생명이 모두 있었다. 다른 생명의 보살핌을 받는 운 좋은 생명이 있는가 하면, 태어나자마자 곧바로 생명의 강의 좁고 막다른 지류로 사라져가는 안타까운 생명도 있었다. 그 방대한 흐름에 그는 몸을 내맡기고 있었다.

'아아….'

한숨을 쉬듯 몸으로 흘러든 대지의 기운을 숨으로 돌려
내뱉자, 의식이 그 호흡을 타고 수면을 뚫고 허공으로 올라
갔다. 푸른 하늘에서 그의 숨결은 구름이 되고, 챠그무는 아
찔할 정도로 높은 곳에서 구불거리며 흘러가는 강물과 세
상을 내려다봤다.

바람이 몸을 밀고, 구름이 피해 가고, 새가 기분 좋게 곁
을 스쳐 지나간다. 먼 곳에서 흘러오는 구름과 섞여 이국땅
의 공기를 느끼고 소용돌이치고 부풀어 오른다. 배 속에서
빛이 생겨나, 번개와 천둥과 함께 빗방울이 되어 다시 물로
돌아간다.

푸르스름한 새벽 기운을 느끼고 눈을 떴을 때, 챠그무는
드디어 '그날'이 왔음을 자각했다. 몸에 깃든 알이 꿈틀거리
고 있었다. 바깥세상으로 나올 날이 드디어 왔다는 듯이.

아침 해가 하늘을 뒤덮은 녹음 사이로 비쳐 들어 고사리와
조릿대 덤불에 아롱지는 무늬를 만들었다.

"잠깐 기다려."

갑자기 뒤에서 목소리가 들리자 빠른 걸음으로 앞장서던
바르사가 멈춰 섰다. 진이 쭈그리고 앉아서 커다란 나무 밑
에 난 풀고사리를 응시하고 있었다.

"왜 그래?"

진이 얼굴을 들었다.

"아무래도 탄다의 말이 맞는 것 같다. 여기에 누군가가 잠을 잔 흔적이 있다. 풀고사리가 쓰러진 상태로 봐서 새벽 무렵에 여기를 떠난 것 같군."

진 옆에 서 있던 젠이 땅바닥을 가리키며 작은 소리로 말했다.

"황자마마다. 틀림없어. 작은 발자국이 있어."

바르사가 덤불을 헤치며 돌아와 젠이 가리키는 땅을 살폈다. 그의 말대로 자그마한 짚신 자국이 희미하게 남아 있었다. 특히 새끼줄 자국 두 개가 또렷이 보였다. 바르사는 가슴이 죄어 오는 듯했다.

"챠그무의 발자국이다. 내가 미끄러지지 말라고 동여매준 새끼줄 자국이 있어."

바르사가 일어서서 탄다를 쳐다봤다.

"수원지까지 얼마나 남았지?"

"우리 걸음이라면 두 단(약 2시간) 정도일 거다."

"새벽에 여기를 출발했다면, 챠그무가 우리보다 반 단은 일찍 수원지에 도착하고 만다."

바르사가 모두의 얼굴을 둘러봤다.

"횃불을 만들 시간을 생각하면 전혀 여유가 없는 셈이다. 모두 실력을 보여다오."

사냥꾼들이 빙긋이 웃어 보였다.

8
사난의 바람과 나지의 날개

챠그무는 마치 알에 끌려가듯이 수원지를 향했다. 숲에서 강가로 내려와 가능한 한 빠른 속도로 쉬지 않고 걸었다. 해가 중천에 오르자 강렬한 초여름 햇살이 목덜미로 내리쬤지만, 챠그무는 뜨거운 열기조차 느끼지 못했다. 그러나 청궁천 강폭이 실개천 정도로 좁아지다가 수원지가 보이는 곳에 이르렀을 때, 갑자기 챠그무가 걸음을 멈췄다. 꿈을 꾸는 것처럼 몽롱하던 세상이 갑자기 또렷하게 챠그무의 내면으로 다가온 것이다. 생명체로서 챠그무가 지닌 생존본능 때문이었는지도 모른다. 챠그무의 몸이 본능적으로 죽음의 위험을 감지해, 물 지킴이 늡가로임의 알이 꾸는 꿈으로부터 챠그무를 억지로 끌어낸 것이다. 여기에 다다르자 챠그무의 온몸에 땀이 비 오듯 흘렀다. 차갑고 미끈거리는 공포의 땀이었다.

사그의 강변을 따라 평화로운 숲 사이로 보이던 나유그의 풍경은 광대한 진흙바다였다. 마치 물이 바싹 마른 호수처럼 온통 질척한 뻘이 펼쳐져 있었다. 청궁천의 수원지 사난 인근에만 섬처럼 보이는 풀숲이 있었고, 그 중앙에는 시커먼 구멍 같은 것이 보였다. 그 구멍에서 새어 나오는, 눈에는 보이지 않는 대지의 정기가 곧 알의 마지막 성장에 필요한 것임을 챠그무는 알아차렸다.

하지만 진흙바다에서 풍겨 오는 냄새는 죽음의 냄새였다. 알 포식자 라룽가의 냄새인 것이다. 챠그무가 와들와들 떨기 시작했다. 가슴 복판이 조여 오고 심장이 쿵쾅거려 심하게 몸이 뒤틀렸다. 그리고 발이 제멋대로 꿈틀거렸다. 챠그무는 깜짝 놀라 몸에 힘을 주어서 발을 멈추려 했다. 알이 앞으로 나아가기 위해 몸을 조종하는 것이었다. 한 발짝이라도 저 진흙바다에 발을 들여놓는다면 알이 풍기는 시그사루아 향을 맡고서 라룽가가 다가올 것이다. 그 거대한 발톱으로 챠그무의 몸을 갈라 알을 먹으려 들 것이다.

'죽고 싶지 않아, 싫어!'

저절로 발이 미끄러진다. 챠그무는 사시나무 떨듯 몸을 떨며 발을 되돌리기 위해 필사적으로 힘을 주었다. 챠그무의 혼과 늉가로임 알의 혼이 한 몸 안에서 격렬하게 맞서기 시작했다. 세상으로 나오려 하는 늉가로임의 욕구는 억누르기 힘들 정도로 강해져 있었다. 다시 한 발짝, 저절로 발이 앞으로 나갔다. 불현듯 가슴속에서 알이 불타는 것 같은 느낌이 들었다. 알에게도 이제부터 남은 짧은 시간이 생사를 가르는 순간인 것이다. 죽음에게 패할 것인가, 죽음을 이겨내고 세상으로 나갈 것인가! 온몸에 어머니의 피를 뒤집어쓰고 태어나는 갓난아이처럼, 알은 지금 삶을 향해 움직이기 시작해 이 알의 모체가 된 챠그무조차 제지할 길이 없었다.

구름 정령의 알이 느끼는 공포와 챠그무의 공포가 맞부딪치는 순간, 청궁천의 물에 이상한 변화가 일기 시작했다. 하얗게 물안개가 피어오르고 물이 엿처럼 끈적이기 시작한 것이다. 쇠 비린내 풍기는 물 냄새는 두 혼을 장악한 공포의 냄새였다.

챠그무의 발이 다시 움직였다. 한층 억세진 알의 기운을 도저히 멈춰 세울 수가 없었다. 공기를 바라는 물고기처럼 챠그무가 허공을 향해 외쳤다.

"바르사!"

❧※☙

"이제 조금만 가면 시난이다."

나지막이 말하던 탄다가 갑자기 멈춰 섰다.

"무슨 일이야?"

초조해하며 바르사가 뒤돌아봤다.

"쉿!"

탄다가 짧게 제지하고서 강가에 쪼그려 앉더니 청궁천에 얼굴을 바짝 갖다 댔다. 탄다의 귀에 나유그의 물의 민족 요나로가이가 부르는 소리가 들려온 것이다. 탄다가 주문을 외워 내면의 눈으로 나유그를 보기 시작했다.

탄다는 깜짝 놀라 숨을 멈췄다. 굽이굽이 흘러가는 강 위에 떠 있는 자신의 모습을 본 것이다. 사난이 있는 전방에는 둑이 쌓여 있고, 그 건너편에는 사방이 산으로 둘러싸인 어마어마한 진흙바다가 펼쳐져 있는 것이 아닌가?

"지상의 백성, 젊은 토로가이여."

탄다는 숨을 쉴 수 없는 고통 속에서 요나로가이가 필사적으로 부르는 소리를 들었다.

"늙은 토로가이의 전갈이다. 송진뿐만 아니라 기름을 듬뿍 발라 물에도 꺼지지 않는 불을 만들라. 그 불로 라룽가와 싸워라. 알을 나…."

거기까지였다. 호흡이 달린 탄다가 휴우 숨을 들이마시면서 벌렁 나자빠졌다.

"탄다! 도대체 무슨 일이야?"

바르사의 부축을 받아 몸을 일으킨 탄다가 콜록거리며 대답했다.

"토로가이 사부님이 전갈을 보내셨다. 요나로가이라면 지상에서 움직이는 것보다 훨씬 빨리 나유그의 강을 헤엄쳐 올 수 있으니까. 송진과 함께 기름을 듬뿍 바른, 물로는 꺼지지 않는 횃불을 만들라는 지시다. 시간이 없다. 서둘러서 홰 안쪽에 기름을 발라야 한다."

탄다의 눈이 바르사를 응시했다.

"사난은 나유그에서는 진흙바다야."

그때 누군가가 외치는 소리가 희미하게 들려왔다. 바르사가 튀어오르듯 일어서더니 소리가 난 방향으로 달리기 시작했다.

"기다려, 바르사! 횃불도 없이 라룽가와 대적할 생각이냐!"

탄다가 말리려고 소리쳤지만, 바르사의 모습은 눈 깜짝할 사이에 강가의 바위를 타고 넘어 수원지 쪽으로 사라져버렸다. 바르사를 쫓아가려는 사냥꾼들을 탄다가 필사적으로 가로막았다.

"가지 마라. 횃불을 만드는 것이 먼저다! 바르사라면 틀림없이 그 정도의 시간은 버틸 것이다!"

바르사가 언젠가와 똑같은 물안개 속으로 뛰어들었다. 피어오르는 물안개가 희부옇게 시계를 가로막았지만, 그래도 바르사는 저만치 앞을 달리는 자그마한 사람을 알아보았다. 그 순간 불현듯 온몸에 살기가 느껴졌다. 지하에서 쑥쑥 올라오는 살기가. 챠그무가 수원지로 다가가고 있었다. 그 몸을 사방에서 둘러싸며 대지로부터 거대한 발톱이 불쑥 튀어나왔다.

'안 돼!'

바르사는 이를 악물었다. 그 발톱이 오므라들면 모든 것이 끝장이다. 그러나 발톱은 마치 일부러 시간을 끄는 듯 꾸무럭거렸다. 늉가로임의 알이 조종하는 청궁천 물이 바위보다도 단단한 고체가 되어 발톱을 저지하는 것이다. 그제야 바르사는 단호히 결심하고 강변에서 강으로 뛰어내렸다. 생각했던 대로 강은 푸르스름한 빛을 발하는, 얼음보다도 단단한 물길로 변해 있었다.

우지직우지직 소리를 내며 발톱이 점점 물을 깨며 오므라들었다. 힘과 힘의 대결, 그 틈새를 바르사가 일직선으로 달리기 시작했다.

챠그무는 나유그를 보고 있었다. 물론 라룽가의 무시무시한 모습도 보였다. 하지만 챠그무는 몸이 마비될 정도의 공포는 더 이상 느끼지 않았다. 알의 욕구 때문일 수도 있다. 하지만 이전보다 강인해진 소년의 깊은 곳에서 삶에 대한 욕구가 솟아 나와 그를 움직이고 있었던 것이다.

알이 움직이기 시작한 느낌이 났다. 가슴부터 목, 목에서 입으로 알이 올라왔다. 챠그무는 이미 그 풀숲의 섬에 있었다. 눈앞에 그 구멍이 있었다. 대지가 숨을 뿜어 올리는 아주 깊은 구멍이었다. 무의식중에 챠그무는 사난을 들여다보듯 납작 엎드렸다. 알이 몸에 전해 온 산란 자세였던 것이다. 나유그의 깊은 구멍 속에서 후우우 소리와 함께 뜨뜻미지근한 정기가 뿜어져 나왔다. 사그와 나유그의 대지의 정기가 서로 섞여 하늘로 올라가는 곳, 이 구멍이 바로 그곳인 것이다. 그 가장 농밀한 정기를 받자 알은 비로소 마지막 성장 과정을 마쳤다.

'빨리, 빨리, 빨리!'

재촉하는 챠그무의 마음에 부응하듯이 알이 입으로 올라왔다. 바르사가 챠그무 옆에 도착한 것은 바로 그때였다. 바르사 뒤로 라룽가의 발톱이 다가왔다. 발톱의 그림자가 챠그무와 바르사를 덮었나. 생각할 틈도 없었다. 바르사는 딪 어찌우듯 챠그무의 몸에 왼손을 둘러 움직이려 했다. 그러나 챠그무가 매우 당황하며 바르사에게 저항했다.

'이제 곧 태어나. 지금 움직이면 알이…!'

실랑이하는 그 순간 라룽가의 발톱이 조여들었다. 더 이상은 챠그무를 안고 빠져나갈 틈도 없었다. 죽음에 대한 예감이 바르사의 온몸을 관통했다. 바르사는 가슴과 배에 느껴지는 챠그무의 따뜻한 몸을 꽉 끌어안았다.

챠그무는 눈에 보이지 않는 알이 입에서 뚝 떨어져 나유그에 태어난 것을 느꼈다. 그 순간 라룽가가 사그에서 사라졌다. 챠그무의 몸속에 들어 있던 알이 나유그에 태어난 것을 알아차린 것이다.

알은 나유그의 깊은 구멍으로 떨어졌다. 그러자 구멍에서 뿜어져 나온 정기가 알을 채 갔다. 알은 대지의 숨결을 타고 회전하면서 휙 날아올랐다. 그것을 라룽가의 족수가 뒤쫓았다. 쫓기던 알은 촉수가 다가오기 직전에 나유그에서 사라졌다. 바르사는 무슨 일이 일어나고 있는지 전혀 이해할 수 없었지만, 라룽가가 사라진 틈을 놓칠 정도로 호락호락하지는 않았다. 팔에 힘을 잔뜩 주고 챠그무를 안아올렸다.

그때 느닷없이 눈앞에 푸르스름한 빛이 나타났다. 동시에 라룽가가 이쪽으로 나오는 기척을 느꼈다. 바르사가 땅을 차고, 챠그무가 오른손을 뻗어 푸르스름한 빛을 잡고, 라룽가가 나오는, 이 모든 일이 거의 동시에 일어났다.

바르사는 알을 잡은 챠그무를 안고서 라룽가의 발톱으로 둘러싸인 우리를 빠져나갔다. 발톱이 놓친 사냥감을 쫓아 촉수가 접근해 왔다. 바르사는 몸을 한 바퀴 회전시켜 일어나더니, 번개 같은 속도로 단창을 휘둘렀다. 단창은 촉수의 뾰족한 끝을 관통해 땅바닥으로 떨어졌다.

소리 없는 비명이 울려 퍼지고, 대지가 덜덜 떨렸다. 다른 촉수가 단창으로 뻗쳐 오기 전에 바르사가 촉수를 밟고 단창을 뽑았다. 하지만 그 잠깐 동안에 이번에는 발톱이 지면 밑에서부터 바르사와 챠그무를 노리고 솟아올랐다.

도망칠 새도 없었다. 순간적으로 바르사는 튀어나오는 발톱의 뒤쪽 옆을 양발로 끼듯이 밟더니, 발톱이 솟아오르는 힘을 이용해 뛰어올랐다. 허리띠를 붙잡고 안긴 챠그무를 추처럼 흔들어 붕 공중에서 한 바퀴 돌리더니, 착지하자마자 챠그무를 멀리 내던졌다. 생각해서 한 행동이 아니었다. 몸이 제멋대로 움직인 것이다. 던져버린 뒤에야 바르사는 후회했다. 자칫 바위에라도 부딪쳤다면 어쩔 뻔했는가. 목숨을 잃을 수도 있는 것이다. 다행히도 바르사가 훈련시킨 낙법이 챠그무의 생명을 구했다. 몸을 둥글게 만 챠그무는 나무 밑동에 부딪치긴 했지만, 어깨와 허리로 충격을 피해 머리를 보호하는 데 성공한 것이다.

바르사는 획획 허공을 가르면서 채찍처럼 공격해 오는 촉수를 단창으로 막으며 챠그무 쪽으로 달렸다. 하지만 갑자기 발을 붙잡혀 땅바닥으로 거칠게 내동댕이쳐지고 말았다. 촉수 하나가 바르사의 발을 휘감은 것이다. 미처 몸을 추스르기도 전에 그대로 들어 올려진 바르사는 예리한 칼처럼 번뜩이며 다가오는 발톱을 봤다. 촉수로 감아올리고 휘둘러서 발톱한테 내던져 죽이려는 것이다. 그건 곧 날카로운 칼날에 엄청난 속도로 내던져지는 것이나 마찬가지다. 막을 방법이 없다. 바르사가 이를 악문 순간, 갑자기 촉수가 흠칫하며 바르사를 안은 채 펄쩍 뛰어올랐다. 바르사의 어깨와 등 밑을 발톱 끝이 스쳐 가, 등에 타는 듯한 통증이 느껴졌다.

바르사는 몸을 비틀어 지상을 봤다. 얼핏 횃불을 든 남자가 보였다. 진이었다. 검은 연기를 피우며 활활 타오르는 불꽃을 촉수에게 들이대고 있었다. 진의 등을 탄다와 젠이 지키고 있었다.

기분 나쁜 냄새가 바르사의 온몸을 감쌌다. 대기를 뒤흔드는 듯한 비명을 지르며, 촉수가 바르사를 공중으로 내던졌다. 바르사는 무릎을 접어 몸을 둥글게 말고 빙글빙글 두 차례 회전하면서 지면의 자갈을 차며 넘어졌다. 하지만 마치 중력을 받지 않는 사람처럼 곧바로 몸을 돌려 일어섰다. 옷의 등 부분이 찢어지고 등에는 기다란 열상을 입었다. 그러나 바르사는 통증을 느끼지 못했다. 상당히 깊은 상처인데도 출혈은 거의 없었다. 과거 경험한 어떤 싸움 때보다도 격한 흥분상태가 바르사의 전신을 열기로 감싸고 있었다.

바르사의 등 뒤에서는 탄다와 진과 젠이 횃불을 휘두르며 라룽가의 발톱과 촉수에 불꽃을 들이대고 있었다. 라룽가가 불을 싫어하는 것은 확실했지만, 나유그와 사그를 자유자재로 왕래할 수 있는 라룽가를 횃불만으로 퇴치하는 것은 극히 어려운 일이었다. 라룽가는 빠직거리는 횃불을 들이댈 때마다 얼른 사라졌다가는 생각지도 않은 곳에서 또다시 불쑥 나타나 공격해 왔다.

땀으로 범벅이 되어 횃불을 휘두르는 세 남자들은 마치 춤을 추는 것처럼 보였다. 그러나 그것이 춤이라면 자칫 긴장을 늦추는 순간 생명을 잃고 마는, 목숨을 건 춤이었다. 라룽가는 촉수 끝에 있는 예리한 후각으로 늉가로임의 알을 쫓고 있었다. 횃불을 피하면서 끊임없이 지면에 촉수를 대고는 참을 수 없을 정도로 식욕을 자극하는 그 냄새를 정확히 쫓는 깃이다. 그리고 바로 그 순간, 라룽가는 나무 밑동에 웅크린 챠그무를 발견했다!

　나무둥치로 내동댕이쳐진 챠그무는 온몸이 부딪친 충격으로 정신이 흐릿했다. 바르사가 챠그무 옆에 다다라 겨드랑이 밑으로 손을 넣어 안아 올리자, 그제야 챠그무가 의식을 회복했다. 그러고는 얼른 오른손에 꽉 쥔 알을 바라보았다. 찌부러지거나 깨지지 않았는지 몹시 걱정했지만, 푸르스름한 알에는 흠집 하나 없었다. 알은 마치 돌처럼 단단하면서도 매끄러웠다. 쥐고 있는 손바닥에 약한 온기가 전해졌다. 생명의 감촉이었다. 바르사가 알과 챠그무를 번갈아 보았다.

　"그걸 버려라! 던져야 한다, 어서!"

　챠그무의 가슴이 철렁 내려앉았다. 아이는 눈을 크게 뜨고 바르사를 쳐다봤다.

　'이것을 버리면 살 수 있다. 자신을 위해서 싸우고 있는 이 사람들도 자기 목숨을 희생하면서까지 다른 생명을 지킬 필요는 없다. 그러니 빨리 버려야만 한다…'

　극히 짧은 시간 동안 챠그무의 가슴속에서 숱한 생각들이 맴돌았다. 손바닥에 전해지는 온기. 그 무력함. 지금 알에게는 챠그무를 조종할 힘이 전혀 없었다. 살고 싶다는 그 격렬한 충동을 챠그무에게 전할 수단조차 갖고 있지 않았다. 그

저 말없이 약한 온기를 전할 따름이었다. 그래도 챠그무에게
는 살고 싶어 하는 알의 마음이 아프게 느껴졌다. 챠그무를
선택해 챠그무를 믿고 목숨을 맡겨왔다. 오로지 살기 위해서.

생각이 꼬리를 물던 중, 문득 발밑으로 몸이 저릴 만큼 무시
무시한 살기가 뿜어져 올라왔다. 챠그무는 상념에서 깨어났
다. 바르사가 챠그무를 안고 도망치려는 순간, 챠그무가 갑자
기 나무 밑동을 차며 바르사의 팔을 빠져나가 뛰기 시작했다.

"챠그무!"

지면이 석류처럼 갈라지며 챠그무를 쫓아 라룽가의 발톱
이 나타났다.

탄다는 자기 쪽으로 달려오는 챠그무와, 챠그무를 쫓아서
나타난 발톱을 봤다. 무시무시하기 이를 데 없는 순간임에도
불구하고 탄다의 의식은 높고 날카로운 새 울음소리를 또렷
이 들었다. 라룽가의 발톱 위로 하늘에 새떼가 몰려든 것이
다. 까악까악 울어대는 그 소리를 들은 순간, 탄다의 머릿속
에서 빛이 번쩍였다.

'나지, 나지다!'

야쿠의 마을 입구에 드리우는 액막이용 나지 뼈. 나지의
날개에는 마물도 따라붙을 수 없다고 하는 하시제의 노래.

뭘 해야 할지 선명하게 떠올랐다.

"나지, 나지다! 챠그무! 알을 위로 던져라!"

있는 힘껏 소리치며 탄다가 챠그무를 향해 달려갔다.

라룽가의 촉수가 몇 개나 으르렁거리며 다가왔다. 하마터면 촉수 하나가 챠그무의 몸에 닿을 뻔한 순간도 여러 차례였다. 아슬아슬한 순간마다 바르사가 그 촉수에 매달려 있는 힘을 다해 땅으로 끌어내렸다. 하지만 그 틈에 다른 촉수가 챠그무의 몸을 향했다. 구하려고 달려온 진과 젠은 발톱의 저지를 받아, 촉수가 챠그무의 오른팔을 휘감는 것을 막지 못했다.

몹시 불쾌한 소리와 함께 챠그무는 오른쪽 어깨에 극심한 통증을 느꼈다. 갑작스럽게 엄청난 힘으로 잡아당겼기 때문에 오른쪽 어깨가 탈구된 것이다. 촉수가 활처럼 휘며 챠그무를 공중으로 끌어올렸다. 촉수 끝의 가는 털이 말미잘처럼 입을 벌리고 알에게 다가왔다.

'이러다간 잡아먹히고 말겠어!'

챠그무가 신음하면서 필사적으로 오른손에 든 알을 왼손으로 옮겨 잡으려 했다. 하지만 아무리 애를 써도 촉수가 매달아 올린 오른손에는 미치지 못했다.

'이제 틀린 건가!'

챠그무가 포기하려는 바로 그때였다. 옆에서 쭉 뻗어 나온 커다란 손이 어느 틈에 알을 낚아채 갔다. 그 손의 주인을 보고서 챠그무의 얼굴이 잠시 고통을 잊고 환해졌다.

"탄다!"

탄다가 힘껏 활 시울을 잡아당겨 화살을 쏘듯이 알을 하늘로 던져 올렸다. 청무 산맥을 넘어 북쪽에서부터 남쪽 하늘을 향해 날던 나지 한 마리가 무리에서 벗어났다. 급강하한 새가 부드럽게 활공하면서 입가에 푸른빛 알을 물고 있는 것을, 챠그무는 흐려진 눈으로 또렷이 봤다. 나지는 통쾌한 속도로 드넓은 하늘을 날아 눈 깜짝할 사이에 시계에서 사라져 버렸다.

알이 마침내 라룽가의 손을 벗어난 것이다.

너무 빨리 하늘을 가르며 사라진 알의 냄새를 쫓을 수 없게 되자 라룽가의 식욕은 알 냄새가 짙게 밴 챠그무에게 집중되었다. 탄다가 챠그무의 몸을 오른팔로 안고서 챠그무를 휘감은 촉수에 횃불을 갖다 댔다. 소름 끼치는 비명과 함께 촉수가 챠그무를 놓았다. 하지만 그때는 이미, 마치 거머리가 먹잇감에 몰려들듯이 다른 촉수들이 잇달아 챠그무를 휘감은 뒤였다. 챠그무를 안고서 촉수를 떼어내려던 탄다도 횃불을 휘두를 새도 없이 휘말려들어 횃불을 놓치고 말았다. 촉수에게 붙잡힌 채로 둘은 점점 지면에서 멀어졌다.

"챠그무! 챠그무!"

바르사가 두 사람을 휘감은 네 개의 촉수를 겨냥해 눈에 보이지 않을 정도로 사납게 단창을 휘두르기 시작했다. 진과 젠도 그 틈을 놓치지 않았다. 발톱 안쪽으로 뛰어들어 바르사를 노리고 오므라드는 발톱을 횃불로 지져가며 필사적으로 바르사를 지킨 것이다.

바르사의 단창에 찢긴 곳에서 체액을 뚝뚝 흘리며 라룽가는 고통스러워했다. 차갑고 어두운 진흙 속에 사는 라룽가에게 가장 견디기 힘든 것이 바로 불꽃의 열기였다. 촉수를 관통하는 통증이 라룽가의 고통을 배가시켰다.

바르사는 문득 발밑이 불룩 솟아오르는 것을 느꼈다. 어찌된 일인지 막 확인하려는 순간, 미끈미끈하고 거대한 생물이 흙덩이를 뿜어내면서 다시 등장했다. 바르사도 진과 젠도, 발밑이 솟아올라 넘어지는 바람에 무슨 일이 일어났는지도 모르는 채로 나가떨어졌다. 라룽가가 발톱 안쪽으로 거대한 입을 벌리고 있었다. 끈적거리는 점액질을 질질 흘리며, 라룽가는 알 냄새 물씬 풍기는 존재를 입으로 밀어 넣으려는 참이었다.

진과 젠이 고래고래 소리치면서 그 입을 겨냥해 횃불을 던졌다. 하지만 촉수가 잽싸게 횃불을 튕겨내버렸다. 모든 상황을 지켜보던 바르사가 이를 악물었다. 그러고는 탄다가 떨어뜨린 횃불로 달려가 오른손에 집어들고, 왼손에는 단창을 움켜쥐었다.

라룽가의 입으로 탄다의 발이 들어가려는 찰나였다. 바르사가 뛰어올라 몸을 활처럼 굽히며 단창을 날렸고, 그 순간 반동을 이용해 곧바로 횃불도 던졌다. 횃불이 단창의 뒤를 따라 화살처럼 날아갔다. 촉수는 조금 전처럼 보란 듯이 단창을 튕겨냈다. 그러나 이때 생긴 빈틈으로 횃불이 날아들었다. 활활 타오르는 횃불이 탄다의 발을 스치고 라룽가의 입에 깊숙이 꽂힌 것이다.

빠지직 하고 기분 나쁜 소리가 났다. 소리 없는 비명을 뿜어 올리며, 라룽가는 챠그무와 탄다를 공중으로 내던지고는 한순간에 사라졌다. 챠그무와 탄다가 지면으로 내동댕이쳐지는 소리가 난 뒤로는 모든 소리가 사라지고 없었다.

한숨 같은 소리와 함께 시냇물 소리가 들려오기 시작했다. 바르사가 강기슭에 쓰러진 챠그무에게 달려가 황급히 안아 일으켰다. 챠그무의 얼굴에는 핏기가 보이지 않았으며, 하얀 얼굴은 땀으로 흠뻑 젖어 있었다. 챠그무의 눈꺼풀이 파르르 떨리더니 초점이 맞지 않는 눈으로 바르사를 보았다.

"파, 팔이 아파."

바르사가 깊은 한숨을 내쉬며 챠그무를 꽉 끌어안았다.

9
또 하나의 운명의 옷

하짓날 저녁, 바르사 일행은 수원지에서 조금 내려간 곳에서 야영을 준비했다. 탄다는 챠그무의 팔 관절을 끼워 맞추고 헝겊으로 고정시키더니, 곧이어 알 포식자 라룽가가 내동댕이쳤을 때 다친 옆구리에도 냄새가 풀풀 풍기는 약초를 발랐다.

"진면목을 발휘하는구나."

등 상처를 치료받던 바르사가 웃자 탄다는 콧방귀를 뀌었다.

"우리 역시 마찬가지다."

진의 목소리가 들리더니 두 사냥꾼이 식량을 구해 돌아왔다. 살이 통통한 산새 두 마리와 민물숭어 몇 마리를 손에 들고 있었다. 사냥꾼들은 챠그무가 눈을 떴다는 사실을 알고 몸을 움찔하더니, 챠그무 앞에 정좌하고 머리를 깊이 조아렸다.

"정신이 드셨습니까, 황자마마?"

그들은 챠그무의 얼굴을 정면으로 볼 수가 없었다. 황족이 어서만은 아니었다. 황제의 명령이기는 했어도 황자 암살을 기도했던 전력이 마음을 불편하게 한 것이다. 챠그무가 어두운 얼굴로 나지막이 말했다.

"나는 이제 황자가 아니다. 그렇게 머리를 조아릴 필요 없다는 뜻이다."

'아바마마가 어떤 명령을 내렸는지, 정말 내 목숨을 노리라고 명하셨는지 묻고 싶다.'

잠시 챠그무는 그런 생각을 했다. 하지만 왠지 이제 아무래도 좋다는 마음이 번졌다. 피로 탓만은 아니다. 그보다 더 극심한 고단함이 마음속 깊은 곳에 고여 있었다.

진과 젠이 갖고 온 새를 땅바닥에 내려놓았다. 축 늘어진 채 아무렇게나 놓인 새의 사체를 보자, 문득 챠그무는 몸속 깊은 곳에서부터 어떤 전율이 전해지는 것을 느꼈다. 챠그무의 손을 잡고 맥을 짚던 탄다가 챠그무의 얼굴을 보더니 곧 그 시선이 닿는 곳으로 고개를 돌렸다.

"먹고 먹히고. 달아나고 붙잡히고."

나지막이 내뱉은 탄다가 다시 챠그무를 봤다.

"당사자에게는 이 세상에서 가장 중요한 일인데도 어쩜

그렇게 흔해빠진 일인지. 그렇지?"

챠그무의 눈에 눈물이 가득 고여 있었다. 바르사가 다가와 챠그무의 어깨를 안았다. 그리고 갈라진 목소리로 속삭였다.

"네가 살아서 정말 다행이야. 라룽가에게 당하지 않아서 천만다행이야."

그 말을 들은 순간, 챠그무의 가슴속에서 온몸으로 뜨거운 것이 퍼져나갔다.

'살아난 것이 아니야. 살려준 것이지.'

문득 그런 생각이 강하게 들었다. 알의 욕구를 느끼던 자기도 자기 목숨을 희생하면서까지 알을 구하려는 생각은 하지 못했다. 그런데 이 사람들은 그런 공포 속으로 자진해서 뛰어들어준 것이다. 황자였을 때 그는 보호받는 것을 당연하게 여겼다. 하지만 지금은 그것이 결코 당연한 일이 아니라는 것을 깨달은 뒤였다. 챠그무가 다치지 않은 팔을 바르사의 목에 감고 깊숙이 안겼다.

"고마워."

그 한마디 외에 아무 말도 할 수가 없었다. 탄다를 한 번, 사냥꾼들을 한 번 바라보며 챠그무가 되풀이했다.

"고마워."

챠그무는 여덟 달 동안 시달려온 긴장이 완전히 사라지는 것을 느꼈다. 드디어 끝난 거라고 생각했다. 그러나 챠그무도, 바르사를 비롯한 다른 일행도 알 길이 없었지만, 이 무렵 또 다른 운명이 챠그무를 향해 서서히 다가오고 있었다.

다음 날 아침, 모두 해가 중천에 뜰 때까지 늦잠을 자고 일어나 모닥불을 정리하고 길을 떠났다. 모두가 말없이 길을 가던 중, 뜻밖에도 점심 무렵에 산길을 올라오는 병사 무리와 마주쳤다. 대열보다 한 걸음 앞장서서 걷던 토로가이가 가장 먼저 바르사 일행을 발견하고는 얼굴색이 밝아졌다. 진과 젠은 병사들의 선두에 선 몬을 향해 서둘러 달려갔다. 그리고 어제 벌어진 일을 보고했다. 몬의 얼굴에 잠시 진심으로 기뻐하는 빛이 떠올랐지만, 다가오는 챠그무를 발견한 그는 얼른 땅에 엎드려 머리를 조아렸다.

병사들도 갑옷의 쇠장식을 짤그랑거리며 일제히 엎드렸다. 몬은 사냥꾼 대장의 얼굴에서 곧 '황제의 방패' 얼굴로 바뀌어 있었다. 눈을 내리뜨고, 그가 챠그무에게 아뢰었다.

"외람되오나 무사히 목숨을 보전하신 것을 감축드리옵니다. 또한 물의 신을 구하셔서 이 나라의 가뭄을 해소하신 데 대해, 저희 모두 감사드리는 마음으로 가득 차 있사옵니다. 저희는 성조 토르갈 황제의 재림을 목격하는, 분에 넘치는 행운을 얻었사옵니다. 앞으로 자손만대 이 일화가 빛나는 영

응답으로 전해질 것이옵니다. …황태자 전하."

몬의 마지막 한마디에 챠그무의 눈이 휘둥그레졌다. 바르사도, 탄다도, 진과 젠도 깜짝 놀라 몬을 쳐다봤다.

"황태자라고 했느냐?"

챠그무의 말투는 자연스럽게 다시 황자의 말투로 변해 있었다.

"그렇사옵니다. 슬픈 소식을 전해드려야만 하겠사옵니다. 그저께 밤, 형님이신 황태자 사그무 전하께서 병환으로 서거하셨습니다. 황제께서는 정식으로 제2황자 챠그무 전하를 황태자로 삼는다고 말씀하셨사옵니다. 저희는 분별이 없어 황태자 전하를 지켜드리지 못했습니다만, 여기서부터 궁까지 황태자 전하를 호위하겠사옵니다."

챠그무의 가슴속 깊이 슬픔이 밀려왔다. 형 사그무의 죽음을 슬퍼한 것이 아니다. 각자 다른 궁에서 자랐고, 가끔 마주쳤을 때도 차가운 시선밖에 보내지 않던 형은 솔직히 챠그무에게는 생판 모르는 남이나 마찬가지였다. 하지만 그 형의 죽음이 마치 쇠로 만든 옷처럼 자신에게 새로운 운명을 뒤집어씌워 꽉 죄어 오는 느낌이었다. 어마마마를 만날 수 있다는 생각을 했다. 그리고 '황제가 되는 건가' 하는 생각도 했다. 여러 가지 생각이 한꺼번에 맴돌았다. 하지만 진부 아주

먼 곳에서 냉랭하게 빙빙 돌 따름이었다. 가장 가까이 든 생각은 견딜 수 없는 슬픔이었다.

챠그무가 바르사를 올려다봤다. 바르사가 지그시 응시하고 있었다. 병사들은 소스라치게 놀랐다. 황태자가 갑자기 지저분한 옷을 걸친 여자에게 안겨, 가슴이 미어진다는 듯이 큰 소리로 통곡했기 때문이다. 바르사도 울고 있었다. 소리는 없었지만, 두 뺨에 끊임없이 눈물이 흘러내렸다.

"난 가고 싶지 않아! 난 황태자 같은 거 되고 싶지 않아! 계속 바르사하고 탄다하고 살고 싶어!"

챠그무가 바르사를 부둥켜안고 소리쳤다. 바르사는 챠그무가 하는 대로 가만히 있었다. 그러다가 갑자기 감정을 억누르지 못하고 챠그무를 번쩍 안아 올렸다. 챠그무를 꽉 끌어안고서 바르사는 챠그무의 어깨에 얼굴을 묻었다. 잠시 그렇게 머물던 바르사가 조금 뒤 천천히 챠그무를 내려놨다.

"나하고 도망칠까, 챠그무?"

바르사의 갈라진 목소리에 병사들이 얼른 경계태세를 취했다. 바르사는 웃고 있었다.

"자, 소동 한번 일으켜볼까?"

챠그무가 바르사를 올려다보며 흐느꼈다. 바르사가 무슨 말을 하려는 건지 챠그무는 알 수 있었다. 챠그무가 천천히 멀어져 탄다와 토로가이에게 눈빛을 보냈다. 챠그무의 마음을 헤아린 탄다가 얼굴을 찌푸렸다. 챠그무가 지금 깨달은 것은 고작 열두 살밖에 안 된 소년에게는 너무나도 가혹한 일이었다. 그러나 어느 누구도 도울 수 없는 일, 탄다는 주먹을 불끈 쥐었다.

챠그무는 눈을 감더니 흐느낌을 멈추기 위해 심호흡했다. 뜻밖에도 강렬한 나무 냄새가 코를 찔렀다. 계속 풍기던 시그사루아 냄새는 이미 몸에서 깨끗이 사라졌다. 이제 보려 해도 나유그는 보이지 않는다. 늉가로임의 알은 가버린 것이다. 명확하게 설명할 수는 없지만 어떤 시절이 비로소 끝을 맺었다는 느낌이 들었다.

원한 적도 없는데 정령의 수호자 늉가로차가 되었고, 지금 또다시 원하지도 않는 황태자가 되려고 한다. 자기 의지와 상관없이 자기를 조종하는 커다란 힘에 대해 챠그무는 격렬한 분노를 느꼈다.

하지만 다른 한편으로는 신기하게도 정신이 번쩍 든 것 같기도 했다. 나유그의 차갑고 광대한 풍경 속에서 느낀 감정과 비슷했다. 챠그무는 이후로 평생 이 감정을 마음속에 간직하게 된다. 흐느낌을 멈춘 챠그무가 조용히 눈을 뜨고 바르사를 쳐다봤다.

"괜찮아. 그러지 않아도 돼. 그렇게 소동을 일으키는 건 다른 아이를 위해서 아껴두도록 해."

그러고는 문득 생각난 듯 빙그레 웃으며 덧붙였다.

"그 아이가 탄다의 아이일 수도 있고."

바르사와 탄다가 어쩔 줄을 몰라 당황했고, 토로가이가 몸을 젖히며 웃음을 터뜨렸다.

"잘했어! 훌륭해, 이 녀석 최고로군. 너 말하는 게 이제 제법인데."

한바탕 웃어젖히더니 웃음을 멈추고는 말했다.

"넌 이제 여느 어른보다도 훨씬 어른스러워졌구나."

챠그무에게는 그 한마디가 무척 듣기 좋았다.

청궁천을 따라서 산길을 내려가, 일행은 도읍까지 여행했다. 이제까지의 여행에 비하면 참으로 평온한, 하지만 무미건조한 여행이었다. 챠그무가 야영할 때는 바르사 일행과 함께 모닥불에 둘러앉게 해달라고 몬에게 부탁했다. "진과 젠과 몬은 함께 있어도 좋으니까"라며. 몬이 잠자코 머리를 숙였다.

도읍까지 가는 여정에서 이틀 밤 야영하는 동안, 모닥불 주변의 화제는 단연 늉가로임과 라룽가였다.

"있잖아, 이제 나지가 알을 바다까지 운반했겠지?"

챠그무의 질문에 탄다가 고개를 끄덕였다.

"그럼. 나지의 날개는 무척 강하단다. 야쿠의 노래도 있지. 나지는 청무 산맥에서 바다로, 하루 만에 날아가지, 아아, 우리에게 저 날개가 있다면… 하는 노래야."

"그래? 탄다 목소리가 좋네."

"바보."

탄다의 얼굴이 빨개졌다. 이 노래가 사랑 노래인 것을 챠그무가 알게 되면 또 놀릴 게 분명했다. 그건 절대 싫었다. 다행히 챠그무는 눈치채지 못한 것 같았다.

"그럼, 이제 알은 바닷속에 있겠네? 언제쯤 아기 늉가로임이 되는 걸까?"

"글쎄다. 어찌 되었든 빨리 구름을 내주지 않으면 올가을은 극심한 흉작이야. 그토록 고생을 시켰으니 꼭 늉가로임이 되어야 할 텐데."

바르사의 말에 모두 진지하게 고개를 끄덕였다.

"있잖아, 라룽가는 얼마나 오래 사는 거야? 수백 년? 늉가로임의 알만 먹나?"

챠그무의 질문에 팔베개를 하고 누워 있던 토로이가가 콧방귀를 뀌었다.

"그럴 리가 있냐? 그래서는 살 수가 없지. 평소에는 다른 걸 먹다가 늉가로임의 알은 가끔 먹는 특별식 같은 걸 게다. 뭐, 모를 일이지만. 결국 왜 네게 알이 깃들이고 어떻게 해서 그 알이 태어나게 되었는지는 알아내지 못했구나. 100년에 한 번 사그에 알을 낳는 늉가로임은 이 반도에만 있는 것이고, 다른 곳에서는 다른 방식으로 알을 지키는 늉가로임이 있을 수도 있고. 그것들이 여기저기서 열심히 구름을 뱉어내는 게 아닐까?"

챠그무가 갑자기 진지한 얼굴로 토로가이를 쳐다봤다.

"난 늉가로임이 왜 나를 선택했는지 알 것 같아."

토로가이가 벌떡 몸을 일으켰다.

"정말이냐?"

"응. 확실하다고는 할 수 없지만, 알에게 조종당해 수원지까지 길어질 때 꿈을 꾸었어. 신기한 꿈이었지. 어미도 늉가로임의 혼이 꾸던 꿈인 것 같아."

챠그무가 이따금 단어를 골라가며 그 생명의 흐름에 대해, 몸 안에서 느끼던 그 감각에 대해 얘기했다.

"그래서 늉가로임은 충분히 보호받는 나에게 알을 맡길 생각을 한 게 아닐까? 틀림없이 알을 지켜 살아남을 가능성이 가장 큰 생명이 나였던 거라고 생각해. 어떻게 잉태시켰는지는 모르겠지만."

토로가이가 잠시 말없이 생각에 잠겨 있더니, 이내 고개를 끄덕였다.

"그렇구나. 흠. 네 말이 맞는 것 같다. 먼 옛날 정령의 수호자였던 늉가로차가들도 그런 처지의 아이였거나, 유달리 강한 생명의 빛을 발했을 거다. 열한두 살 때가 가장 생명력이 강한 시기라고 야쿠족은 믿어왔다. 일곱 살 이하인 아이는 아직 혼이 이 세상에 확실히 머물지 않아 죽기 쉽지. 열네다섯이 되면 다음 생명을 낳을 준비를 시작하느라 그쪽으로 힘을 빼앗겨버린다고 하고. 그러니까 너처럼 강한 생명력을 가진 아이한테 비나 뭐 그런 것에 맡겨 알을 잉태시키고 지키게 한 것일 게다. 물론 확실히 그렇다고는 말할 수 없다. 단지 추측할 뿐."

토로가이가 한숨을 쉬더니, 벌렁 드러누워 네 활개를 활짝 폈다.

"아아, 70년이나 살았는데도 아직 이 세상은 모르는 것투성이로구나! 하늘도 땅도 시치미 뚝 떼고 느긋하게 움직이고 말이야! 젠장. 어이, 덜떨어진 제자야. 너 주술사 따위 포기하는 게 좋겠다. 이렇게 허무할 수가 없구나."

탄다가 웃음 지었다.

"괜찮아요. 거기까지 깨닫는 데 앞으로 50년은 걸릴 것 같으니까요. 그러니 좀 더 해보겠습니다."

몬이 진을 마주 봤다. 이런 이야기를 하는 자들과 모닥불에 둘러앉게 되리라고는 꿈에도 생각지 않았다는 표정이었다. 토로가이에게 자신만의 세계가 있듯이, 몬을 비롯한 사람들에게도 그들을 붙들어매고 놔주지 않는 세계가 있다. 내일 도읍에 닿으면 다시 그 세계로 돌아가는 것이다.

바르사가 챠그무를 쿡쿡 찌르더니 손가락으로 하늘을 가리켰다. 빨려 들어갈 듯이 드높은 하늘에 은모래처럼 별이 흩어져 있었다. 방금 전까지 맑게 개어 있던 그 하늘에 희미하게 구름이 흐르기 시작했다. 눈 오는 날 아침에 아이가 내뱉는 입김과도 같이 가늘고 가냘픈 구름이었다.

이튿날 저녁 무렵, 이들은 산에서 내려와 도읍으로 긴니가는 산영교에 도착했다. 황족과 그 시종만 건널 수 있는 다리다. 바르사 일행은 다리 앞에 멈춰 서서, 마중 나온 우마차가 챠그무 앞에 멈추는 것을 지켜보았다. 챠그무가 뒤로 돌아 바르사를 보며 말했다.

"바르사, 나를 챠그무라고 불러줘. '안녕, 챠그무'라고 말해줘."

바르사가 미소를 지었다.

"그러지. 안녕, 챠그무."

챠그무가 이를 악물었다. 그리고 말했다.

"고마워. 안녕, 바르사, 탄다, 토로가이 님. …고마워."

그리고 머리를 숙이고는 우마차에 올라탔다. 챠그무가 오르자 우마차가 움직이기 시작했다. 다리의 널판에 바퀴 부딪는 덜커덩 소리가 골짜기에 메아리쳤다. 여름날의 석양빛을 받아 화려한 황족 행렬의 장식이 번쩍였다. 해 저무는 황금빛 속으로 이들은 조용히 사라져갔다.

종장

빗속을…

비가 내린다. 묵직한 구름이 낮게 드리워 은빛 실 같은 비가 주룩주룩 쏟아져 내렸다. 그 빗속으로 도롱이를 입고 삿갓을 쓴 바르사가 기름종이로 감싼 단창을 메고 걷고 있었다. 가을이 오기 전에 청무 산맥을 넘어 칸발 왕국으로 들어갈 작정이었다.

바르사는 탄다와 나눈 대화를 돌이켜보았다. 챠그무와 헤어진 뒤 그 길로 칸발에 가겠노라 말을 꺼냈을 때, 그 말을 들은 탄다의 얼굴이 떠올랐다.

"시간이 좀 필요해."

바르사가 단어를 골라가며 말했다.

"생각할 시간이 필요한 거야. 계속 피해왔는데, 일단 칸발로 돌아가서 지그로의 친척이랑 친구를 만나볼까 해. 지그로가 어떤 일에 휘말려서 어떤 삶을 살았는지 전하고 싶기도하고."

바르사는 챠그무가 사라져간 다리 건너편을 바라봤다.

"챠그무의 호위무사가 되어서야 비로소 지그로의 심정을 이해했어. 그래서 가는 거야."

바르사가 탄다에게로 시선을 되돌렸다. 탄다의 얼굴에 희미하게 미소가 떠올랐다.

"잘됐구나. 다녀와. 하지만 부탁이니 제발 거기 가서 그 창을 휘두르지는 말아라. 칸발에는 나보다 괜찮은 남자가 있을지도 모르지만, 공짜로 상처를 꿰매줄 남자는 없을 테니까."

바르사가 소리 내어 웃었다. 그러고 나서 헤어져 떠나온 것이다.

쏴아 하고 빽빽한 나뭇잎을 때리는 빗소리를 들으며, 바르사는 챠그무의 부재로 인해 가슴에 구멍이 뻥 뚫린 듯한 쓸쓸함을 느꼈다. 챠그무와 지낸 기간은 채 1년도 되지 않건만 추억은 얼마나 많이 쌓였는지. 청궁천에 뛰어들어 축 늘어진 챠그무를 구해낸 이후의 일을 하나하나 떠올리면서 바르사는 다시 걷기 시작했다.

챠그무는 어떻게 지내고 있을까? 이제부터 어떻게 살아갈까? 그 인생에 자기가 관여할 일은 더 이상 없을 것이다. 바르사는 가슴이 미어지는 느낌이었다.

'더 이상 그 아이를 만날 일은 없겠구나.'

급작스럽게 만난 것처럼 또다시 불현듯 헤어져버린 아이. 이제부터 닫힌 궁궐 안에서 이 세상에 훨훨 날아 내려온 신의 후손으로서 일생을 보낼 아이.

'나는 결국 그 아이의 목숨을 구하는 걸 돕는 정도밖에 하지 못했어.'

그래도 언젠가는 바르사가 지그로를 생각할 때와 같은 심정으로, 챠그무가 자신을 떠올려주는 날이 있을지도 모른다. 삿갓 가장자리를 타고 끊임없이 빗방울이 떨어졌다.

왜냐고 물어도 알 수 없는 뭔가가 갑자기 주변 세계를 바꿔버린다. 그렇게 되면 그 커다란 손아귀 안에서 발버둥 치며 살아가는 수밖에 없다. 누구나 자기에게 맞는 방법으로 열심히 살아간다. 아무런 후회가 없는 삶 따위는 있을 수 없다.

'아아, 탄다의 산채전골이 먹고 싶다.'

바르사가 빗길을 걸으며 미소 지었다. 골짜기의 숲 사이로 빗물에 부예진 푸른 산맥이 멀리 보였다.

옮긴이의 말

《수호자》시리즈의 저자 우에하시 나호코는 오스트레일리아의 원주민 애보리진을 연구하고 대학에서 문화인류학을 가르치는 교수 겸 문학가다. 1996년에 자신의 전문 분야에 문학적 상상력을 접목시킨 작품 『정령의 수호자』를 발표하면서 일약 일본 판타지 문학을 대표하는 작가가 되었다. 『정령의 수호자』의 인기에 힘입어 3년 뒤인 1999년에 후속작 『어둠의 수호자』를 발표하고, 이어서 작품 8편과 단편집 2권을 더해 총 12권에 이르는 대작 《수호자》시리즈를 무려 16년에 걸쳐 완성했다.

이 역작으로 우에하시 나호코는 수많은 문학상을 수상했다. 그뿐만 아니라 해외 여러 나라에서 《수호자》시리즈가 번역 출간되면서 국제적으로도 명성을 떨치게 되었다. 특히 2014년에는 아동문학계의 노벨상으로 불리는 국제 안데르

센 상 작가상을 수상함으로써 세계적으로 주목받는 작가로
우뚝 섰다.

일본에서 《수호자》 시리즈의 인기와 위상은 일본 국영방
송인 NHK에서 방송 90주년 기념작으로서 이 시리즈를 실
사 드라마로 제작하기로 결정한 것만으로도 충분히 짐작할
수가 있다. 2016년 3월에 〈정령의 수호자〉라는 제목으로 방
영을 시작하여 약 3년에 걸쳐서 방영할 예정이니, 일본 내에
서 《수호자》 시리즈를 둘러싼 열기는 한동안 식지 않을 것으
로 보인다. 이제까지 라디오 드라마나 애니메이션으로 제작
된 적은 있으나 생동감 넘치고 현실감 있는 묘사가 가능한
실사 드라마의 제작은 처음이다. 게다가 유명 연예인까지 등
장한 드라마이다 보니 지금 일본에서는 우에하시 나호코의
원작 소설이 다시금 주목받으며 많은 기대를 모으고 있다.

《수호자》시리즈는 종종 '아시아의 『반지의 제왕』'으로 비유되곤 한다. 『반지의 제왕』이 그렇듯이 이 작품 역시 아동부터 성인까지 두루 즐길 수 있는, 독자층의 폭이 매우 넓은 대작이다. 그러나 철저하게 현실과 동떨어진 판타지 세계를 그린 『반지의 제왕』과 비교해서, 《수호자》시리즈가 그리는 판타지 세계는 우리가 살아가는 이 세계와 매우 가까운 곳에 공존한다. 다른 세계를 인정하고 다른 생각을 받아들일 수 있는 열린 마음을 가진 이라면 언제든 그 세계를 볼 수 있으며 두 세계의 경계를 넘나들 수 있다는 점에서 커다란 차이점을 보이는 것이다.

《수호자》시리즈는 30세인 주인공 바르사가 37세가 되기까지 7년 동안 경험하는 무용담이자 모험담이다. 또한 첫 번째 책인 『정령의 수호자』에서 바르사의 도움으로 목숨을 구한 챠그무가 11세 어린아이에서 18세 성인으로 성장하는 과정을 그린 성장 이야기이기도 하다. 본편 10권 가운데 『정령의 수호자』, 『어둠의 수호자』, 『꿈의 수호자』, 『신의 수호자』는 바르사가 주인공이며, 『허공의 여행자』, 『푸른 길의 여행자』에서는 챠그무가 주축이 되어 이야기를 이끌어나간다. 그리고 이 두 줄기의 이야기는 세 편 연작인 『하늘과 땅의 수호자』에서 하나로 합류하게 된다. 그 과정에서 다양한 민족 문화에 대한 생생한 묘사, 여러 나라의 역사와 정치적 관계에 대한 묘사가 세밀하게 곁들여지면서, 여느 판타지 소설과 차별화되는 《수호자》 시리즈만의 독특한 세계가 형성된다.

주인공 설정 역시 매우 독특하다. 판타지 소설에서 바르사와 같이 서른 살 여성이 주인공으로 등장한다는 것은 이례적인 일이다. 실제로 『정령의 수호자』 출간 당시에 일본 출판

사 측에서도 그 점에 대해 난색을 표했다고 한다. 하지만 우에하시 나호코는 무슨 일이 있어도 주인공은 어느 정도 나이가 들어 인생 경험이 풍부하며, 어린 생명을 푸근히 감싸 안을 수 있는 모성애를 지닌 여성이어야 한다는 생각을 떨칠 수가 없었다. 단창을 멘 30대 여성이 어린아이의 손을 잡고 도망치는 이미지가 불현듯 저자의 머릿속에 떠올랐고, 이것이 바로 《수호자》 시리즈를 저술하는 계기가 되었기 때문이다. 이렇게 해서 강인하면서도 심성 따뜻한 바르사, 약한 생명을 위험으로부터 구하는 역동적인 여성 무사 바르사가 탄생한 것이다.

바르사의 담대한 캐릭터와 굴곡진 삶 이외에, 황태자 챠그무의 성장 이야기 또한 《수호자》 시리즈에서 중요한 의미를 갖는다. 연약한 어린아이 챠그무가 어느덧 약한 자를 보호하고 생명을 지킬 줄 아는 강인한 어른이 되고, 나아가 주체적으로 이야기를 이끌어가는 중요 인물로 성장하는 과정을 지켜보는 것도 이 작품을 읽는 또 다른 재미다. 위험을 무릅쓰면서까지 자신을 구해준 바르사한테서 영향받아, 챠그무 역시 자신의 목숨이 위태로워지는 것도 개의치 않고 다른 생명을 구하기 위해 최선을 다하는 가슴 훈훈한 장면을 시리즈 곳곳에서 목격하게 된다.

　이 작품을 번역하면서 자연과 생명에 대한 저자의 애정과 경의, 소외받는 이들과 약한 자들을 바라보는 따뜻한 시선에 깊이 감명받았다. 그리고 스스로 선택한 것이 아니더라도 어찌 되었든 자기가 태어난 세계에서 주어진 운명을 받아들이고 열심히 살아가는 사람들의 삶도 이 작품에서 만날 수 있었다. 또한 자칫하면 소홀히 하기 쉬운 소중한 것을 지키기 위해 최선을 다하는 아름다운 모습도 곳곳에서 볼 수 있었다. 작품을 번역하며 이런 것들이 작품에 심오한 의미와 다양한 색채를 부여한다는 생각이 들었다.

　번역자로서《수호자》시리즈의 번역은 새로운 세계에 대한 도전이었으며, 기나긴 호흡이 필요한 작업이었다. 많은 노력과 시간이 드는 힘든 작업이었지만, 매우 흥미롭고 가치 있는 도전이었다는 생각이 든다. 우에하시 나호코의 가치관과 세계관이 흠뻑 배어 있는《수호자》시리즈의 한국어판 출간에 번역자로서 동참하게 된 것을 기쁘게 생각한다. 저자가《수호자》시리즈를 통해 전 세계의 독자에게 보내고자 하는 메시지가 한국의 독자들에게도 제대로 전달되기를 희망한다.

김옥희

정령의 수호자

초판 1쇄 펴낸날 2016년 4월 20일
초판 2쇄 펴낸날 2021년 2월 16일
지은이 우에하시 나호코
옮긴이 김옥희
펴낸이 한성봉
편집 하명성·신종우·최창문·이동현·김학제·신소윤·조연주
콘텐츠제작 안상준
디자인 김현중
마케팅 박신용·오주형·강은혜·박민지
경영지원 국지연·강지선
펴낸곳 스토리존
등록 2015년 8월 11일 제2017-000039호
주소 서울시 중구 퇴계로30길 15-8 [필동1가 26]
페이스북 www.facebook.com/dongasiabooks
전자우편 storyzone1@naver.com
블로그 blog.naver.com/dongasiabook
인스타그램 www.instagram.com/dongasiabook
전화 02) 757-9724, 5
팩스 02) 757-9726

ISBN 979-11-957529-1-1 04830
979-11-957529-0-4 (세트)

이 도서의 국립중앙도서관 출판예정도서목록(CIP)은
서지정보유통지원시스템 홈페이지(http://seoji.nl.go.kr)와
국가자료공동목록시스템(http://www.nl.go.kr/kolisnet)에서
이용하실 수 있습니다.(CIP제어번호: CIP2016006022)

만든 사람들
편집 안상준
디자인 김현중
본문 조판 김경주